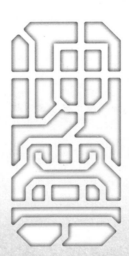

五

時鏡

卷四 黃粱夢，籠中心

卷四

黃粱夢，籠中心

第一一四章　交握之掌

常言道，人生有四大喜，洞房花燭夜，金榜題名時，久旱逢甘霖，他鄉遇故知。

然而此時此夜，或恐還要加上第五喜。

那便是「坐牢遇劫獄」。

天下真是沒有比絕處逢生更令人高興的事情了。

一眼望去，牢獄之中都是人。

許多是待審的、犯下重案的死囚，一見著這種千載難逢的機會都是欣喜若狂，或者用力地搖晃著兩旁還未打開的牢門，或者從裡面奔了出來大聲呼喊著什麼。

一群人，聲勢浩蕩。

大部分人都朝著天牢外面衝去。

然而卻有那麼幾個身穿囚衣還未來得及脫下的人，反常地逆著人潮，手裡都攥著柄長刀，正一間一間牢房地找尋。

這些人明顯不是天教的。

有一些牢房他們看過後就不再駐足，有一些卻是問了裡面的人是誰後，便或是提刀或是用獄卒身上摸來的鑰匙將牢門打開，放人出來。

但越往後走，他們神情中的焦急便越深。

姜雪寧被人潮攜裹著，也被張遮拉著手，一路往前走時，不經意抬頭一看，便發現了這幾個異常的人。

她總覺得這幾個人像是在找人。

於是目光不由悄然跟隨在他們身上。

又往前轉過了幾個牢房之後，幾個人忽然看見了什麼，向著中間一座牢房裡喊了什麼。

在這種所有人都亢奮起來的時候，裡面竟然靜坐著一個男人。

髒兮兮的囚衣穿在他身上，也不知多久沒有換洗過了，滿滿都是汗漬和血跡，一雙腳隨意地隨著兩腿分開踩在冰冷的地面上，身軀則向後靠坐在身後散落著些草芯的地面上，兩手手腕壓著膝蓋，手掌卻掌心向下從前方低垂下來。

一條粗大結實的鎖鏈鎖住了他的腳踝。

長長的頭髮有些時日沒有搭理，披散下來，遮擋了他的臉龐。

像是根本沒聽見外面的動靜似的，他甚至沒有往外走一步。

直到那幾個人來，喊了他一聲，他才抬起頭來。

牢門迅速被人打開。

男人從地上站起身來，身形竟是高大而魁梧，也不廢話，都不用那幾人來幫忙，彎腰伸手，兩隻手掌用力地握住腳上鎖著的鐵鏈一拽，只聽得「噹啷」一聲響，粗大的鐵鏈竟被硬生生扯變了形驟然斷裂，足可見此人力氣之強悍。

姜雪寧人還朝前面走著，遠遠瞧見這一幕便是眼皮一跳。

這囚牢中本是混亂喧囂一片，該是誰也沒時間顧及到誰。豈料那蓬頭垢面的男人似有所覺一般，竟然在這一剎那抬起頭來，向著姜雪寧的方向望去。

鋒利的目光鷹隼似的，從他亂髮的縫隙中閃現。

姜雪寧後背都寒了一寒，只覺這目光中充斥著一種說不出的漠然與殘忍，是那種刀口上舔過血的窮凶極惡之徒才會有的眼神。

然而已經來不及細究。

只這片刻他們已經轉過了拐角，到了天牢門口，朝外頭一擁而去。

押解勇毅侯府的兵士剛去，天牢守衛正是鬆懈時候，被天教教眾打進來時便是不堪一擊，如今哪裡有半點還手之力？為保自己的小命，都是邊打邊退，輕而易舉就被他們衝破了封鎖！

那條靜寂的長道上，謝危的馬車依舊在原地。

不一會兒前去探看消息的刀琴回來了。

到了馬車前便躬身道：「事情進展順利，天牢已經被這幫人攻破，城門那邊也已經安排妥當，只等著張大人那邊帶人經過。小寶也在，這一路應當失不了行蹤。只是那孟陽……」

謝危畏寒，若非必要，下雪的天氣都是不想出門的。

見到雪總要想起些不好的事。

此刻坐在馬車之內他連車簾都沒掀開，一張臉因冷寒而顯得蒼白如玉，淡淡地打斷了刀琴道：「危險之人當有危險之用，小卒罷了，壞不了大事。」

刀琴於是不敢再言。

遠遠地便聽到隔了幾條街的地方傳來了些動靜。

很快又小下來。

想來大約是那幫天教教眾和獄中囚徒從天牢出來後一路從附近的街道上過去了。

有的人逃出來之後並不隨著人潮走，而是悄然地隱沒在黑暗中，獨自逃命去。

但大多數跟隨著逃出獄中的囚犯卻都下意識地跟上了天教眾人，隨他們趁著夜色一道朝著城門西面去。

隱約聽得見有人問：「不是說好去城東嗎？」

然後便是張遮平靜地回答：「城東門設有埋伏，去恐將死，你們願意去便去。」

人群於是忽然靜了一靜。

同一時間的天牢門口，卻是另一番光景。

周寅之根本沒反應過來發生了什麼。

將姜雪寧藏匿在最偏僻的囚牢之中後，他便裝作若無其事地出去查看禁衛軍來提押勇毅侯府去流放的情況，事情結束後便準備回來把姜雪寧帶出來。可沒想到刑部、錦衣衛那邊竟然有幾位同僚拉著他要去後衙房喝酒賭錢。往日這種事周寅之是不會拒絕的，今天拒絕了一次不成，唯恐落下破綻，只好先跟著這幫人進去賭錢，準備兩把過後順便套點消息便找個更衣的藉口回牢中。

結果才賭了兩把，外頭就喊殺聲喧天。

他渾身一振按著刀便想起身衝出去，但負責看守天牢的那名官員見狀竟拉著他重新坐下，笑著道：「你們錦衣衛不知道，今兒個這座天牢裡有大事要出呢，聖上下過旨的，別出去，別壞事。」

再看三法司那邊的人，個個氣定神閒。

完全當沒有聽見外面那些動靜。

周寅之心中焦急，又不敢去找姜雪寧，耐住性子趁機詢問，才知道今日有一個絕密的計畫，僅透露給少數人知道，如今還留在天牢中的獄卒都是不知情的，預備好了犧牲掉，只等那幫人順利劫了獄去！

那姜雪寧……

周寅之不敢想裡面會發生什麼。

他只能寄希望於他給姜雪寧找的藏身之地在天牢深處，且中間似乎沒有連著關人的囚牢，如不往裡面找或是自己不出來，便是出了什麼亂子，找到裡面去的可能性也不高，未必會出什麼事。

面上強作鎮定，他繼續同後衙這些人賭錢。

然而卻是賭多少把輸多少把。

有人調侃擠兌他是不是心裡怕得慌，他都跟聽了耳邊風似的沒掛在心上。

待等天牢外面動靜小下來，有人進來報情況，他才連忙隨著眾人一道走了出去，重新進入天牢查看。

這一下腳步便控制不住，急匆匆向著天牢深處走去。

距離那牢房越來越近，他心跳也就越來越快。

然而轉過拐角終於看見那間乾淨的牢房時，只看見空蕩蕩一片！

牢房裡一個人也沒有。

唯剩下匆忙間被人隨手塞到床下的女子穿的衣裙，從混亂的被褥中露出來一角。

周寅之整個人腦袋裡頓時「嗡」了一聲，瞬間變作一片空白，如同掉進了冰窟裡一般，渾身血都冷下來！

跟著張遮一路來到西城門時，姜雪寧被這驟然間發生的事情衝擊了腦袋，終於褪去了最開始的幾分迷茫和混亂，夜風一吹，恢復了幾分清醒。

前後經過，在腦海裡轉過一圈。

她不由抬頭望向拉著自己的手走在前面的這道身影，撲面的朔風裡，他寬大的手掌包裹著她的手掌，掌心竟傳遞出幾分潮熱，也不知是他的手心出了汗，還是自己的手心出了汗。

張遮怎麼會在天牢裡？

那些人為何一副來救他的模樣？

而且剛才張遮說，東城門外設有埋伏，倒像是預先知道點什麼事情一樣……

可見她捲入其中，好像又很不高興，有些生氣。

上一世的記憶告訴姜雪寧，此次劫獄乃是天教的手筆。

而張遮的品性，真正囚於獄中時無一判官敢為他寫下判詞，不得已之下竟是由他自己為自己寫下判詞定罪，端方可見一斑。

他絕不可能真的參與到什麼劫獄的事情裡面來。

這裡頭似乎有一場自己尚未知悉的謀劃。

她深知自己或恐是這一場計畫裡的意外，只怕替張遮帶來麻煩，一路上都緊閉著嘴巴緊緊地跟隨著他，不敢擅自開口問上一句。

好在此刻氣氛緊張，也無人注意到她。

那名方才一把扯斷了鎖鏈的蓬頭垢面男子也泯然眾人一般跟在人後，不起眼極了。

方才剛出天牢時便有人質疑，原本天教這邊計畫好的是從東城門出去，畢竟他們教中有人已經上下打點過了。

可張遮竟說那邊有埋伏。

天教這邊那為首的蒙面之人將信將疑，可看張遮說得信誓旦旦，便朝旁邊人使了個眼色，乾脆兵分兩路：不管是不是有埋伏，東城門那邊也有天教的兄弟接應，怎麼著也該叫人去看看情況。

那些從囚牢中逃出來的人也有一些跟去了。

但大部分的人，尤其是原來關在牢獄中的那一撥，好像對張遮頗為信任，都隨著到了西城門這邊來。

此刻那為首的漢子嘿嘿笑了一聲，在坊市高樓的陰影裡停住腳步，一雙精光四射的眼眸看向張遮，竟是道：「我在教中多年，倒不知還有朝廷命官也是我們教中之人，張大人可真是了不得。不知是哪一年進的哪座香堂？」

縱然是面對著眼前這幫窮凶極惡之徒，張遮也沒變一下臉色。

他冷冷淡淡地撩了眼皮看了這漢子一眼，竟無搭理之意，只是道：「此事也是你能過問的嗎？眼下既到了西城門，為防萬一，你派個人同我一道去城門前，確認西城門沒有埋伏之後，再帶人一道隨我過城門。」

那為首的漢子眉毛上一道疤，顯得有些凶惡。

聽見張遮此言，目中便冷了幾分。

然而手掌緊握著刀柄的瞬間，又像是想到了什麼，竟沒有發作，而是道：「那便由我同你一道吧。只是張大人也得給個理由，我等原本的安排計畫得好好的，你憑什麼說那邊有埋伏，難道是懷疑我香堂中的人洩露了消息？」

天教之中，講的便是幫扶信任，入了教便是生死相交的兄弟。

此乃教規。

眾人一聽漢子這話都不由竊竊私語，看向張遮的目光也古怪了幾分。

張遮自然知道這天教為首之人的話裡藏著凶險之意，可既身入此局，安危便當置之度外。

顧春芳到底於他有知遇之恩。

他鎮定地回道：「我乃為救公儀丞才涉足險境，朝廷放出風聲讓我等以為公儀丞在天牢之中，可想必諸位也都看見了，公儀先生並不見人影。由此可見朝廷對我等早有防備，公儀先生既然不在，此局必定有詐。你們不覺得此番攻入天牢也太簡單了些嗎？我若是朝廷必定將計就計，請君入甕，在城門口設下埋伏。東城門未必真有埋伏，可若有埋伏，你們原本要經過的東城門必定是九死一生。信不過我便不必同我來了。」

說罷他竟輕輕鬆了手，回眸深深望了一直閉口未言看著他的姜雪寧一眼，抬步直向著城門方向而去。

被鬆開的手掌頓時感覺到了冷風從指縫間吹過。

姜雪寧的心跳驟然一緊，有些呼吸不過來。

其他人也完全沒料到這位張大人說話竟是這般，倒並非傲慢，而是一種本來就站得比他們高的平淡。

那天教為首之人眉頭緊皺起來。

也不知是誰在人群中嘀咕了一句：「聽著很有道理啊，我們被關在牢中的時候，這位大人便是手眼通天，悄悄向我們打聽公儀先生的下落。不過他怎麼敢直呼公儀先生的名姓，膽子可真是太大了……」

直呼公儀先生的名姓？

人群中一些留心細節的有心之人，忽然都心頭一跳。

須知公儀丞在天教便是教首身邊一等一的軍師的角色，地位比各堂口的香主還要高上幾分，可以說是僅次於教首，任是誰見了都得畢恭畢敬喚上一聲「公儀先生」好。

教中有幾個人有資格直呼他名姓？

只這麼掐指一算，不由悄悄生出些自己的思量。

卻說那頭的張遮，到了城門下之後自然免不了被人喝問一句，然而後方守在陰影之中的眾人分明看到，近處守城的兵士見是張遮之後都不由噤了聲，一副恭敬而畏懼的樣子，竟然一揮手就悄無聲息地把城門給打開了。

張遮帶人走回來，道：「可以出城了。」

眾人都覺得有些不敢相信，一時之間面面相覷，也沒一個人敢先上前去。

張遮看了他們一眼，也不再多言，逕自抬步，朝城門外而去。

姜雪寧思量片刻，眼珠一轉，二話不說跟了上去。

因剛才從牢中救他們出來時沒幾個人看見，她又穿著一身男子衣袍，乍一看背影雖瘦削了些卻也分不清男女，這一跟上去便像是有了第一個敢跟上去的人似的。

城門就在眼前，自由就在眼前。

誰能不心動？

有了第一個人之後很快便有了第二個、第三個，一時呼啦啦浩浩蕩蕩全跟了上去。

守城的兵士個個低著頭不看他們，完全沒有半分阻攔的意思。

後面的人一看也將信將疑地跟上。

簡直是前所未有的體驗：所有人在安然地、大搖大擺地通過城門時，都有些不敢相信，他們這些平日裡都要夾著尾巴躲避著官差的人竟然也有被這幫守城兵士畢恭畢敬送出來的時候，可真有一股說不出的爽快和刺激在心頭！

有人出了城門口竟忍不住大笑起來。

「厲害，厲害，還是張大人厲害！老子這輩子都沒有這樣爽的時候！」

「哈哈哈是啊，教首真乃神人，竟還在京城藏了這樣厲害的一手，可惜拿出來得太遲，不然我們以前哪用受那般鳥氣？」

「竟然真出來了……」

……

那天教中為首的漢子不由深深皺緊了眉頭，再一次抬了眸光，仔細打量著張遮，在自己記憶中搜尋著那位比公儀先生更神祕之人的一些線索，然而一無所獲。

他上前恭維了幾句。

然後便試探著開口道：「實在是粗人眼拙，不知張大人的厲害。想來大人在教中該不會用如今的名號吧，不知，可是另有別號？」

張遮的目光頓時微微冷了幾分，直直地落在了那人面上。

竟是有很久沒有說話。

姜雪寧微微屏息。

張遮卻是又轉開了眸光，平淡道：「沒有別號，只是往日竟不曾聽說黃香主勇武之外，也是個縝密多疑之人。」

「黃香主」三字一出，黃潛瞳孔瞬間緊縮。

他蒙著面，旁人看不出來，可在蒙臉的面巾底下，他早已是面色大變！

天教策劃這一回劫獄之事也是絕密，乃是教首那邊親自下的令，他也是祕密從通州那邊趕來京城作為領率，今夜行動之人則都是京中召集而來，按理說不該有人能道破他身分！

眼前這位張大人……

某個猜測先前就已隱隱紮根在了心中，此刻更是令黃潛額頭上冒了冷汗。

若是那一位……

他再無先前的頤指氣使，甚至連問都不敢再多問一句，忙躬身道：「是屬下多嘴了。」

張遮卻不再說話了。

靜寂中，姜雪寧的目光從黃潛的臉上移回了張遮面上，卻是看出了些許的端倪，眼底不由古怪了幾分：這假冒的是天教那度鈞山人？

倒是個不錯的選擇。

畢竟上一世這位度鈞山人神龍見首不見尾，直到天教被謝危一手覆滅殺了個乾淨，也沒露出確切的行跡，說不準根本就是個不存在的人，假扮這樣一個人再合適不過了。

她立在張遮身後。

身上穿著的衣服換過了，也沒了披風，頗為單薄，外頭風一吹，便有些瑟瑟發抖，一雙手更是冰涼，不由抬頭看了張遮半晌。

但張遮立著好像沒有再回身拉她手的意思。

姜雪寧藏在人群中，輕輕咬了咬唇，只覺自己這輩子從未有過如此膽小的時候，心跳再一次劇烈跳動。

她悄悄伸出手去，握住了張遮的手。

那一瞬間張遮一震。

他回首，便對上了一雙水靈靈的、明顯看得出強作鎮定的眼眸，與他目光對上的瞬間還因有幾分羞赧而閃躲，但下一刻便理直氣壯地看了回來，好像這是理所應當一般。

然而那白玉似的耳垂已若染了胭脂似的紅。

張遮知道，自己應當放開。

然而這一刻，貼著他掌心的那只手掌竟是那般冰涼，他注意到了她單薄的衣衫，還有手指間那隱約的顫抖，心裡面便忽然冒出了一道蠱惑的聲音：這並不是任何隱祕的想要靠近她的私心，你帶她出來，便當護她周全，這不是私心。

於是他受了蠱惑。

任由那柔軟纖細的手掌拉著，然後慢慢地收緊了自己手掌，卻小心地不敢太過用力。

第一一五章 碗水

天教教眾原本打算的是從城東門出來，如今卻隨張遮從城西門出來，且先前又有一小撥天教教眾去了城東門那邊，黃潛不免暗中生出幾分焦慮。

若如先前張遮所言，去城東門的那些人，只怕是凶多吉少了。

他靜候片刻不聞張遮回答，內心越發相信此人身分非比尋常，於是更不敢開罪他，斟酌之後便道：「如今既然已經出了城來，該算暫時安定。教中原本派了人來接應，不過城東那邊的人還沒有消息，今夜又出了這樣大的事情，城裡面必定不平靜。今夜天色已晚，張大人、諸位教眾還有剩下的一同逃出來的朋友，不如與我等先在城外找個地方歇腳？」

謀劃這樣大的行動，天教必定在外面安排了接應之人。

眾人一聽都沒什麼意見。

那夥兒趁亂從牢獄之中逃出來的囚犯聞言更是眼前大亮，有人性情爽直，徑直抱拳道：「那可真是求之不得了，早聞天教義士之大名，原以為還有幾分吹噓，今日一見才知所言非虛。我等便沾沾光了。」

天教傳教，自然是來者不拒。

入教之人有普通百姓，也有商賈小販，失田失產的農戶是大多數，裡面更有許多綠林中的豪強，甚至盜匪流寇有仇恨朝廷者，皆在其中。

這幫從天牢裡出來的死囚，若也能加入天教，可真是再好不過。

既然已經被張遮道破了身分，面上蒙著的黑巾便取了下來，聽得這些囚犯感恩戴德之言，黃潛的臉上終於露出了幾分笑意。

姜雪寧也在此刻看清了這人的面容。

尋常的一張方臉，不過眉頭上有一道刀疤，便添了幾分江湖氣，雙倒吊三角眼有些鋒利，倒也的確像是個天教之中位置不算低的話事者。

眾人既已議定，張遮也無更多的意見。

一行人於是趁夜潛行。

京城外頭有好些鎮落，住著不少人家，只是容易被人發現。天教這邊早就找好了暫時的落腳點，便由黃潛帶領著眾人一路往西南方向的荒郊野嶺而去。

到子時末，終於在前面一座矮山包腳下，瞧見一處供上了燈的破敗廟宇。大約是以前聚居在此處的山民用以祭祀山神的所在，黃泥堆砌的圍牆已在風雨的侵蝕下傾頹，腐朽的門板倒落在地面上，風一吹窗上糊著的殘紙便瑟瑟發抖。

乍一看還有些瘮人。

但待走得近了就能看見裡面竟有人影晃動，是有人正在裡面打掃整理。

一聽到前面山道上傳來的動靜，廟外頽牆的陰影下便走出來幾條人影，一抬頭看見來的人比預想之中的要多，不由得呆了一呆，才問：「都救出來了？」

黃潛下意識看了後面張遮一眼，搖了搖頭。

那人便輕輕皺眉，道：「公子那邊的人也還沒到，怕要等上一會兒，外頭風大，先進來說話吧。」

姜雪寧好歹也是個大家閨秀，便是往日隨婉娘在一起時也不是素來能吃苦的那種人，這一路上走過來的路可不短，且稱得上崎嶇險阻，有好幾次她都差點摔倒下去。

還好張遮一路都看顧著她。

話雖然沒一句，卻都及時將她扶住了，手與手的溫度交換著，竟覺格外安心。

為了怕旁人注意到她，一路上她都忍耐著。

但在進到這破敗廟宇裡的那一刻，姜雪寧終於是沒繃住，喘了口氣，先前忍住的那股疼便從腳上竄了上來，兩腿瘓軟乏力不大站得住，於是便跌坐在了地上。

她身上穿的乃是張遮的衣裳。透著點樸素，簡單而寬鬆，人跌在地上，衣領便稍稍散開了一點，露出脖頸上白皙的肌膚，眼角染著些水光，是一種透著些可憐的狼狽。便是先前張遮為了遮掩抹黑了她的臉，有這樣一雙靈動的眼睛，也足以洩露她的光采。

好在此時旁人也都進來了，驟然到了這樣一處暫時安全的地方，都不由跟著鬆了一口氣，舉止形狀更未比姜雪寧好到哪裡去。

這破敗廟宇四面都漏風。

但暫作歇腳之用，卻是足夠。

黃潛走出去與那些人說話，其他人則自發在這廟宇裡圍坐下來，有的靠在牆腳，有的倚在柱下，大多都是亡命之徒，哪裡又顧得上此地髒還是不髒？

一律席地而坐。

張遮卻是四面環顧，勉強從那已經倒塌的香案底下找出一塊陳舊的還算完整的蒲團，放到地上，也不看姜雪寧一眼，只低聲道：「地上冷，妳坐這裡。」

姜雪寧原本已經累極了，連根手指頭都不想再動彈一下，然而聽見他這話，輕輕抬了眼眸便看見了這男子半隱沒在陰影裡的側面輪廓，清瘦而沉默，雙唇緊閉，唇線平直，好像剛才什麼話也沒說似的。

這是個不善言辭也不喜歡表達的人。

然而她方才分明聽了個清楚。

於是如同感受到他先前在城門外回握的手掌一般，一種極其隱祕的甜蜜悄然從她心底泛了出來，分明處在這樣撲朔迷離的險境之中，可她竟嘗到了一絲絲的甜。

姜雪寧也不說話，眨眨眼看著他，唇角便輕輕地彎了幾分，十分聽話地挪到了那實在算不上是乾淨的蒲團上坐下。

張遮仍舊靜默無言。

他垂下了眼簾，並未回應她的眼神，只平靜地一搭衣袍的下襬，席地盤坐在了姜雪寧身旁，看不出有半分的官架子。

這廟宇早已經沒人來祭拜，周遭雖然有牆壁，卻大多有裂縫。牆壁上繪著的彩畫也早已沒了原本的顏色，只在上頭留下些髒汙的痕跡。正面倒是有一尊看不出是什麼的佛像，但也掉了半個腦袋，看著並不恐怖，反而有些滑稽。

天教接應的人早在此處收拾過了。

一名盤著髮髻的布衣婦人此刻便端著一筐炊餅，還有個十來歲紮了個沖天辮的小子一手拎著個水壺一手拿著幾只粗陶碗，前後從外頭走進來。

「各位壯士都累了吧？」

那婦人生得微胖，面皮也有些黝黑，一雙手伸出來頗為粗糙，看得出平日裡是在地裡勞作的普通人家出身，笑起來很是淳樸，讓人很容易便生出好感。

「這大夜裡的也找不出什麼別的吃的，這是家裡做的炊餅，勉強能果腹填個肚子，還請大家不要嫌棄。」

從牢裡面出來，這一路逃命，一路緊張，一直到得此處，誰人不是身心俱疲？緊繃著的時候沒知覺，此刻坐下來鬆快了方才覺出腹內的飢餓。

正在這種時候竟然有炊餅送來，真真算得上是及時雨了。

一時間，周遭都是道謝之聲，更有人感嘆天教考慮周全，很是義氣。

那婦人給眾人遞吃食，十來歲的那小子則給眾人倒水。

小孩子瘦瘦的跟猴精一樣，卻是腦袋圓圓，眼睛大大，手腳動作有一種不符合年齡的機靈，笑起來也很是喜氣。

張口就叫「這位大哥」，讓這幫人聽了很舒坦。

只不過他們準備得也的確匆忙，雖然有水，碗卻不大夠。還好眾人都是走南闖北不拘小節之人，同一只碗裝了水你喝過了接過來我再喝，倒也沒有什麼大不了。

然而到姜雪寧這裡，卻有些尷尬了。

先是那婦人將炊餅遞過來。

姜雪寧接過。

那婦人初時還沒留意，等姜雪寧伸手將炊餅接過時卻看見她露出來的那一小截手腕雪白的一片，神情便怔忡了一下，但也並沒有說什麼，只是微微朝她一笑。

姜雪寧便覺得這婦人該看出她是個女兒家來，心下有些窘迫，忙把手縮回了寬大的袖袍裡，拿著炊餅啃了一小口。

那小子則跟過來倒水。

手裡那只碗是前面已經被旁人用過的。

姜雪寧不大餓，卻是有些渴，看著這只倒了水的碗，心下猶豫。就在她微微咬唇，要鼓起勇氣伸手去接的時候，旁邊一隻手卻先於她伸了過來，將那只碗拿去了。

那小孩兒頓時就愣了一下，不由轉頭看去。

卻是坐在姜雪寧旁邊的張遮。

他也不說話，只是就著那碗中的水細細將碗口邊沿全都擦過，又將水倒掉，再從那小孩兒的手中接過水壺來再將餘汙沖掉，方才重新向碗中倒水，遞給了姜雪寧。

姜雪寧不由怔住。

上一世的記憶輕而易舉倒回了腦海。

還是他們遇襲。

那時就他們兩人逃出生天，可隨身攜帶的只有一隻從折了腿的馬身上解下的水囊。

她渴了便解開那水囊直接喝了水。

然後待她停下來抬起頭時卻見張遮注視著她，似乎方才有什麼話想說，卻沒來得及說。

初時她倒沒有在意。

兩人尋了山道往前走，姜雪寧停下來喝了兩次水，也沒忘記把水囊遞給張遮，問他渴不渴。但這把刻板寫在臉上的男人，卻只是沉默地將水囊接過去，然後塞上，並不喝上一口。

姜雪寧只道他是不渴。

可等到日頭曬起來，她偶然回轉頭望見他乾裂的嘴唇時，才挑了眉細細思量起來，故意又拿過了水囊來，喝了一口。

然後注視著他，戲謔似的笑。

她道：「是本宮喝過，嘴唇碰過，所以你不敢喝嗎？」

張遮在她面前垂下了眼簾，既不靠近也不回視，仍舊是那謹慎克制模樣，道：「上下尊卑，君臣有別，還請娘娘不要玩笑。」

姜雪寧於是生出幾分惱恨。

她就是不大看得慣這般的張遮，前後一琢磨，便「哦」了一聲，故意拉長了腔調，繞著他走了兩步，道：「上下尊卑，君臣有別，說得倒是好聽。那方才張大人為何不告訴本宮，這水囊是你的，是你先前喝過的？」

那時張遮是什麼神情呢？

大約是微微變了臉色吧。

姜雪寧只記得他慢慢閉上了眼，兩手交握都攏在袖中，倒看不清內裡心緒如何，過了好半晌才垂首，卻並未為自己解釋，只是道：「是下官冒犯。」

她喝他喝過的水囊。

只這樣便令此人坐立難安，如受熬煎。

這無疑給了姜雪寧一種前所未有戲弄的樂趣，她當然知道張遮先前不說一是因為她已經喝了，二是因為他們只有這一隻水囊。可她偏要戲弄他，遞給他水囊他不喝，她便故意當著他的面喝，然後拿眼瞧他，觀察他細微的算不上很好的神情。

彷彿被冒犯的那個人是他似的。

於是想，聽說這人連個侍妾都沒有。

直到後來，走過這片山，找到了水源，她這段樂趣才算作罷。

如今，又一碗水遞到面前。

旁人沾過的地方都被細細洗淨。

這個面上刻板的男人，實則很是細緻周到，很會照顧別人。

姜雪寧想想也不知自己上一世到底是著了什麼魔障，竟捨得去作弄他、作賤他，抬眸時眼睫輕輕顫動，眼底便蒙上了些許水霧。

她注視著他，剛想要將碗接過。

不想張遮方才的一番舉動已落入旁人眼底，有個模樣粗豪的漢子見著竟大笑起來：「都是大老爺們兒喝個水還要把碗擦乾淨，忸忸怩怩跟個娘們兒似的！」

張遮搭了眼簾沒有搭理。

姜雪寧聽了卻覺心底一簇火苗登時竄升起來燒了個燎原，竟是豁然起身，方才啃了一小口的頗硬的炊餅劈手便朝著那人臉上砸了過去！

中間隔著一段距離，餅砸到臉上也帶著點疼。

那人可沒想到自己一聲笑能惹來這一遭，被砸中時都愣了一下，接著火氣便也上來，然而抬起頭來時卻對上了一雙秀氣卻冰寒的眼，那股子冷味兒從瞳孔深處透出來，甚至隱隱溢出幾分乖戾，廟宇門口一陣冷風吹過，竟叫他激靈地打了個寒戰！

火氣頓時被嚇回去大半。

要知道在場的可有不少都是天牢裡出來的，殺人越貨，為非作歹。外表看上去髒兮兮瘦小其貌不揚，保不齊就是個狠辣的角色，忍一時氣總比招惹個煞星的好。

那人竟沒敢罵回去。

姜雪寧心底火卻還沒消，待要開口，可一隻手卻從下方伸了出來，用力地握住了她的手臂。

張遮抬眸望著她，平靜道：「喝水。」

那一碗水還平平地端在他手中，並未灑出去半點。

眼下終究不是爭這一口氣的時候，更何況也未必爭得過人，姜雪寧到底將這一口氣咽了回去，重新坐下來，低了眉，雙手將碗從他手中接過，小口小口地喝水。

那碗很大，她臉卻似巴掌的小。

低頭時一張臉都埋進了碗裡，像是在山間溪邊停下來慢慢飲水的小鹿。

張遮看著，便覺心也跟著軟下來。

廟宇之內一時靜寂無聲。

那漢子自顧自嘀咕了幾句，又瞥了張遮一眼，想起城門口的情景，料著此人在天教中身分不俗，更不敢有什麼意見，也只好當作什麼都沒發生過，悶頭吃餅。

倒是角落陰影裡一個蓬頭垢面的男人，目光隔著亂髮落在姜雪寧的身上，若有所思。

第一一六章　僭越之心

眾人其實多少都注意到了姜雪寧，畢竟這人自打從牢裡出來，便一直緊跟在張遮身邊。只是「他」衣裳穿得隨隨便便，一張臉也是烏漆抹黑髒兮兮，只是看著個子小些，五官隱約多點秀氣，別的在這大晚上縱然有光照也影影綽綽不大看得清楚，且還要忌憚旁邊的張遮。

明眼人就算看出點端倪來，嘴上也不會說。

只在心裡面嘀咕：沒想到天教裡也有這樣的人，當過官兒的就是講究，出來混身邊都要帶個人。就不知道這是個姑娘扮的，還是那些秦樓楚館裡細皮嫩肉出來賣的斷袖小白臉了。

廟宇中人各有各的心思，也沒人對方才這一樁小小的爭端置喙什麼。

很快就有人主動轉移了話題。

能被朝廷關進天牢的可說是各有各的本事，一打開話匣子講起各自的經歷來，再添上點油，加上點醋，便成了活生生的話本子，比天橋底下的說書先生講得還要精采。

那婦人送完炊餅便拎著筐出去了，十來歲的那小孩兒卻聽得兩眼發光，乾脆坐在了門檻上，一副就打算在這裡聽著過夜的模樣。

天教那幫人好像也不管他。

姜雪寧倒是一早就有些在意這小孩兒，畢竟在這種地方竟還有個十來歲的孩子，實在有些不可想像。如今的天教是連小孩子都不放過了嗎？

聽著天牢裡出來的這幫豪強吹噓自己入獄前後的經歷，姜雪寧也喝夠了水，還剩下大半碗，猶豫了一下遞向張遮。

便是席地而坐，他身形也是挺拔的。

此刻轉過頭來將水碗接過，姜雪寧心頭頓時跳了一下，但他接下來便垂眸將這碗水放在了前面的地上，聲音很低地回她：「我不渴。」

到底還是張遮，迂腐死板不開化！

姜雪寧心底哼了一聲。

但轉念一想，只怕也正是這人清正自持，自己才會這般難以控制地陷入，畢竟這個人與她全然不同，幾乎沒有任何相似之處，就好像是站在光裡，讓人抬高了頭去仰視，摸都難摸著。若哪天張遮與那蕭定非一般成了個舉止輕浮的孟浪公子，她多半看不上了。

此番意外捲進這劫獄之事，實在出乎了她的意料，也打亂了她原本的計畫。然而與張遮同在一處，又覺得什麼計畫不計畫，意料不意料，都沒那麼重要了。

這個人就在自己身旁，便是此刻最重要的事。

只是於張遮而言就未必了，既然與天教打了這樣近的交道，必然是有所圖謀。她在此處，勢必會對張遮這邊的籌謀產生一定的影響，是以首先要做的是自保，不拖後腿，其次便是見機行事，畢竟對天教⋯⋯

好歹有個重生的優勢在，略有些瞭解。

只希望此次的事情不要太複雜。

不知不覺間，姜雪寧的眉頭悄然鎖了起來。

破廟裡卻正有人講自己當年的經歷：「那一年老子才二十出頭，狗官假借朝廷律令，把鄉里的稅都收到了十年之後，老子抄了一把殺豬刀在那狗官轎子過來的時候就一刀捅了過去，那傢伙腸子都流到地上去。我一見成事立刻就跑了，跑了好多年，沒想到在五里鋪吃碗餛飩遇到個熟人，轉頭報到官府，竟把老子抓進了天牢。嘿，也是運氣好，竟遇到這麼樁事，又讓老子出來了！」

說到這裡他面上都忍不住帶上了幾分得意。

蹲坐在門檻上的那小孩兒卻是忍不住「啊」了一聲，引得眾人回頭向他看來。

可既不是驚訝，也不是駭然。

而是疼的。

原來是這小孩兒手裡捏了半塊餅一面聽一面啃，結果聽得入神沒注意餅已經吃到頭，一口咬下去竟咬著自己手指，便吃痛叫了一聲。

周圍人頓時笑起來。

「怎麼你吃個餅還能咬著手？」

「這是有多餓？」

「小孩兒你今年多大，叫什麼名字，難道也加入了天教？這時辰了還不回去，你爹娘不擔心？」

那小孩兒便慢慢把剛才咬著的手指縮了下去，摸了摸自己的腦袋，看著有些靦腆，說話卻是極為爽脆，道：「剛滿十三呢，沒爹沒娘，也沒人起名，大家都叫我『小寶』，諸位大哥也叫我『小寶兒』就是。別看我年紀不大，入教也有三四年了呢！」

眾人頓時驚訝。

小寶大約也是覺得被這麼多人看著十分有面子，連背都不由得挺直了幾分，臉上也跟著掛上笑意。然而他正要開口再說點什麼，卻隨著挺直脊背的動作，肚子竟十分不配合地「咕咕」一叫喚，聲音還頗響亮，不少人都聽見了。

「哈哈哈……」

眾人一下又笑起來。

他這般的年紀，正是長身體的時候，一天三頓都不夠吃的。

何況剛才只啃了半塊炊餅

小寶有些難為情，一下紅了臉，一根沖天辮紮著是頂朝上豎了起來，腦袋埋到膝蓋上。

然而這時候，旁邊卻響起了一道有些生澀粗啞的嗓音：「還吃嗎？」

小寶聞聲抬頭，便看見半塊掰過的炊餅遞到了自己面前。

拿著餅的那隻手卻算不上乾淨，手掌很寬，手指骨節也很大，甚至滿布著嶙峋的新舊傷痕，只是被髒汙的痕跡蓋去了大半，倒不大看得出來。

順著這隻手看去，卻是一身同樣髒汙的囚衣。

就坐在小寶旁邊一點。

即便有大半邊身子都在陰影之中，可一看就是個身材魁梧高大的男人。然而直到他說話的這一刻，眾人才注意到，此地還有這樣一個人。

小寶平日算機靈的，記性也好，然而此刻都沒忍住一怔。

因為連他都對這男人毫無印象。

大概是關押在天牢裡的時間太久了，也沒有機會和別人說話，他的聲音就像是生了鏽的刀擦在磨刀石上磨出來的，讓人聽了難受。

頭髮也太長了，擋住了臉。

乍一眼看去辨不出深淺，很是平平無奇的感覺。

小寶下意識便將他遞過來的炊餅接到手中，道了聲謝。

張遮手裡那塊餅還沒吃一口，似乎要遞出去，但此刻手腕一轉，無聲地收了回來，目光卻落在了那先前並未引起旁人注意的男人身上。

姜雪寧卻是先看了張遮一眼，唇邊溢出了些許笑意，才轉眸重新去看小寶那邊。

然而目光落到這小孩子手指上時，卻不由得凝了一凝。

小寶坐的位置比較靠外，破廟裡生了火堆，先前也不大照得到他那邊。但當他伸手從那男人手中接過餅時，便正好被跳躍著的火光照著。

姜雪寧晃眼瞧見了他的無名指。

手指指甲旁邊的左側竟有一小塊烏黑的痕跡，只是很快便被其他手指擋了，倉促間也無法判斷到底是磨出來的血泡，胎記，又或者是不知哪裡沾上的痕跡……

她輕輕低眉，看了看自己的無名指，腦海中瞬間浮現出來的竟是她們一幫伴讀在仰止齋讀書時提筆練字，用無名指支著毛筆的筆管，因為功夫還不到家，所以那一側總是會不小心磨上些許的墨跡。

天教這小孩兒面上看著粗衣麻布，不像是個讀書識字的。

她眸光流轉，心裡生出些想法，但暫時壓了下來，沒有詢問，也並未聲張。

倒是角落裡那男人因為遞餅這件事終於引起了旁人的注意。

穿著一身囚衣，必定是天牢中人。

可眼下這破廟裡除了天教來劫獄的人之外，其他人都是從天牢裡出來的，對這麼一個人竟然全無印象，完全不知道從哪兒冒出來的。

有人好奇，拱手便想請教他名姓。

沒料想，先前出言譏諷張遮喝水擦碗娘娘腔的那個漢子，睜大了眼睛看了那蓬頭垢面之人好些時候，原本頗為壯碩的身子竟沒忍住顫抖了一下！

手裡沒吃完的炊餅都掉到地上。

他聲音裡藏著的是滿滿的驚恐，駭得直接站了起來，指著那人道：「孟、孟、孟你是孟陽！」

孟陽？

這兩個字一出可稱得上是滿座皆驚！

知道這名字的幾乎齊齊倒吸了一口涼氣，原本也沒留神就坐在了孟陽旁邊的其他天牢裡出來的犯人更是毛骨悚然，幾乎沒能控制住自己那一刻下意識的舉動，朝後面撤了撤。

以此人為中心，頓時就散開了一圈。

姜雪寧看見這場面，眼皮便是一跳。

「孟陽」這個名字對她來說實在是陌生，根本連聽都沒有聽過，可此時此刻無須聽過，光看周遭這幫人的反應便知道，此人絕非什麼善茬兒！

要知道，這些人可都是天牢裡出來的。

哪個手上沒條人命？

然而見著這人猶如見著煞星凶神一般，隱隱還透出一種自心底裡生出的懼意！

那這人該是何等恐怖？

張遮的目光先前就在孟陽身上，也不知是不是之前就認了出來，聽得旁人道出他名姓，倒是沒有什麼反應。

其他人就完全不一樣了。

先前還大肆吹噓自己殺人越貨如何作為的江洋大盜們，這會兒全跟被人打了個巴掌似的啞了聲，甚至帶上了幾分恭敬地向那仍舊箕踞坐在角落裡的男人拱手：「先前竟不知孟、孟義士竟也在此，實在失敬，失敬！」

稱呼他作「孟義士」的時候，話語裡明顯有片刻的停頓。

猜也知道是不知該如何稱呼。

義士？

若提著一把戒刀從和尚廟裡回家便把自己一家上上下下五十餘口人全剁了個乾淨，也能稱作是「義」，這天底下，怕是沒人敢說自己是「惡人」了！

孟陽喉嚨裡似乎發出了一聲哼笑，身子往後一仰，也沒去撩開那擋臉的頭髮，直接靠在破敗的門板上，把眼睛一閉，竟是半點沒有搭理這幫人的意思。

眾人頓時有些尷尬，又有些懼怕。

天牢裡也講個大小，善人沒辦法論資排輩，但作惡作到孟陽這地步，便是在惡人裡也要排頭一號。

好在這時候先前出去說話的天教香主黃潛回來了，只是臉色不是很好，環顧了眾人一眼，目光最終落到張遮的身上，道：「走東城門的教中兄弟們現在還沒有消息，沿路派人去看也沒有誰到這裡來，只怕是出了事。黃某方才與教中兄弟商議過一番，既然有張大人在，也不憚朝廷隨後派人追來，便在此處休息一夜。明日一早教中來接應的人便會到，屆時再一同前往通州分舵，那裡比較安全。天牢裡出來的諸位壯士，在那邊也可轉從水路去往各地。不知諸位意下如何？」

天牢中出來的眾人都沒說話，有些下意識看向了張遮，有些則下意識看向了孟陽。人在屋簷下，這裡可沒他們說話的份兒。

孟陽仰靠著動也不動上一下。

張遮聽得「通州分舵」二字便知此行必有所獲，點了點頭，不動聲色地道：「既出了京城，便全聽教首那邊的謀劃。」

於是眾人就地休息。

只是地方實在狹小，多有不便。

這破廟後堂隔了一座牆卻還有兩間小屋，其中一間勉強能拆出半張床來，張遮便極為平靜地開口要了。

眾人的目光於是自然而然匯聚到了他和姜雪寧身上。

誰都沒反對。

只是待他帶著姜雪寧走到後面去時，眾人轉過臉來對望一眼，卻都帶了點心照不宣的曖昧：這種時候還不忘那事兒，當真是豔福不淺！

荒村破廟，大約也是有別的人在這裡落過腳，或者是先前的天教之人有在此處盤桓過，後面這間小屋簡陋歸簡陋，床竟是勉強躺得下去的。

只是凌亂了一些。

張遮也不說話，俯身上前去整理了一番。

姜雪寧望著，忽然便有些怔忡。

張遮收拾停當轉過身來，她才想起小寶的事情還未對他說，於是開口道：「張大人，剛才我——」

張遮輕輕對她搖了搖頭。

抬了手往外面方向一指，還能隱約聽得見外頭人說話的聲音。

姜雪寧便懂了，隔牆有耳。

她一下有些為難，想了想之後伸出自己的右手，指了指自己無名指指甲左側那一小塊兒，接著做了個握筆的動作，然後在自己面前比出個比自己矮上一截的高度，最後豎起一根手指在自己腦袋上比了個沖天辮的模樣。

這一番比劃可有些令人費解。

張遮看了她半晌，竟大約明白了她的意思，點了點頭。

這會兒也不好說話，可看見他點頭，姜雪寧便很奇怪地覺得，眼前這人是肯定理解了自己比劃的意思的，於是跟著笑起來。

只是此處只有一張床。

她看了卻是有些尷尬，有些不知如何是好。

張遮的聲音很低，只道：「二姑娘睡在此處，我在門口。」

幽暗的房間裡，他眉眼與聲音一道，都壓得很低。沉默寡言的清冷面容上這會兒也看不出什麼別的東西來，只有一剪瘦削的輪廓映著破窗透進來的三分月光，如刻刀一般劃進了姜雪寧心底。

上一世也是這樣。

他們好不容易尋著了住處，可她是皇后，他是外臣，自然只有她睡的地方。

那會兒她對此人全無好感。

自顧自進去睡了，渾然不想搭理外面這人的死活。人累極了，一夜好夢到天明，睜開眼時便見淡薄的天光從窗外頭灑進來。

她伸了個懶腰，推開門。

然後一眼看到了他。

那迂執的男人坐在靠牆的一張椅子上，眼簾搭著，一身深色的官袍沾染了清晨的霧氣，好像顏色更深了，都被晨露打濕了似的，透著幾分寒氣。

她以為他是睡著了。

沒想到在她推開門的剎那，張遮那一雙微閉的眼簾也掀開了，看向她。大約是這樣枯坐了一宿吧？他眼睫上都凝了些水珠，深黑的眸底卻清明一片，瞳孔裡倒映了她的身影。

那可真是一個煞是好看的清晨。

霧氣輕靈。

天光熹微。

貴為皇后的她站在這名臣子的眼底，心底高築的城牆卻在這一刻轟然坍塌，有什麼東西輕輕將她抓住了，讓她再也掙脫不開。

黑暗裡，姜雪寧前所未有地大膽地望著他，不怕被人窺見自己深藏的祕密。

她張了張口，不想他再熬一宿。

然而開口卻是：「那大人等我睡著再出去，好不好？」

「……」

張遮終究沒能拒絕。

她和衣側躺下來，面朝著牆壁，背對著張遮，一顆心卻在微微地發漲，只覺得滿腦子念頭亂轉。

她想不如自己睡上一會兒，叫張遮叫醒自己，換他來睡。

可這一夜發生的事情實在是太多，也讓她太累了，像極了上一世的那個晚上。她實在有些恍惚了，腦袋才一沾著那陳舊的枕頭，意識便昏沉起來。
張遮坐在旁邊，聽見她的呼吸漸漸變得均勻。
已是睡熟了。
只是睡夢中少女蜷縮著身子，大約是覺得有些冷。於是他解下了自己的外袍，腳步無聲地走上前來，輕輕為她蓋上。
有些粗糙的衣角不慎搭到了少女的頸窩。
她便無意識伸手輕輕抓了一下，極其自然地翻了半個身。
空氣裡氤氳著一股清甜的香氣。
張遮還保持著那為她蓋上外袍的動作，此刻借著那透進來的一點光亮，便看清楚了這近在咫尺的人，垂閉的眼簾，小巧的瓊鼻，柔軟的嘴唇。
她這樣怕疼怕苦也怕死的人，怎麼敢為他自戕……
好想問她，疼不疼？
可他不敢。
這一瞬，張遮胸臆中所有堆積的浪潮都翻湧起來，匯如一股燒灼的火，讓心肺都跟著焦疼一片。
有個聲音在耳旁蠱惑。
他逐漸地向著她靠近，靠近，面頰幾乎貼著她面頰，唇瓣幾乎要落到她唇瓣。

然而在將觸而未觸的那一刻，腦海裡卻似洪鐘大呂般的一聲響，撞得他心神難安，一下讓他退了回去！

黑暗裡，是克制地息喘。

退開來的那一剎他才醒悟到自己方才是想要幹什麼，竟不由得出了一身冷汗，從心底生出凜然：他怎敢生出這般僭越的心思！

張遮胸腔鼓動得厲害，從這房裡出去，走到外面時，便給了自己一耳光。

「啪」地一聲輕響。

他微微閉了閉眼，被外頭的風一吹，才終於恢復了幾分清醒的神智與冷靜。

這會兒外頭的人也都縮在角落裡睡著了。

四下裡靜寂無聲。

只有那孟陽竟坐在火堆前，聽見動靜，轉過頭來望了他一眼，待瞧見張遮那一張清冷的臉上留下的手指印時，便不由一挑眉梢，神情變得古怪了幾分。

第一一七章　得知

已經快後半夜了。

山野裡一片茫茫，破敗的廟宇外面隱約還能看見天教的人在守著，一則是防備人偷襲，二是對先前去東城門的那幫人還懷有些希望，也許過不一會兒就回來。

但在廟宇裡面，只這一堆火。

張遮的目光，與孟陽對了個正著。

看神情便知道對方誤會了什麼。

但他也不解釋，只踱步來到火堆前，坐在了孟陽旁邊一點，撿起邊上一截樹枝，輕輕地折了，投入火堆。微紅的火光映照著他的面頰，沉靜之餘卻似有幾分惘然。

這會兒孟陽那遮擋著臉龐的頭髮倒是撩開了許多，露出大半張臉來，竟不見半分凶惡，反而有一種禪定似的平和，怎麼看也不像是能殺自己一家上下五十餘口的人。

但世間真正的窮凶極惡之徒又有幾個明白地長著一張惡人的臉呢？

他唇邊掛上了點笑意。

目光從周圍已經熟睡的人身上掃過，竟也不憚自己說話被旁人聽見，用那嘶啞的、刀磨著嗓子似的聲音道：「早兩年沒入獄時便曾聽聞，河南道顧春芳手底下有個能吏，洞察秋毫，斷案頗有本事。張大人清正之名，孟某人可真是久仰了。只是沒料到，會在這種地方遇見。連您這樣的人都與天教同流合汙，真是……」

後頭的話便沒有說了，但他「嘖」了一聲，意味已不言自明。

孟陽手裡拿著一根稍粗的枝條，在火堆裡輕輕撥著，便有點點火星在熱氣裡飛騰起來。人坐在旁側，寒氣也驅散許多。

張遮的目光落在孟陽手中這根枝條上，聽得對方言語，有好半晌沒有說話。直到看到那根枝條撥過火之後也被火舔上來燒著，才平靜地道：「你乃是昌平人士，家中殷實，二十歲那年娶了嬌妻過門。不想還沒兩年，嬌妻便在家中上吊而死，一屍兩命。你傷心之下上山出家當了和尚，法號『湛塵』，本已算遁入空門。沒想到，又幾年後，竟無意中得知髮妻乃是被家中所害，一為取其財，二為為你娶高官之女。你一怒之下，身上僧衣未脫，提著寺中武僧用的戒刀，便回到家中，為了防止眾人逃脫，你先在後門放了把火，又拴上了大門，再往裡面逼去。見一個便殺一個，裡面包括你的父兄，弟侄，年歲長者六十有二，年歲小者方才十三。半夜殺下來，還活著的只有你多年前養的一條狗。」

「啪」，孟陽手裡那根樹枝忽然拗斷了。

斷裂的那一截掉進火裡，很快便燒著。

他目中終於透出了幾分血腥氣，卻扯著唇角笑：「不愧是張大人，這也知道。」

張遮說起這些來並不覺得有什麼，經手過的慘案太多，縱有悲憫之心也不至於情為之牽、心為之繫了，只是道：「你押入天牢待審已久，本是要秋後處斬，卷宗正好經由刑部過。我供職於刑部，自然看過你的卷宗。」

換句話講，張遮比其他人更瞭解孟陽。

這是孟陽絕沒有想到的。

他忽然感覺到了一種說不出的危險，對眼前這看上去平平無奇的刑部清吏司主事張遮，生出了幾分先前未有的忌憚。

張遮好似對這種忌憚一無所覺，寡淡清冷的眸底映著廟宇裡這堆火光，視若尋常般地道：「你殺一家五十餘口，其罪屬實，無論事出何因都是情法不能原諒、不能饒恕。卷宗方遞到刑部時，便畫了你秋後處斬。沒有想到，竟被人壓了下來，說你髮妻上吊之事尚有疑點和可酌定之處，只將你收監入獄，暫不發落。是以事情才拖到現在，懸而未決。」

孟陽這樣的人，萬死難抵其罪。

雖身陷險境，可張遮對自己的愛憎也半分不掩飾，終於轉過了目光直視著對方，道：「我倒很想知道，你背後站了誰，竟有這樣大的本事能壓下秋決這樣的事。」

孟陽手裡還拿著一截樹枝，平和的面容雖然有些髒汙，可映著這暖紅的火光竟像是廟堂上高坐的佛陀，竟是道：「孟某在白馬寺出的家，為我剃度的大和尚當時法號圓機，精研佛法也有四五年，張大人這麼好奇，不妨猜上一猜？」

白馬寺，圓機和尚。

那不正是如今被皇帝沈琅親封的當朝國師嗎？

剃度這件事大抵是真的。

可張遮卻不接話了，因為事情實不會如面上看到的這般簡單。若是圓機和尚做這件事，未免太露痕跡，滿朝文武都看著呢。

入了冬後，天亮得便晚。

但謝危夜裡睡得一貫不是很好，又習慣了早起，睜開眼披衣起身時，外頭還黑漆漆一片。昨日雪夜裡出過門受了些寒氣，他有些咳嗽起來。

劍書在外頭聽見他起身，便叫人進來伺候。

聽見他咳嗽，劍書道：「劉大夫先前給您開的藥挺好用的，讓人給您煎一服來吧。」

謝危輕皺了眉頭，道：「不必。」

他略作洗漱便走到了案前，翻起堆在案頭上的這些事情來，只是這些要麼是朝堂的公文，要麼是天教的密報，一眼看過去件件都令人生厭。

劍書本已經準備好天教這邊一應事宜來報，可抬頭一看謝危坐在那案前半晌沒動，不由納悶，主動道：「劫獄的那幫人剛走，城門口留了個記號，看模樣是往燕莊方向去。教首那邊親自下令另派了一撥人去他們暫時的落腳點接應，但具體去的是誰還不知道。屬下怕打草驚蛇還未多問，要問問嗎？」

謝危卻沒理，忽然問：「沒別的事嗎？」

劍書愣住。

謝危又咳嗽了兩聲，燈火的光芒照著他發白的臉，眉眼的輪廓之間透出幾分纏綿的病氣，竟不想做什麼正事，只一把將面前的案牘都推了，起身來反向前面斫琴堂而去，一面走一面道：「翻過節便是正月，也沒幾天了。倒有一件，你著人去打聽打聽如今京中的小姑娘都愛什麼東西，擬張生辰禮的單子上來，我琢磨琢磨。」

小姑娘愛的？

生辰禮？

誰正月裡要過生辰嗎？

劍書在自己腦海裡搜尋了一番，竟是不記得誰在正月裡過生辰，然而再一想謝危這話裡用的「小姑娘」三個字，便忽然明瞭了，暗自咋舌。

他可不像是呂顯那般動輒敢在謝危面前咋咋呼呼的，只敢在自己心裡咋呼了一陣，面上卻是半點也不顯露好像接了個重任似的，鄭重道：「是。」

斫琴堂裡還是昏暗一片。

謝危走入，點上了燈。

窗前那制琴用的檯上櫸木木板已經按著琴的形制做好，只是還未拼接、上漆。他把燈擱在窗臺上，又挽起袖子來拿了一柄刻刀，只是方要雕琢細處時，手指卻是一頓。

忽然想到的是——

那小丫頭的琴雖是古琴，可舊琴便是舊音，養得再好也恐有不如意之處，自古「新不如舊」想來是謬論罷了。新斫一張琴當生辰禮大約不錯，只可惜自己近來太忙，斫琴也慢，怕琴未畢她生辰都過了。

只這麼個念頭劃過腦海。

謝危手上一頓後便埋下頭去斫琴。

劍書看著總覺得他像是心裡裝著事兒，可先生的心裡什麼時候不裝著事兒呢？勇毅侯府的事情雖是有驚無險，甚至算得上是一招妙棋，只等著往後派上用場之日。然而到底是離開了那座宅院，離開了這座京城，先生面上不說，暗地裡只怕積攢了太多的不痛快。

他也不敢問堆在案頭上那些事要怎麼辦。

只好在門口候著，也不敢入內打擾。

這樣早的時候，大多數人都還沒起身呢。

四下裡靜悄悄的。

所以一旦有腳步聲就會變得格外明顯。

劍書才站出來不久，就聽見了這樣一道腳步聲，從前院裡傳來。

是個僕人。

來到斫琴堂前便小聲道：「門外有人求見，說有要事相稟，請先生撥冗，對方自稱是錦衣衛千戶周寅之。」

周寅之？

這人劍書倒有耳聞，只是也沒留下什麼好印象。

聽見時他便皺了眉：「說是什麼事了嗎？」

僕人道：「沒有。」

劍書猜謝危是不見的，可這人他們以前從未接觸過，也不敢如旁人一般直接就回絕了，是以又進來問謝危。

謝危果然道：「不見。」

朝中官員來拜會他無非是那幾個因由，時間一長了便惹人厭倦，若非有事要謀劃，他向來更願意獨善其身，不愛搭理旁人的事情。

更別說是今日了。

劍書一聽便要出去，打發那周寅之走。

只是他腳步才到門口，謝危手裡的刻刀便停了。

他忽然道：「叫人進來。」

劍書也搞不懂他怎麼又改了主意，愣了一愣才反應過來，領命叫人引了周寅之入內。

大半夜過去，周寅之還穿著昨夜一身衣裳，那飛魚服的衣領袍角上既沾著汗氣也沾著霧氣。人才從外頭進來，謝危就看出他昨夜似乎沒睡。

不然錦衣衛千戶又不必早朝，沒必要一大早穿成這樣。

他只問：「謝某向與錦衣衛無甚交集，周千戶天還沒亮便來找，不知是有什麼緊要的事情？」

周寅之也的確是頭一次來拜會謝府。

可昨夜發生的事情已經遠超出了他如今處理的能力，眼看著天將明卻還找不到姜雪寧的下落，他便知道自己必定要知會旁人了。可是要先告訴姜伯游嗎？周寅之實在不敢。事情一旦敗露，一則是暗中找關係放人進天牢探視勇毅侯府，二則是官家閨秀下落不明，任何一個名頭落下來他都吃不了兜著走，且還未必能解決問題。

坐在那牢房內足有半個時辰，他將心一狠，乾脆拜上謝府。

無他，只賭一把！

謝危乃是姜雪寧在奉宸殿的先生，閨中女子年紀不大卻知道許多朝堂上的事情，上一回從天教手中贖信的事情他雖從頭到尾都沒明白姜雪寧是怎麼個用意，可卻隱隱感覺出她與太子少師謝危關係匪淺。

好歹是當朝「三孤」之一。

若謝危肯出手，怎麼著也比他自己想辦法來得要穩妥一些。

周寅之刀刻似的眉上皆是凝重，甚至有幾分豁出去似的凜然，躬身向謝危一禮的同時便閉上了眼，道：「天教亂黨劫獄，姜二姑娘彼時正在天牢之中，如今下落不明。」

「嚓！」

靜寂的斫琴堂內一聲刺耳的輕響，竟是手中的刻刀在琴板上劃下了一道粗痕，深深地陷入了木板裡面，連著右手指腹都磨破了點皮，滲出血來。

這琴做不成了。

謝危心裡忽然冒出這麼個想法，目光卻在那深痕上停得片刻，然後緩緩轉過頭來，凝視著周寅之，彷彿沒聽清楚一樣，輕輕問：「你剛才說誰？」

同樣是清晨。

破廟裡歇息的眾人也相繼醒轉。

火堆的火也熄滅了，只留下一點泛紅的餘燼。

發白的霧氣將周遭山巒淹沒，把遠山近影都調成了黑白灰的顏色，然而濃重的霧氣裡卻不乏有馬蹄聲傳來。

在廟宇外盯梢的人早已候得久了。

聽見馬蹄聲便道一聲：「來了！」

眾人聽見一下都振奮了起來。

姜雪寧一夜好睡，才剛醒不久，睜開眼睛坐起身來便感覺到一件外袍從自己身上滑落，這才注意到張遮早已不在房中，自己身上這一件分明是他昨日穿的外袍。

那衣袍上沾著些許清冽之氣。

她怔神了片刻，輕輕地撫過了衣袍領口袖邊細密的針腳，只覺一顆心怦然地躍動著，又酸又澀。重來一世，能見著他好好的已很開心，可老天爺待她也太好了些，竟還讓自己有與他共患難的機會……

姜雪寧忽然笑了一笑，雖然睡了個渾身痠痛，也還是俐落地下床來，兩下將這件衣裳疊了，從這屋裡走出去。

但這會兒眾人都站在了破廟外面。

她一眼看過去，張遮還立在那門檻裡面，只是也朝外面看著。昨日那似乎引起了一陣震悚的孟陽倒依舊靠角落坐著，連姿勢都差不多，也不知是一宿沒動過還是動過了又坐回去。

反正姜雪寧也不關心。

她徑直從這人旁邊走過，便到了張遮旁邊：「張大人，衣服。」

似乎是天教那邊來接應的人到了。

張遮正想著來的會是誰，聽見聲音回頭，才見方睡醒的少女已經站到了自己身邊，大約是昨夜那床榻不舒服，睡姿不很好，左臉側邊還帶上了一道微紅的睡痕，像是枕頭或是他衣領留下的紅印子。

他怔了怔才接過了衣袍。

只是這衣袍上又沾上了少女身上帶著的馨香，他拿在手裡，卻沒有披到自己身上。

廟宇外那一片濃霧裡，來者終於現出了身形。

竟是一隊精幹的人馬。

一行二十餘騎，兩騎在前打頭，堪稱是風馳電掣地停在了廟宇前頭。

黃潛立刻就迎了上去：「左相大爺，定非公子，可把你們等來了。」

那當先的兩騎是一老一少。

老的那個鶴髮雞皮，做江湖郎中打扮，叫馮明宇，乃是金陵總舵派到通州分舵的坐堂，統管分舵事務，教內一般人都要喚「左相大爺」，「左相」是左丞相，「大爺」則是江湖裡的俗稱，足可見此人地位之高。

少的那個卻是面容俊秀，五官出挑，身穿錦繡，腰佩寶劍，一身的風流遊俠姿態。一雙桃花眼勾魂攝魄，單單眼角那流轉的光華，叫姑娘們看了也是臉紅心跳。

旁人見了，都不由暗道「好個一表人才」。

姜雪寧一見之下卻是面色驟變，一股惡寒之意陡從腳底下竄上來通到後腦杓，嘴角都不由得微微抽了一下：糟糕，怎麼是他！

少的這個，不是旁人，正是她上一世所認識的那個蕭定非！

馮明宇位置要高些，身子骨已經老了，哪禁得烈馬這麼顛簸，扶著旁邊人的手下來的時候，臉色都不大好，只喘著氣道：「若非教首之令，誰一把老骨頭還來犯這險境。怎麼樣，公儀先生呢？」

他這時才來得及掃眼一看。

然而這一看便看出情況有些不對，除了他們天教本來的人之外，更有許多人身上還穿著髒汙的囚衣。

黃潛知道事情棘手，忙湊上前去低聲對馮明宇細說昨夜的情況。

蕭定非也下馬來很自然地站在旁邊聽。

姜雪寧立在張遮身邊，分明見著那黃潛說話時眼睛向張遮這邊看了好幾回，一顆心便狂跳起來：上一世她便知道蕭定非與天教有千絲萬縷的聯繫，不成想這一世竟讓她親眼看見！這人將來可是要「回」蕭氏去的，位置如此重要，那他是否知道真正的「度鈞山人」是何身分！

馮明宇聽完之後兩道灰白的眉毛便皺緊了，下意識也看向了人群後方的張遮。

蕭定非也聽了個清楚。

不過……

度鈞山人？

他斜飛的長眉輕輕挑了一下，腰間長劍隨意地按著，腳底下走了兩步，竟站到了廟宇前頭，上下打量著張遮，唇邊噙了一抹玩世不恭的戲謔笑意，道：「你便是我們教中那神龍見首不見尾的『度鈞山人』？」

張遮只聽得那黃潛喊「定非公子」時便皺緊了眉頭，再一看那從濃重霧氣中出來的身影，其一言一行、一舉一動，莫不與他上一世記憶中那後來回到蕭氏的定非世子對上，眼皮便輕輕地跳了一下。

這人怎麼會出現在天教？

眉頭輕蹙，他想要說什麼，然而這時站在他身邊的姜雪寧卻毫無先兆地拉住了他的袖子，扯了一下。

他將要出口的話下意識收了回去。

這動作算不上是大，可在周遭肅穆的時候，也算不上是小。

蕭定非就站在近處，輕易便注意到了。

他不由得向旁邊看了一眼，沒料想不看不知道，一看旁邊立著的這「小子」，面上雖然髒兮兮的，五官卻是好看至極，那伸出來的一小段指尖白生生的，指甲粉透透，未壓緊的衣領裡雪膚吹彈可破，叫人細細一品之下竟覺能暢想出幾分魂銷滋味兒。

女人？

蕭定非可不是什麼正經人，一見之下什麼緊要的事都拋到腦袋後頭去了，一雙漂亮的桃花眼裡浮上了些許興味，目光竟落在姜雪寧身上不轉開了：「沒想到這樣要命的時候，還能帶女人。不知姑娘怎麼稱呼呀？」

昨日就有人看出張遮身邊這人不對勁了，要麼是姑娘，要麼是小白臉。

可都是老江湖了，也沒誰去戳破。

哪裡料到這天教也不是什麼來路的「定非公子」居然直接一語道破，斷言對方是女子，還直接搭訕問起了芳名！

姜雪寧忽然想：這壞胚就該立刻送回蕭氏去，好叫那一家子知道什麼叫「報應」！

第一一八章　混子

後頭馮明宇和黃潛可沒料著這一齣，然而蕭定非的身分畢竟與他們不同，實打實是金陵總舵那邊出來的，是人就要喊一聲「定非公子」，一則怠慢不起，二則訓斥不得，只好在後頭裝模作樣地咳嗽提醒，以暗示蕭定非不要太過輕浮。

蕭定非哪兒能搭理他們？

便是在教首與公儀丞面前的時候他也不收斂，當下看都不回頭看一眼，擺擺手趕蒼蠅似的竟道：「知道知道，問問而已又不怎麼樣。」

在場眾人頓時面面相覷，目瞪口呆。

張遮的眉頭已經皺了起來。

姜雪寧見著這位「老朋友」卻是不由得扯了扯嘴角，下意識便想拿出上一世對付此人的架勢來，然而眼角餘光瞥見自己身邊站著的是張遮，也不知怎的，立時就不敢輕舉妄動了，只看了蕭定非一眼，連回都沒有回半句。

這模樣落在蕭定非眼底，自然有了一種別樣的意味兒。

於是他的目光輕易回到了張遮身上。

張遮蹙著的眉頭沒有鬆開，心下對這蕭定非已然不喜，且他知道上一世此人與姜雪寧交厚，不知怎的就更多了一重成見，眼底頗有幾分冷肅，道：「舍妹無意之中捲入此事，還請定非公子勿要胡言亂語。」

舍妹？

蕭定非可不相信，心底一哂：親妹妹，情妹妹還差不多吧？

他「哦」了一聲，半真半假道：「原來如此。」

眾人皆是一怔，也不知有沒有信張遮的話。

姜雪寧卻是愣住。

在聽見「舍妹」二字時有一種怪異的失落，然而轉念一想：如今她意外捲入此事，不得已與張遮同進同出，若不是兄妹，難道要說是「夫妻」嗎？

張遮正人君子，又怎肯在這上面占人便宜？

所以僅片刻她就斂了心神，抹去了那股怪異的失落。

她向張遮看去。

張遮卻搭下了眼簾。

蕭定非面上掛著那種浮著的笑，又問：「大人便是度鈞山人麼？」

這回張遮道：「你看我是，我便是。」

蕭定非抬眉：「那我看你不是，你便不是嘍？」

以公儀丞為餌誘天教上鉤，再借朝廷本身之力，假稱是天教最神祕的度鈞山人，趁亂混入天教，乃是謝危在朝中提出的計策。這份計策有一個基礎。

那就是從公儀丞身上搜到的一些關於天教的密報和教中關係，以公儀丞的身分自然知道許多祕辛，是以才敢說借此假冒與公儀丞齊名的度鈞山人。

可這裡面並未提到蕭定非半個字。

若張遮還是往日的張遮，此時此刻面對著一個完全不知根底的定非公子，只怕面上不顯心神也早就亂了，然而上一世的記憶終究不是虛妄。

他敢應下此事，除卻公儀丞身上搜到的那些之外，自然也有一些自己的依仗。

比如上一世蕭定非初回京城時，可給蕭氏找了好些麻煩，裡頭有一些實在算得上烏七八糟，今次正好派上用場。

周遭所有人的目光都落在張遮臉上，見他片刻沒說話，剛來的那夥天教之人甚至起了戒備，隱隱然竟堵住了其他方向的去路。

姜雪寧心中暗凜，屏息以待。

張遮終於平淡地開了口：「定非公子自來不受約束，八方賭坊的債尚且沒還，十九樓的妓子為你癡心殉了情，腰間雖佩寶劍，但在練家子手下走不過十招，張某也想問，這一灘渾水公子怎麼攪和進來？」

蕭定非面色瞬間一變，一句「你怎麼知道」下意識便要脫口而出，話到唇邊時才暗自一驚，舌尖一卷忙將話頭收回，只盯著張遮，目中微冷，凝重極了。

這些事情件件是真。

可發生的時間卻橫跨了好幾年，便是身邊親近之人也未必記得了，如今在此人口中竟是件件清晰，實在叫人生出幾分寒氣！

而且——對方還問，他怎麼攪和進這一灘渾水。

初聽得剛才黃潛說此人身分不簡單或許便是教中的「度鈞山人」時，他心裡只覺得好玩，暗想朝廷實在沒腦子，真當天教裡沒一個知道度鈞是誰嗎？

所以見著張遮，便想要拆穿他。

然而這一番對答的結果卻是大出他意料，迫使他靈活的腦筋瞬間想到了另一種可能：是了，這人既然在朝為官，必定與那人相識。有那人在怎可能任由旁人假冒自己？且天教這邊還未收到半點風聲！

蕭定非只這麼一想，背脊骨上都在冒寒氣。

馮明宇、黃潛等人卻是聽了個一頭霧水，還不大明白：「我等久在分舵，便是有幸前往總舵面見教首，常常也只見著公儀先生，度鈞先生卻是向來無緣得見，久聞大名卻未見其人。定非公子久在總舵，總應該見過，所以……」

蕭定非想也不想便道：「所以什麼？」

黃潛頓時一愣。

蕭定非眉頭皺起來好像覺得對方很過分似的，很不客氣地道：「我久在總舵怎麼了？久在總舵就該見過度鈞先生嗎？那等神仙樣的人物也是你我見得起的？」

媽的，真讓這兩傻貨見著能嚇尿他們褲子！

他忍不住腹誹了一句。

馮明宇與黃潛還不知道自己在這位總舵來的「定非公子」心裡已經被劃入了「傻貨」之列，聽了他這番話還有些反應不過來：「您的意思是……」

蕭定非毫不猶豫道：「沒見過！」

只一聽這姓張的死人臉剛才說的那番話，他便覺得這一灘渾水只怕是那人的手筆，心裡一則大罵糟老頭子還不死，二則大罵姓謝的心狠手辣不做人，卻是萬萬不敢戳破張遮乃是假冒，唯恐萬一壞了那人的事吃不了兜著走。

至於天教？狗屁天教，干他何事！

這截然的否認一出口，馮明宇和黃潛都是萬萬沒想到。

張遮卻覺出裡頭有些端倪。

姜雪寧憑著上一世對蕭定非的瞭解便覺得方才片刻之間這人心底已不知繞過了多少彎彎繞，「沒見過」三個字只怕是假！

蕭定非說完之後卻是袖子一甩便不打算搭理此事。

要知道，上回他從青樓出來，留話騙來找他的人追去酒坊，實則是回了京城分舵。

結果在門外就聽人說公儀丞去了那人府上。

當時就駭得他亡魂大冒，一縮自己脖子，哪兒還敢在京城多待？腳底抹油一溜煙地跑了，只是才到通州又接了總舵來的密信，要他配合眾人劫獄把被朝廷抓了的公儀丞救回來。

開玩笑！救公儀丞？

去了那人府邸，公儀丞這老烏龜還能被朝廷抓了？只怕朝廷不想殺公儀丞，那人也要第一個先把公儀丞弄死，好叫他不能開口說話。

這裡頭鐵定有詐。

只是總舵教首命令在，他實在推辭不得，裝病也裝不過去，一想自己反正也不用真的去劫獄，只是打個接應，應該傷不了小命，所以才硬著頭皮來了。

然而在他眸光隨意從人群中晃過的瞬間，卻忽然瞧見了角落裡一道不高不壯紮了個沖天小辮的身影。

那小孩兒也正瞧著他。

蕭定非認出他來，嚇出一身冷汗，頓時打心底裡慶幸自己方才沒有一時糊塗就說什麼「見過度鈞山人」這種話，不然那人新帳舊帳一起跟他算，只怕要叫他死無葬身之地！

此刻旁聽的眾人卻自認為明白了：大概天教這位度鈞山人十分神祕，連他們教中之人都不敢貿然確認身分，而這位張大人回答他們時雖模棱兩可，卻是神通廣大，本事不小，能直接讓人開了城門將他們放出去。所以即便不是度鈞山人本人，也一定與其有匪淺的關係。

旁人這般猜，馮明宇與黃潛自也不例外。

且他們想得還要深一層，定非公子在教中不過表面光鮮人物，內裡實是蒸不爛、煮不熟、捶不匾、炒不爆、響噹噹一粒銅豌豆！能知道他這些狗屁倒灶的事兒，必定是教中人。再細想「你看我是，我便是」這一句，便是暗示了他與度鈞山人的關係，無疑是領命來的，他之所言便是度鈞山人之所言。

他們還真沒考慮過這是個局。

畢竟這人在他們面前顯露過本事，出天牢過城門，都是他出了大力。天教往日再猖獗，朝廷也不過就是派兵掃蕩，真沒到趕盡殺絕的地步，有些地方官還巴不得他們鬧，能上報朝廷拿些剿匪銀款。突然之間，哪兒能冒著放走犯人、放走亂黨的風險，做出這麼個大局呢？

所以很快，眾人對張遮的態度便定了下來，想來想去在這裡稱他為「張大人」有些怪怪的，叫「公子」又顯得不恭敬，便乾脆沿著對教中謀士的稱呼，一律稱為「張先生」。

黃潛言語間暗問他是否為度鈞山人做事。

張遮沒有否認，且道：「山人最近隱逸超塵，不涉凡俗，近來已甚少出門了。」

這話落在眾人耳中，無疑勾勒出了一副世外高人的畫像，便道這位度鈞山人隱居化外，是懶得搭理世事，所以才派了張遮前來處理。

姜雪寧總算鬆了口氣。

一旁的蕭定非聽了，在別人看不見的角度，差點沒把白眼翻上天去！

第一一九章　宮花

一干天教話事者於是請了張遮去外頭人少的地方說話，看模樣是要商議一些事情。張遮自然不怕。

他暗中還帶著公儀丞身上搜出來的一些天教的信物和密函，正好借此機會取得這幫人的信任，便轉頭交代姜雪寧一句：「不要亂走，等我回來。」

見著姜雪寧點頭答應，才同眾人去了。

姜雪寧聽話，也沒到處亂走。

只是眼下不似昨夜天黑忙亂，誰也沒注意，而是天光明亮，縱然有臉上塗了黑灰，也瞧得出五官極好，是美人胚子。蕭定非更道破她女兒家身分，張遮一走，眾人眼光都往她臉上掃。角落裡紮沖天辮的小寶瞅了她半天。

過了一會兒，也不知哪裡找來只水盆，竟從溪裡盛了水來，笑嘻嘻對她道：「原來竟是張大人的妹妹，昨天晚上怠慢了，姐姐洗臉嗎？」

姜雪寧不由一怔。

她下意識看了看小寶的手指，大約是清晨洗漱過了，昨日手上沾的墨跡已經不見。

對方看著他的目光亮晶晶的。

但她心頭卻是微微凜然。

張遮已經給了她一個身分，說是他妹妹，這不知根底但面上屬於天教的小寶，又親自端水來，實在不能不讓人揣測其用意。

轉眸一看，其他人也都在溪邊洗漱。

接下來還要走上一路，水端到面前她不洗，繼續黑灰一張臉，只怕是心虛，有些「此地無銀三百兩」，還恐牽累使人疑心張遮。兩害相權取其輕，姜雪寧心底一番思量，便鎮定自若地一笑，溫和地道了聲謝，真的俯身下來洗臉。

小寶兒便像是大街上小孩兒看漂亮姑娘一樣好奇地看著她，也不走。

清晨冰冷的溪水除去了塵垢。

少女那一張俏麗白生生的臉便露了出來，縱然是不施粉黛，在這荒山野嶺中也好看得有些過分了。

天教其他教眾與牢裡跑出來的這部分囚犯，大多都是大老粗，平日裡見過最好看的或恐就是鄰家姑娘或者青樓裡塗脂抹粉的妓子，這樣姿容豔麗的何曾有緣得見？

一看之下不少都呆了眼。

小寶看見這張臉後卻是悄悄擰了一下眉，但也沒人發現，接著就拍手高興地叫嚷起來：

「姐姐真好看！」

姜雪寧有心想趁此機會與這小孩兒攀談幾句，探探虛實。

沒成想，還沒等她開口，小寶已經一拍自己腦袋，只道「糟糕忘了事兒」，竟一溜煙跑了。眾人只道小孩子忘了事忙慌去做，都沒在意。

姜雪寧卻覺心底說不出地不對勁，也不去旁人那邊湊熱鬧，只踱步走了出來，遠遠看著眾人議事去的那片密林。

她一張臉洗乾淨了，眉睫上沾了水珠濕漉漉的，身上還穿著不大合身的甚至有些過於簡單的男子的衣袍，卻越襯得如清水芙蓉一般，顧盼之間神光流轉。

於是張遮與眾人結束商議，從密林裡走出來之後，便發現情況似乎有些奇怪。

一路上見到他的人竟都笑容滿面，甚至有些殷勤。

一名已經換下了囚衣的江洋大盜在他經過時主動遞上了炊餅，笑著道：「張大人早上還沒吃吧，先墊墊？」

張遮看了他一眼：「多謝，不過不餓。」

又一名臉上砍了道刀疤的壯漢豪爽地迎了上來：「張先生可真是神通廣大，我老仇可許久沒有見過這樣厲害的人物了。昨夜倒是我們誤會了，沒想到那嬌滴滴的小姑娘原來是令妹，您放心，這一路上有我們在絕對不讓旁人傷了她分毫。」

張遮：「……」

還沒等他回答，旁邊一名正在整理馬鞍的天教教眾已經鄙夷地嗤了一聲，竟插話道：

「人家姑娘什麼身分你什麼身分，想吃天鵝肉這麼心急，也不怕燙著嘴。」

那刀疤臉壯漢面色頓時一變。

張遮卻是終於有點明白這演的是哪一齣了，因為他走回來時一抬頭，已經看見了前面牆下立著的姜雪寧。少女身上還穿著他的衣袍，但那巴掌大白生生的小臉已經露了出來，正抬眸看著牆上那些被風雨侵蝕得差不多的壁畫，天光透過霧氣輕靈地灑落在她眼角眉梢，叫人移不開目光。

而且這時候，她旁邊還多了道礙眼的身影。

正是那名大家商議事情時候一臉無聊找了個藉口便溜走的天教定非公子。

蕭定非對天教那些狗屁倒灶的事情一點也不感興趣，在看見張遮拿出信物的時候，他就萬般確信公儀丞那老鱉孫必然死翹翹了，左右一琢磨，還不如出來溜達。

畢竟他心裡還惦記著外頭有美人。

他走回來的時候剛巧看見姜雪寧站在那傾頹的廟牆底下，有一瞬間恍惚竟以為那是畫上的巫山神女，不由自主就湊了過來。

廟宇外頭的畫像無非是些佛像，更何況倒的倒，塌的塌，顏色也早糊作了一團，不大看得清了。

這有什麼好看的？

蕭定非不學無術，有心想要裝個樣子附會幾句，但搜腸刮肚也想不出什麼好詞兒來，乾脆異常直白地搭訕：「姑娘有心於佛學麼？」

姜雪寧不過是在等張遮，又忌憚著天教與天牢裡出來的那些人，不好靠得太近，所以乾脆站在這牆下隨便看看。

她哪裡又是什麼飽學之士呢？

上一世，在「不學無術」這一點上，她同蕭定非倒是很像的。

早先她眼角餘光便掃到蕭定非靠過來了，此刻聽他說話搭訕也不驚訝，心底哂笑了一聲，故意一副不大搭理的模樣：「沒什麼心。」

這幾個字簡直沒給人接話的餘地。

若換了旁人聽見只怕早就被噎死了，但蕭定非畢竟不是旁人。

他臉色都沒變一下，竟然撫掌一笑：「那可正好，我也是一點也看不懂，這些勞什子的玩意兒見了就討厭。沒想到姑娘也不感興趣，這可真是志同道合了。」

隔了一世不見，這人還是一如既往地厚臉皮啊。

姜雪寧往旁邊走了一步，不說話。

蕭定非便極其自然地跟了上來：「姑娘住在京城嗎？我也在京城待過一段時間，卻沒能聽說過姑娘芳名，真是懈怠了。我叫定非，姑娘直呼我名便可。不知姑娘怎麼稱呼呀？」

姜雪寧抬眸，卻意外看見了蕭定非背後正朝著這邊走過來的張遮，一下也不知怎麼就想到了這人方才對人說的那一句「舍妹」，於是朝蕭定非露出了笑容，道：「張大人姓張，我是他妹妹，那定非公子覺得我該怎麼稱呼？」

蕭定非：「……」

問方才那一句本就是因為他根本就沒信張遮說的鬼話啊！結果反倒被姜雪寧用這理由噎了回來，好喪氣！

他抬了手指輕輕撩開了自己額邊垂下的一縷碎髮，一副風流倜儻模樣，迅速調整了自己臉上的神情，非常直接地道：「那不知姑娘芳齡幾何，有否婚配，家中幾口人？」

姜雪寧的目光落在他身後，沒說話。

張遮剛來到近處站定，正好聽見蕭定非此言，原本便沒什麼表情的臉上越顯寡淡，聲音清冷地道：「定非公子問的未免太多了。」

蕭定非這才意識到自己身後有人。

話是被人聽了去，可他一琢磨，實在也不怕此人。

誰叫他自己說這是他妹妹呢？

他笑著回轉頭來，面上就是一片的誠懇，竟不因為張遮過於冷淡的言語生氣，顯得涵養極好，道：「不多不多，一點也不多。其實在下年紀也不大，終身大事也一直沒有落定，只是身世不好，家中無有親故，是以凡事都要為自己打算著。方才一見令妹，便覺得很是投緣。張大人來得正好，您該有令妹的生辰八字吧？」

提親才要生辰八字……

這人一把算盤扒拉得像是很響！

姜雪寧聽到，嘴角都不由得微微抽了一下。

張遮對此人的印象更是瞬間壞到了極點，眉目之間都一片霜染顏色，異常冷淡，索性道：「不知道。」

蕭定非覺得沒道理：「她是您妹妹，您怎麼會不知道呢？」

張遮臉色更差。

姜雪寧看得偷笑。

張遮便不看蕭定非了，搭下眼簾，轉而對她道：「走了。」

姜雪寧也不知怎的就高興起來了，瞇著眼睛衝蕭定非一笑，也道一聲「走了」，便徑直從這人身邊走過，跟上了張遮的腳步。

天教這邊已經商議妥當，料想朝廷那邊出了劫天牢這樣大的事情，必定四處派兵搜索，他們這藏身之處雖然偏僻，可一路難免留下行跡，還是儘快到通州最為安全。

所以眾人即刻便要啟程。

只是商議這行程的都是天教之人，從天牢裡跑出來的這些人卻不在其列。天教這裡把計畫一說，都沒問過他們意見，惹得有些心思敏感之人暗中皺了皺眉。

有幾個人不由悄悄向那孟陽看。

沒想到孟陽從那角落裡起身來，竟是渾不在意模樣，彷彿去哪兒都是去，根本沒有半點意見的樣子，跟著天教那幫人往前走。

馬匹有限，但天教那邊已經信任了張遮，又道他為度鈞山人辦事，不敢有怠慢，所以也勻了一匹馬給他。

張遮在整理馬鞍。

姜雪寧背著手乖乖地站在他身邊，打量著他神情，忍笑道：「兄長竟然不知道我的生辰，這可不好吧？」

她這「兄長」二字聽著正常，可實則帶了幾分挖苦揶揄的味道。

張遮若不知她也是重生而回，或恐還聽不出深淺；可上一世對她也算了解了，知她性情，便聽出她不大痛快。

只是他卻只能假作不知。

拽著韁繩的手停了停，他靜默道：「權宜之計，還請姜二姑娘見諒。」

姜雪寧道：「可張大人都說了，我是你妹妹，若不知我生辰，將來他人問起，不落破綻嗎？」

張遮不言。

姜雪寧道：「張大人就不問問我生辰？」

張遮仍舊不言。

姜雪寧便覺心中有氣，可也不敢對他使前世那嬌縱脾性，委屈巴巴地道：「我是正月十六的生辰，可也沒剩下幾天了。」

張遮當然知道她生辰。

她是皇后啊。

每逢正月十六，便是蕭姝入了宮後，沈玠也總是要為她開宮宴，請戲班子，掛了滿宮的花燈，還叫了翰林院裡前一年點選的翰林們為她作詩寫賦，文武大臣們也願討皇帝歡心，獻上各種奇珍異寶。

她見了珍寶便歡喜，聽了詞賦卻無聊。

他兩袖清風，並無可獻之物。

那晚御花園裡瓊林玉樹，觥籌之宴，滿座華彩文章，高士雲集，大多都是有功名在身的人。

當時有皇帝派人賞宮花下來。

他性不合群，獨來獨往，或恐旁人不喜，於是開他玩笑，說這滿朝文武官員大多從科舉出身，瓊林宴上都簪過花，唯有張侍郎吏考出身，少個好意頭。

沈玠大約也是飲酒不少，竟笑著叫人給他遞上來一朵。

大乾朝文人有風雅之輩，也愛一美字，愛在頭上簪花。

張遮卻非此類。

他接了那朵宮花，謝過聖恩，拿在手裡，並不戴上。

宴畢離席，因事多留了片刻，所以出去得晚了些。

結果從廊上走，便撞見姜雪寧。

那時她兩頰酡紅，也不知從哪裡來，身旁竟沒跟著宮人，一雙清透的眼霧沉沉地，並不如何開懷模樣。可見了他，那一點子軟弱便藏進了厚厚的殼裡，譏諷道：「別的大人好歹進獻了壽禮，張大人倒好，一封帖子道過賀便敷衍了事。本宮就如此讓你退避三舍嗎？」

張遮道：「下官寒微，無物以獻。」

她似乎也不過問一句，並無追究之意。

然後眸光一錯，便瞧見了他手裡那朵宮花，神情於是有了些變化，竟勾著唇角問他：「寒微歸寒微，可倒也有人喜歡麼。」

方才皇帝賞下宮花時，姜雪寧不在。

她該是誤會了。

張遮想要解釋，然而剛要開口時才忽然意識到：他為什麼會想要解釋呢？

姜雪寧見他不說話，便更惱上幾分，可面上卻是半點不顯，一步步走到他近前來，唇邊掛著點笑意，竟輕輕伸手將那朵宮花從他手裡抽了出來。

她手指細長，最是漂亮。

接著便慢條斯理將那宮花綴在了自己的頭上，顫巍巍地盛放在那金步搖旁側，道：「想你也拿不出什麼奇珍異寶，本宮便收下這朵花吧。好看麼？」

他不知如何回答。

姜雪寧便道：「你若敢說『不好看』，本宮一會兒見著聖上，便去同他說宮裡面有人看上了你，同你私相授受。」

他行端坐正，又怎會怕她去胡言？

只是那一時廊上五彩的宮燈掛了長串，她著雍容宮裝的身影卻在陰影裡單薄，那一朵宮花綴著金步搖顫著的流蘇，讓她蒼白的臉龐添了幾分令人驚心的嬌豔，扎了他的眼。

也許是鬼迷了心竅。

他竟沒辯解，只是道：「好看。」

豈料姜雪寧聽了，面色一變，那朵宮花竟被她冷酷地摘了下來，劈手便摔到他腳邊上去，對著他冷笑一聲：「還真跟宮裡哪個丫頭勾搭上了，我當你張遮是什麼正人君子呢！」

說罷她轉身就走了。

廊上只留下他一人獨立，過了許久才將地上那朵花撿了起來。

張遮本以為那一幕他快忘了，此刻浮現在腦海，卻清晰到絲毫畢現。

姜雪寧還瞧著他，暗暗不滿：「我說一遍，張大人可記住了嗎？」

張遮想，妳的生辰，我怎會記不住呢？

但只將那如潮的思緒壓下，慢慢道：「記住了。」

第一二〇章 她不一樣

周寅之將事情原委一一道來，心裡卻是少見地打起鼓來，並不敢抬頭打量謝危神情。

而謝危全程未言隻字。

素日裡撫琴執筆的手指是很好看的，此刻指腹上的鮮血滲出來，他卻面無表情，只是鬆手放下那已經沾了血的刻刀，拿起案角上一方雪白的錦帕將血壓住，破了皮的傷處於是沁出幾分痛感。

算不上多強烈。

也就那麼一點，可偏偏綿延在指頭尖上。不壓著血會冒，壓著了又會加劇傷處的隱痛。

周寅之說完了，道：「事情便是如此了。」

謝危目光卻落在刻刀刀尖那沾著的一點血跡上，問：「所以姜府姜侍郎那邊，還不知此事？」

周寅之道：「茲事體大，下官不敢擅斷。」

外頭天光已經亮了起來，只怕姜府那邊也很快就要發現事情不對勁了。

事情不能拖。

這一瞬間有太多的想法掠過了謝危心頭，一個一個都無比清晰，然而從腦海裡劃過的時候卻什麼痕跡都沒有留下。

唯有昨夜與劍書的一番對答。

劍書說：「事情進展順利，天牢已經被這幫人攻破，城門那邊也安排妥當，只等著張大人那邊帶人經過。小寶在，這一路應當失不了行蹤。只是那孟陽……」

然後他說什麼呢？

他說：「危險之人當有危險之用，小卒罷了，壞不了大事。」

並不明亮的光線從透白的窗紙上照了進來，驅散了由斫琴堂內搖曳的燭火所覆上的那一分融融的暖色，謝危臉龐，只剩下那一點帶了些病態的蒼白與冰冷！

某股陰暗戾氣竟不受控制地滋長。

他胸膛起伏了一下。

這一刻慢慢地閉上了眼，強將其壓下，停了片刻，才道：「有勞千戶大人前來知會，我與姜大人乃是故交，寧二乃我學生，姜府那邊便由我來處理，你也不必插手了。」

他說話的速度不快。

像是要理清什麼東西似的。

每一個字都是緩慢的，清晰的，聽起來尋常而冷靜，然而越是這樣的尋常，越是這樣的冷靜，越讓周寅之覺出了萬般的不尋常、不冷靜。

從他這個角度，只能看見謝危鍍了光的側影，拿錦帕按著傷處的手掌，還有前面琴板邊上沾了血的刻刀……

周寅之眼皮跳著，心底發寒。

他不敢真的說此事與自己毫無關係，只將頭垂下道：「下官不敢妄動，但此事與下官脫不開的關係，位微力薄不敢與少師大人並論，唯請大人若有用得著的地方，儘管吩咐。」

說完這番話，他才告退。

劍書人雖在堂外，耳朵卻是豎著，將裡頭的情況聽了個明白，暗覺心驚，待周寅之走後入堂內一看，只見謝危竟傷著了手，更添上幾分駭然。

他道：「您——」

謝危平靜地打斷了他道：「叫呂顯來。」

斫琴堂內便有藥膏，小傷不必他來操心。

劍書猶豫了一下，終究不敢違令，二話不說立刻打馬去幽篁館請呂顯。

天知道這大冷的天氣，呂顯在暖和的被窩裡睡得正香，夢裡頭玉皇大帝說他天縱奇才於社稷有功賞了他一座城的金銀財寶，他剛要收下，就被人掀開暖被叫了起來。

金銀財寶瞬間化作夢幻。

他臉色都青了，一路來時問過情況，眼底便更見幾分陰沉不耐，幾乎是壓著心底那一股火到了謝府。

謝危已經重新坐了下來。

但劍書分明看見他傷處並未上藥，可此刻也不敢多言。

唯獨呂顯入內後把身上裹著的裘衣一甩，坐都不坐，語氣不善地道：「這等小事也要找我來，你謝居安什麼意思？」

姜二姑娘丟了？丟了就丟了，丟了正好！

要按呂顯的脾氣，甭管怎麼丟的，全都遮掩成夜裡要回府時在街上撞見被擄走的，趁此機會再為天教按一樁重罪，又因為姜伯游乃是姜雪寧的父親，謝危與姜伯游交好，便可挽回先前因顧春芳舉薦張遮介入此事而生出的意外，順勢去「查」那幫人的下落，讓事情重新回到掌控之中。

簡直是天賜的良機！

「那周寅之來找你也不是什麼好貨，區區一錦衣衛千戶，心機深沉之輩，巴巴地主動來找你，憑你的本事收歸己用不在話下，也不擔心他出去嚼舌根。」呂顯真是越說越生氣。

「那張遮未入刑部時查案便是一把好手，極擅捕捉蛛絲馬跡，容他介入此事便是禍根，早除早好。這姜家二姑娘若我沒記錯也與他相識，小小姑娘沉得住什麼氣，必定到處都是破綻。且若此事還牽連官家小姐，朝中那些人必定覺得你提出這計策並不妥當，若攻訐於你，只怕連朝中的局面都壓不住。不如略施小計，乾脆叫這二人葬身一處，永除後患，實在不能更簡單了！你到底哪根筋抽了大早上叫人來喊我？」

這大早上也沒一杯水，呂顯神情越發暴躁。

他正打算自己倒茶去，一垂眸才看見謝危那壓著傷處的錦帕上沾的血跡，忽然停了一停，皺眉道：「你傷了手？」

這時他轉過頭去，重新打量屋內，才發現了那邊放下的木料和刻刀。

心底不知怎麼有了一分不好的預感。

果然，還不待他又開口，謝危已經道：「我先去上朝，下朝後率人追討天教。京中不可無人，便暫交你來坐鎮。」

親自率人追討天教？

這話說得其實沒有什麼大問題。

然而呂顯敏銳地注意到了謝危根本沒提要如何料理那造成意外的張遮與姜雪寧，於是注視著他，問：「那這張遮與姜雪寧呢？」

謝危起身，搭了眼簾：「此事無須你掛心。」

呂顯於是輕而易舉地想到那一晚在他幽篁館裡，他問起銀票時的情形，又想起姜雪寧乃是他學生，那種不好的預感便悄然擴了開。

他的目光已近乎逼視：「你是要去救人？」

謝危道：「事情未必那麼糟，屆時再看。」

呂顯的面色便徹底沉了下來，只思量這句話許久，看著他要往堂後去，知道他大約是要去換上朝服，便道：「我以為公儀丞你都殺了，便想好今後是怎樣一條路，如今你是要捨簡就繁，有俐落法子不用，偏給自己找麻煩？」

謝危沒說話。

呂顯已冷冷道：「你不想殺那姜家二姑娘！」

謝危停住了腳步，竟道：「是。」

呂顯道：「婦人之仁！你可知如今天教是什麼局勢，京中又是什麼形勢？一招棋錯滿盤皆輸的時候，容不得有半分風險！不過一個你教了沒幾天的學生罷了，哪家功成不萬骨枯，你竟心有不忍？」

這話裡已隱隱有幾分更深的質問了。

這一點，兩人都心知肚明。

然而謝危背對著他，過了一會兒，只慢慢道：「她不一樣。」

呂顯最擔心的事還是出現了。

門口的劍書已覺一顆心跳到了嗓子眼。

謝危腦海中劃過的卻是當日層霄樓外長街邊，那小姑娘小心翼翼地從他手中接過錦帕，輕輕拭去自己耳旁的血跡。彼時平南王一黨的刺客也已伏誅，腦袋被箭矢洞穿，狼藉地躺在地上。她看了一眼，雖強作鎮定，面色仍舊發了白，後頭別過眼去，沒敢再看一眼。

天教那幫人他知道。

天牢裡出來的更是窮凶極惡之徒，裡頭更有個孟陽，她若陷在當中……

手指收緊了些，那痛便也變得清晰了一些，殷紅血跡透出錦帕，沾的卻不是旁人的血。

謝危想，情況大約不是呂顯以為的那麼糟。

他這算報恩。

於是，這許多年來，第一次對不知情的旁人吐露了那個深埋心底的祕密，一字一字道：

「呂照隱，她不一樣。她救過我，我欠她一條命。」

第一二一章　天地遼闊

她的生辰，張遮竟然說記住了。

姜雪寧只覺得便是上一輩子兩個人最平和的時候，這人對自己也沒有這般和顏悅色過，怔忡片刻後，心裡竟有些壓抑不住的歡喜。

然而轉念間，眉眼又慢慢低垂下來。

天教那邊不宜在此處待太久，一應事情收拾妥當後，便要帶著眾人離開。

馬匹的數量不多。

但張遮已經基本獲得了天教的信任，又道他代表著度鈞山人，半點不敢怠慢，也使人勻了一匹馬給他。

蕭定非是來時就騎著馬的。

這會兒便高坐在駿馬之上向姜雪寧伸出手掌，頗帶了幾分輕佻地笑道：「此去通州路途遙遠，姑娘這樣嬌弱的人，還是我來帶一程吧？」

竟是邀她同乘一騎。

姜雪寧知道這人是個看人只看臉的登徒子習性，加上此刻心情忽然不是很好，看了他一眼，懶得搭理。

蕭定非挑眉：「妳要同妳『兄長』同乘一騎嗎？」

姜雪寧懨懨的：「干你何事？」

只這四字便透出些許的棱角，沒有先前少女的五官面相所給人的那種嬌柔之感。然而蕭定非這人天生賤骨，越是荊棘叢裡的花朵，他越能生出幾分躍躍欲試之心，聞言竟是半點也不氣餒，反而將那帶了幾分戲謔與審視的目光投向了不遠處正牽著馬的張遮。

張遮：「……」

他沒有說話，只垂眸去整理馬鞍。

過了好一會兒，眾人要出發了，他才向著姜雪寧伸出手去，喉結輕輕滾動了一下，似乎猶豫了一下，才慢慢道：「上馬。」

蕭定非沒有說錯，此去通州路途不算近，雖則過不久就能到市鎮上，但馬車卻不可能有。姜雪寧一介閨閣小姐，難道要她徒步嗎？

是以雖有諸多的於禮不合，也只好便宜行事了。

姜雪寧見狀輕輕一笑，遞過手去，被張遮扶著上了馬，抬眸恰好對上蕭定非那並不很愉快的目光，於是故意回了一個挑釁的眼神。

蕭定非哄女人向來有一套，更別說憑著這張皮囊在秦樓楚館無往不利，還從沒見過這樣不給他面子的人。再一看這張遮，面容寡淡，看不出半點情調，活像是閻王殿裡審死人的煞判官，哪個正常的姑娘家竟然喜歡這樣的人？

真是越琢磨越讓人生氣。

他微微咬了牙，只從鼻子裡哼出陰陽怪氣的一聲：「哼，兄妹！」

但最終也沒有諷刺更多。

蕭定非只是看著張遮那一張看似沒有波動的面容笑了一聲，逕自一甩馬鞭子，也不管旁人如何，當先馳上了那破敗廟宇外的山道。

其他人都落在他後面。

這時候張遮才翻身上馬。

他坐在姜雪寧後面，兩手牽住前面的馬鞍時，便像是自然地將她摟在了自己的懷裡。

那屬於他的清冽氣息，輕易將她包圍。

姜雪寧的身子略有幾分僵硬，看不見身後張遮是什麼的神情，只能看見自己面前那一雙算不得特別好看的手。手指很長，骨節分明，讓人忍不住去想，這一雙手的主人絕非什麼養尊處優之輩，該是吃過苦的。

她不敢向後靠在他身上，只稍稍用力地抓住了前面馬鞍的邊緣。

馬兒朝著前方去，跟上眾人。

冬日的群山，格外有一種凜冽的寂靜。

四下皆是荒野。

沒有半點鳥雀之聲，唯有耳旁呼嘯過去的風聲，和馬蹄踐踏在雪泥地上的震響。與張遮同乘一騎，與燕臨是決然不同的感覺。

那少年熾烈驕傲，自小習武，恣意馳騁在京城寬闊的長道上，好像前方沒有任何事情能夠將他阻擋，而那些飛快從她視線兩邊劃過的，無不是繁華世界。

身後這人卻克制持重，沉默寡言，蜿蜒的山道多有崎嶇險阻，在這馬上一眼望過去看不到天盡頭，風雪蓋得碧樹青草失去顏色，颳面的寒風裡只有背後這似擁而未擁的懷抱還透著淡淡的溫暖。

姜雪寧的心境慢慢也隨著沉靜下來。

他身後的張遮，同樣看不見她的神情。

然而卻覺出了她不同尋常的安靜。

那種默然注視著前方的姿態，竟然讓他想起了上一世她生辰那一晚的情形與神態，於是終於想起上一世京中那些有關於她身世的傳聞。

原本是姜伯游夫人孟氏所出的嫡女，可剛出生那一日，便被後宅中與孟氏有仇的妾室與自己的女兒暗中調換，陰差陽錯之下隨著那妾室被驅逐到田莊，被其養了十四年之久，輾轉艱難方才回到京城。

許多人說，她那一身與閨秀格格不入的尖銳刁鑽脾氣，便是那賤妾教壞了。

原本此事是沒多少人知道的。

便是連姜府都對外稱她只是命格不好，一定要在外面寄養十四年方能消災。可沒想到，她當上皇后之後，種種有關她身世的傳聞與流言，也不知怎麼了，不脛而走，在京城裡傳得大街小巷都是。

那麼，每到生辰之日，姜雪寧想起的是什麼呢？

少女與成年的男子相比，終歸是嬌小的。

即便是坐在他身前，腦袋也不過堪堪抵著他下頜，細嫩的頸項露出來一小段，肌膚白得像雪，可在這種荒山野嶺之間，格外給人一種脆弱的感覺。

張遮忽然覺得心裡像是被什麼敲了一下。

有隱隱的痛楚。

有那麼一剎那，他很想不管不顧將她擁入懷中，可任由著馬蹄往前踏過泥濘，他也沒有動作，只是用自己寬大的袖袍，默然無言地為她擋了那些迎面來的冷風。

通州距離京城不過五十里路程，若有好馬，大半個時辰也就到了。

可如今這幫人並不是誰都有馬匹，且裡面還有不少是有案底的逃犯，連乾淨衣裳都沒得換，並不敢以最快的速度大搖大擺地進城。

天教的人顯然也考慮到了這一點。

路途中他們竟在一處臨河的小村落外面停下。

此時正值日中，日頭曬了起來，驅散了幾分寒意，村莊裡面搭建著一座一座的茅草屋，偶爾能聽見幾戶人家的犬吠，在外頭便能看見嫋嫋炊煙徐徐升起。

那黃潛在村外吹了聲哨，也不見如何動作，村裡便有幾個粗衣抹布的青壯男子走出來。雙方便在那邊交談起來。

姜雪寧搭著張遮的手下馬，抬眼就瞧見了這一幕，看周遭人都停下休息，或是同其他人說話，或是四處查看情況，並沒有注意到他們這邊，才壓低了聲音問：「張大人，到底怎麼回事？」

她老早就想問了。

只是一路上大多都是同眾人一起，實在沒有在眾人眼皮底下交流的機會，縱然她心裡有疑惑，也找不到詢問的機會。

張遮心知自己此次的事本就是以身犯險，也有心與她解釋前後原委，然而他剛要開口，眸光一轉間竟看見天教那位坐堂馮明宇以一張長滿了皺紋的臉上掛著笑，朝著他走了過來。於是到嘴邊的話收了回去。

他看向馮明宇：「此處村莊之人可信，可以落腳嗎？」

馮明宇笑道：「我天教教眾遍布五湖四海，到處都是兄弟，這裡面也早安排了我們的人來接應。這些個從天牢裡出來的大惡人們，若不換一身衣裳，喬裝打扮，只怕連通州城都入不了。一會兒還可在這裡順便用些飯，歇上一中午，再行出發。」

張遮便點了點頭道：「甚好。」

馮明宇又關切了幾句，甚至還問了問姜雪寧的情況，這才離去。

眾人都在村外休息。

村民們竟端出了自家準備的午飯，有的豐盛些，有的簡單些，對著這些朝廷口中的「天教亂黨」，竟是親親熱熱好似兄弟。

眾人昨夜便沒吃什麼東西，何況大部分還是吃牢飯度日的？

當下都吃了個高興。

姜雪寧也將就著吃了些。

那些村民也準備了一些乾淨的普通衣裳，只是顯然也沒想到這裡頭還有個姑娘，又轉回頭去叫了村裡一名婦人帶了身乾淨衣裳來給她。

其他人都是大男人，不拘小節慣了，當場就換起衣服的不在少數。

張遮面色便不大好看。

姜雪寧自然不能和他們一樣，只同張遮說了一聲，便尋了旁邊一處樹林，往深處走去換上衣袍。

只是她去了半天也沒見回來。

張遮的眉頭便慢慢皺了起來。

又等了一會兒還不見人，便對一旁的黃潛與馮明宇道：「還請諸位稍待，我去看看。」

黃潛與馮明宇自然不敢說什麼，誰知道在這種荒郊野外一個姑娘家是不是在裡面出了意外？可他們是不敢去看的。

人是張遮帶來的，自然該由張遮去看，也沒人懷疑什麼。

這冬日山野間的樹林並不特別深，只是重重遮擋之下也看不清裡面是什麼情況。

張遮實在有些擔心。

可走到深處也沒見人，又沒幾步竟看見前面的光線變得明亮起來，竟是已經直接穿過了這片樹林，然後一眼看見了此刻站在外頭的姜雪寧。

這樹林外面竟是一條河流，冬日沒什麼水源，都平靜地躺在了凹陷的河灘上。

陽光從高處照落，霧氣都從林間飛散。

水面折射著白燦燦的日光，轉而覆蓋流瀉到人的身上。

她已經換上了那身頗為簡單的農家女子的衣裳，換下來的原屬於他的衣袍則擱在河邊一塊大石頭上。淺青色的衣料將她身軀包裹，根本沒有什麼樣式和顏色可言，實在有些配不上這一張好看的臉。

世間有些女子，似乎合該生在富貴鄉。

但姜雪寧自己卻十分坦然，對這一身衣裳沒什麼意見的模樣，好似早料到他會找過來一般，竟朝著他眨眼一笑：「現在可有說話的時間了吧？」

張遮微微一怔，便明白了。

想也知道姜雪寧一介女子避開眾人去換衣裳，旁人與她無親無故，自然不好說來看看是什麼情況，只能任由他一個人過來找。

而他也一定會來找。

只是他方才關心則亂，竟沒想到這一層去。

姜雪寧便問：「張大人怎麼會在此處？」

張遮簡短道：「天教勾結平南王逆黨犯了聖上的忌諱，朝廷那邊剿滅天教時殺了天教一個名為公儀丞的首腦，知道了些天教內部的消息，便由我做計假扮是天教那少有人知其身分的度鈞山人，查一查天教內部的情況，也好將其鏟滅。劫獄之事也是一早便知道的，只是，沒想到姜二姑娘彼時也在那裡……」

姜雪寧當然是因為去探望燕臨。

她心道勇毅侯府的事情不小，若將張遮扯進去她於心不安，且張遮也沒有開口問，所以她並不開口解釋，只是這般看著他，一副想要蒙混過關的樣子。

其實張遮昨夜便已經想過了。

還有什麼人能讓姜雪寧大半夜裡披著一身黑的披風冒險混進天牢呢？大約還是燕臨吧。

張遮沒有去追究，只是道：「妳無故失蹤，姜大人必然擔心。且這一路實在凶險，張某本該儘快讓姜二姑娘脫險，只是眼下此處村莊也是天教內應之地，不敢將妳留在此地。天教在通州有一處重要的分舵，乃是他們在北方最大的據點，探得其巢穴時只怕便有一番惡戰。通州城裡永定藥鋪乃是朝廷接應之地，所以屆時還請二姑娘裝病，我便好以此為藉口，送姑娘脫險，回到京城了。」

姜雪寧聽得心頭一凜，然而眸光越過這茫茫水面投向外面這一片蒼茫遼闊的天地，卻橫生出一個已經在她心頭盤旋了一路的想法——為什麼要回到京城呢？

這簡直是上天賜予她的千載難逢的好機會！

重生回來，她主動做的或是被迫做的一切事情，無非都是為了離開京城，遠避上一世的囹圄。皇宮那四面高牆實在已成了她的噩夢。

多少次午夜夢回，她只想變作幼年坐在漏雨屋簷下望見的飛鳥，飛過九重宮闕，前生夢魘，去到上一世尤芳吟去過的、這一世燕臨講過的那些江河湖海，一騁自由？

現在她已經離開了京城。

如果不回去，就此遠走高飛，誰又能知道她行蹤？

身上雖沒帶著多少銀錢，可以先一路去往蜀地，也還有尤芳吟和任氏鹽場，至少生計是不用發愁的。往後再去什麼地方，可以往後再想。

她不想回去。

一點也不想。

她垂下頭看著眼前平坦的河灘，竟不知該怎麼接張遮這話，心裡有些發悶，過了好久才低聲道：「可張大人，若我不想回去呢？」

張遮愣住。

姜雪寧終於轉過頭來直直地望著他，一點也不避諱地道：「宮裡的日子，京裡的日子，都不痛快，我不想回去。」

這話放在誰的身上，都是驚世駭俗。

閨閣女子，大家閨秀，流落在外，豈有不想回去，反而願意在外面浪蕩的？

然而張遮卻只無言。

她那透亮的目光彷彿要一頭扎進他心底去，讓他覺得自己要瘋了。

姜雪寧見他不言語，便又當他覺著是她不受禮法，行止無狀，於是怏怏垂下頭去，道：「我說著玩的，張大人——」

「不想便不要回。」

她話還未說完，張遮的聲音便淡淡傳了過來。

姜雪寧一下驚愕地抬起頭來：「張大人？」

她目光對上張遮的目光，張遮卻有些不自在地別開了眼，道：「通州無人識妳身分，到那邊後妳尋機藏匿，在朝廷圍剿天教之前出城，也是一樣。」

姜雪寧的驚愕，頓時變成了驚喜。

就像是頭頂壓著的陰雲一下散了個乾淨，她的心情便如這河灘上平鋪的河水一般，頓時澄清光亮的一片，實在有說不出的高興。

她幾乎跳了起來笑：「張大人真好！」

真是原本蹙著的眉眼都舒展開了，一張巴掌大的小臉不施粉黛卻比往日更有一種璀璨的輝光，趁著那河面上折射蕩漾的波光，讓人目眩神迷。

張遮近乎珍視地望著這一幕。

不管是前世還是今生，都甚少見過她有這般開懷恣意的時候……

姜雪寧心情好了，腳踩著這片河灘，卻是瞧見了幾片常年在河水沖刷下變得扁平的石頭，想起什麼來，於是轉頭一拽他衣袖，慧黠地眨了眨眼：「張大人，你信不信這石頭我丟下去不會立刻沉？」

那幾塊石頭都是扁平的，相對較薄，說是「石片」或許更為妥當。

他看見了，眸光卻微微一黯，沒有說話。

姜雪寧卻只當他不信，畢竟自己上一世這般興起戲弄他的時候，他也是不很相信。

她便抬了手，真將那薄薄的石頭扔了出去。

這是她兒時常與夥伴玩的遊戲。

鄉間喚作「打水漂」。

扁平的石頭從指間飛出，觸著水面，瞬間打出「啪」地一聲響，濺起些水花來，竟沒有立刻沉落，而是沾了一下水面之後，又向前飛起，在那水面上「啪啪」又漂了兩下，才力竭沉入河水之中。

原本平靜的冬日河面上，遠遠近近，慢慢綻開了三團漣漪。

重重疊疊的，皺了滿湖波光。

姜雪寧本以為自己許久沒玩過手生了，不想當年稱霸鄉間的本事還在，自己都覺得自己厲害。再轉頭一看張遮，便是偷笑，將剩下那兩塊石頭往他手裡塞：「張大人要試試嗎？」

那兩塊石頭落在張遮乾燥的掌心。

還沾著些許的泥沙。

他沉默地看了一眼，輕輕撿起其中一塊，抬手時頓了一頓，才將其扔了出去。

「咕咚」一聲。

那石頭跟喝醉了似的一頭栽進了河裡。

姜雪寧見了，偷偷笑，差點沒岔氣。

這位張大人固然不是什麼好出身，也吃得下苦頭，然而於玩樂一事卻是半點不知，更不要說這種鄉間不學無術的小孩兒們玩的遊戲了。

上一世便是教他半天也不會。

張遮也不是很想學。

偏偏架不住她是皇后，就想看他笑話，拿他尋開心解乏悶，張遮縱然不願也要頂著那不大好看的臉色，任她胡鬧。

如今時隔兩世又見著這一幕，姜雪寧心裡真是說不出地滿足，然而看張遮垂首瞧著掌心剩下的那塊石頭，想起他上一世好像對此無甚興趣，且並不高興，終於還是一吐舌頭，收斂了幾分。

正好樹林另一頭有人大聲喊。

大概是他們倆都沒了蹤跡，讓天教那幫人有些擔心了。

姜雪寧便聳了聳肩，情知出來太久會讓他們懷疑，於是道：「我先回去，就說在另一邊，沒看到你。」

說完撿起地上的衣袍就往回走。

張遮看著她的身影進了林間，漸漸不見，才又慢慢垂首回來，望著掌心這塊石頭。

遠山覆蓋著白雪，午日照耀著河面。

他在這河灘亂石間站了許久，面上沒有什麼起伏的情緒，修長而有骨節的手指拿著那塊扁平的石頭，輕輕向著河面一擲，那石頭便啪啪地擦著河面漂了三四下，然後沉進水底。

漣漪蕩開，堆疊成紋。

石頭拿著時，手裡沉甸甸的；可把它扔出去了，又覺空蕩蕩。

河面漸漸平靜。

張遮看了一會兒，才一點點擦去掌心裡沾著的泥汙，轉身往回走去。

第一二二章　拴姓棄名

姜雪寧先回去。

旁人驚訝她怎麼一個人回來了，姜雪寧便按著計畫好的做出一副驚訝的神情來，回說自己沒看到張遮。

蕭定非扯了根草芯子叼在嘴裡，本是百無聊賴，一聽見這話就意味深長地看著姜雪寧，眼睛裡明明白白地寫著：不知幹什麼見不得人的事去了，此地無銀三百兩！

但他琢磨，天教這幫傻貨腦子笨，該不會多想。

果然這幫人也真沒多想。

不一會兒張遮回來，一問是兩個人去的方向不一樣，倒也沒人懷疑他們是私底下說過話了。當然，即便是懷疑，也頂多與蕭定非一般，想這兩人「兄妹關係」，琢磨他們是幹什麼卿卿我我的事去了。

一行人在這裡歇過腳便重新啟程前往通州。

姜雪寧的心情難得的好。

午後的陽光曬了出來，即便是冬日也有幾分暖意，天教這幫人也不知是不是得了什麼消息，比起上午多少有些緊張的腳程，頗透著點不緊不慢的感覺，倒好像是不急著趕路。

她小聲嘀咕了一句：「這真是奇怪了。」

張遮聽見，十分自然地低聲道：「是在等通州那邊來報。」

姜雪寧不由一挑眉。

張遮便又接了半句：「他們尚未完全信任我的身分。」

是了。

平白無故冒出這麼個人來，就算是信了有八成，剩下的兩成為了求穩也還是要向天教那邊驗上一驗，以求萬無一失。

若不小心引狼入室，會一發不可收拾。

姜雪寧一念及此，眉頭便鎖了鎖，難免有些擔心。

只是與眾人同行，又到了不好說話的時候。

有什麼疑問都只能收著了。

蕭定非那邊卻是感覺到了無聊。

早晨從破廟那邊出發的時候，他邀姜雪寧與自己同乘，被無情拒絕，便自己打馬走了一路。到中午都憋住了沒跟姜雪寧打招呼。然而此刻打馬在前，卻老忍不住要往後面看一眼。

這小姑娘實在是太好看了。

衣著樸素時，其實乍一眼看上去會沒有那些個濃妝豔抹的印象深，可五官和骨相在那裡擺著，多看一眼就好看一點，那一點天然的神態，之前一路來的隱隱的憂悒，已經換了幾分跳出樊籠的開懷，眼角眉梢都沾著點放鬆的意味兒，越發婉約清麗。

蕭定非一直知道自己是個看臉的俗人。

可偶爾他也希望自己有點骨氣。

然而在這樣一個身分不明甚至都不樂意搭理他的女人出現時，他發現，骨氣什麼的，要留住實在太難了。

他終於還是拽了拽轡繩，讓馬兒走得更慢些，很快就與張遮、姜雪寧並行，面上掛起笑容，渾然像是早晨姜雪寧拒絕他的一幕沒有發生過一樣，貌似關切地道：「這一路上都要低調行事，因而只有這一身衣裳給姑娘，實在是我天教有些怠慢。等晚些時候入了城，再給姑娘換身漂亮的。」

姜雪寧老早注意到他過來了。

此刻聞言，只讓目光落向了蕭定非胯下那匹雪白的駿馬：不愧是將來要折騰得蕭氏一族跳腳的紈褲子弟的坐騎，真真是個富貴逼人！

馬脖子下面掛著紅纓，綴以白玉珍珠，還掛了個金色的鈴鐺。

馬蹄一動，鈴鐺聲響。

是個人都知道他到了哪裡。

馬和人一樣，打扮得那叫一個騷氣。

張遮在後頭不說話。

他並不是能說會道之人，且也與蕭定非沒什麼話說。

姜雪寧嘴角則是輕輕扯了一下，道：「這就不勞定非公子費心了。不過您和您這匹馬，倒是真夠『低調』的。」

蕭定非也不知有沒有聽出姜雪寧話裡嘲諷的意思，反而像是得了誇獎一樣，蹬鼻子上臉，坐在馬上，身子優哉遊哉地晃著：「畢竟出門在外，有正事在身，不想低調收斂也不行。喏，看前面那兩位。」

他說著朝前面馮明宇和黃潛的方向努努嘴。

姜雪寧向前面那兩人看去。

蕭定非道：「別以為這倆看著人模狗樣，暗地裡就是教首派下來看著我的罷了。唉，人生得意須盡歡，這些人啊，就是不懂得享受。成天幹這種髒活兒累活兒，何必呢？」

人家若不幹點髒活兒累活兒，只怕也沒有你享受。

姜雪寧忍不住腹誹了一句。

她得體地笑了笑：「定非公子說笑了，您既然在天教中有這樣高的地位，想來也曾有聞雞起舞、懸梁刺股之勤，臥薪嘗膽、宵衣旰食之苦，實在是自謙了。」

蕭定非茫然：「妳說什麼，雞有膽嗎？」

姜雪寧：「……」

是她忘了，這人不學無術，聽不懂這麼文縐縐的話。

脣邊的笑容隱隱有片刻的龜裂，她及時調整了過來，簡單明瞭地道：「我是說，您一定是吃過苦的人，所以才能有今日的地位。」

誰料，蕭定非聽了竟然大笑幾聲，連連擺手：「錯了，錯了！」

姜雪寧一怔：「錯了？」

蕭定非張揚的眉眼凝著幾分邪肆放曠之氣，那風流的味道酥到骨頭裡，隨意抬手雖然是花架子，可也有點指點江山的意態，只道：「我可不是吃得苦的。姑娘沒在我教之中，可不知道在教內混出頭有多難，十個人留下兩個，其中一個命還要去半條。這天底下，有人就是運氣好，投胎好。比如本公子，不知哪個犄角旮旯的爹娘給了一張恰恰好的臉。靠臉吃飯，也靠不要臉吃飯，怎麼樣，好看嗎？」

說著，他還指了指自己那張臉。

長眉挺鼻桃花眼，眉骨高便顯得輪廓深，薄唇帶著點微潤的光澤，唇角總是彎起來幾分，有點不那麼馴服的味道。

乍一看覺得英俊瀟灑。

可若盯著那五官的細節細看，隱隱然之間就會給人些許難言的熟悉感。

若換了旁人來聽，只怕聽不出這話的深淺。

可姜雪寧畢竟是上一世回來的人，心底浮現出的是蕭姝與其弟蕭燁，甚至是定國公蕭遠的面容，與這張臉一重疊，便有三分像。

至於剩下的……

據傳是與定非世子的生母，也就是勇毅侯燕牧的妹妹燕氏很像。

靠臉吃飯。

也靠不要臉吃飯。

這話意思可深了。

蕭定非就是仗著沒人能聽懂，瞎說大實話，末了還衝姜雪寧眨眨眼：「我可是天命之子，跟著我能享福的，姑娘不考慮嗎？」

姜雪寧淡淡一笑：「天下沒有白掉的餡兒餅，如有所予，必有所取。公子的福氣，旁人只怕消受不起的。」

如有所予，必有所取。

先前一張嘴還叭叭個沒完的蕭定非，忽然安靜，面上的神情也凝滯下來，也不知是想到了什麼，竟有片刻的陰鬱。過了一會兒，他才不大高興地哼了一聲，下巴抬起來端起那副倨傲的姿態，終於不大客氣地嗤道：「妳懂個屁！」

姜雪寧竟也沒有生氣，只是笑看著他。

蕭定非不知怎麼竟覺得有點發怵，明明是頭回才見著這個姑娘，可對方既不被他所勾引，也不因此羞澀，反而坦然大方，不大害怕模樣，剛剛好能掐住他脈門似的。

只這一眼，有點把人看透的感覺。

讓他想起那個姓謝的。

想當年，他還是個城隍廟外頭要錢的小乞丐，衣不蔽體，食不果腹，大冬天裡裹了條麻袋被人趕走，摔在地上磕得膝蓋和額頭上全是血。

一抬頭才發現自己礙了一行貴人的路。

這幫人的穿著也不見得很富貴，打頭走著的是個四十多歲的男人，腳下踩了一雙粉底的靴，穿著藏藍杭綢圓領袍，看模樣倒是頗為精神，只是眉宇之間過於沉凝。按城隍廟裡那算命的瞎子的話來講，這是有煞氣的面相，命格很硬，非常人行事所能比，遇到了絕對要退避三舍走路邊躲開的那種人。

他當即嚇了一跳，又看這人後面跟著浩浩蕩蕩好幾十號人，彷彿要往那城隍廟的方向去，連忙要躲開。

可沒想到，後面竟忽然有人叫他站住。

他以為自己要倒楣，二話不說拔腿就跑。當然沒能跑多遠，很快被抓回來，重新拎到了這幫人面前，頓時求爺爺告奶奶，請他們放過自己。

那為首的中年男人向自己身後看了一眼。

先前叫他站住的那個聲音便道：「擦乾淨他的臉。」

蕭定非一張臉被人擦了個乾淨。

這時候他才被人捏著脖子，被迫抬起了臉，於是也終於看見了前面三步遠的地方，站在那中年男人不遠處的……

少年。

又或許是介於少年與青年之間。

不是很好判斷。

因為身量比尋常人高些，但也比尋常人瘦些，眉眼冷峻，面上凝結著一股浮動的戾氣，幾分病氣更糾纏於其中，看清楚他長相之時，原本平靜的目光便忽然變作了凜冽的冰霜。

十幾年過去了，蕭定非都忘不了那個眼神。

那總是讓他想起時便後背發寒的眼神。

當時他就被嚇得一動不能動了。

接著便聽那中年人喚道：「度鈞？」

那少年的目光過了很久才收回，然後才道：「義父，他最合適。」

什麼合適？

他是半點也聽不懂。

不過等到後來聽懂了又怎樣呢？

好像也不怎樣。

從當街行乞的乞丐，到錦衣玉食的公子，可說是從地上到了天上。他已經吃了太多的苦，不想再吃更多的苦了。旁人生下來就是王侯將相，爵位世襲，老子為什麼不能爽一把？

何況這是那人不要的。

而在接下來的這十幾年來，他也無比慶倖自己做出了一個正確的選擇。

因為失去這個名字的人所過的日子，是他無論如何咬牙都不可能過得了的。

即便他才是那曾經出身低賤的乞丐。

「你知道，放棄這名姓，對你來說意味著什麼嗎？」

「知道。」

「那還是要捨棄嗎？」

「母已去，父不配，名成其辱，姓冠我恨。這樣的名姓，我不要。唯謝天垂憐，境危見性，雖居安不敢忘，願捨舊姓，去舊名，棄舊身。天潢豈不同庶民？縱萬難加，我不改志。」

天潢豈不同庶民？

縱萬難加，我不改志。

蕭定非想，對這三字名姓，那個人是真的，很恨吧？

也不知怎的，他忽然覺得有些意興闌珊。

或許這漂亮姑娘說得對，頂著這名字的確有得有失，可誰叫他生來是個乞丐呢？便是日子過得沒一開始想的那麼痛快，也好過跟那些沒有名字的人一樣遭受磨難，十命不存一吧？

沒道理再計較什麼得失。

他方才說了一句「妳懂個屁」，姜雪寧竟也沒生氣。

只因她知道自己是戳中了人的痛處。

蕭定非也懶得同她再說，脖子一擰，腦袋一轉，一夾馬腹，只道一聲「對牛彈琴」，便重新往前去了。

姜雪寧壓低了聲音對身後的張遮道：「張大人覺得他這名字耳熟嗎？」

張遮當然知道：「定非世子。」

姜雪寧心裡那算盤就扒拉了起來，只覺這一次可是大好的機會，這樣一個極品的禍害，若能在她從通州逃離之前安排妥當，給蕭氏那一大家子送回去，豈不美哉？

想著她下意識回頭想跟張遮商量。

沒料張遮見她半晌沒說話，也正低頭要看她。

同乘一騎，即便張遮君子，姜雪寧克制，兩人中間空出了一拳的距離，可也因路途顛簸時不時會碰上，何況是這一扭身一低頭？

猝不及防間，張遮那兩片乾燥的嘴唇便擦過了姜雪寧額頭，在她額角停住。

這一瞬間，兩個人都僵硬了。

少女光潔飽滿的額頭，像是一塊精心打磨過的美玉。

然而不同於面上給人的冷硬刻板，男子的嘴唇卻不硬，只是因為畢竟是冬日，一直有風吹著，所以顯得微冷。

姜雪寧卻覺自己被烙鐵燙了似的。

心跳都停了一下，繼而又以更猛烈的速度起搏，將渾身的血液往臉上擠，腦袋一下就空白了，完全忘了自己方才想要說什麼，幾乎立刻就退了開，道一聲「我失禮了」，抬手撫著額角，飛快回轉了身去，怕被人看出什麼似的。

只是背對著身後人，一雙雪白耳垂已嫣紅欲滴。

張遮的手還牽著韁繩，原本已放鬆的身子重新緊繃，僵坐在馬上，久久不敢亂動一下。

前頭蕭定非人雖然走了，可一想起在姜雪寧那邊吃過的癟，仍舊是心有不甘，所以還是忍不住回頭看。

結果一回頭就瞧見這一幕。

心裡面頓時罵了一聲「狗男女膽大包天光天化日傷風敗俗」，臉上也出現了十分不悅的憤然神情，偏他是個壞胚，又被這一幕勾起些不乾不淨的綺念來。

馮明宇和黃潛正在說要派個前哨去通州那邊打探消息，回頭看見他打馬上來，神情不愉，都不由一愣。

蕭定非沒好氣道：「照這斷腿的走法什麼時候才能到通州？」

黃潛皺眉。

馮明宇卻知道這是個祖宗，惹不起的，嘆口氣道：「正要派人前去先探分舵消息，公子這麼急，是有急事嗎？」

蕭定非嗤道：「廢話！」

黃潛乾笑，嘗試著道：「您有什麼事，要不說一下，讓前去的哨探代您先料理了？」

蕭定非看他一眼，冷笑一聲：「本公子急著進城嫖妓！你他媽敢讓旁人代老子去一個試試？」

馮明宇、黃潛：「……」

媽個叉這都什麼時候了老天怎麼不降道雷下來劈死這孫子！

第一二三章　和親消息

蕭定非那匹「低調」的馬，一路行走時都發出叮鈴鈴的聲響，初時聽得人有些心煩，然而漸漸地竟然也習慣了，甚至還覺出了一種奇怪的樂趣，就彷彿是在這單調枯燥的路途上注入了一抹格外迥異的顏色。

天近暮時，他們終於到了通州城外。

姜雪寧想起午時與張遮在河邊上的計畫，只道馬上就要進城，還緊張了幾分。沒料想騎馬在前的黃潛竟然先行勒馬，將馮明宇從馬上扶了下來，對眾人道：「請兄弟們先在城外歇息一會兒，我們等等再入城。」

京城到通州快也不過幾個時辰，如今卻是走了一整個白天。

下午時候不僅是姜雪寧與張遮，便是天教自己的教眾和牢裡面逃出來的那些江洋大盜都感覺出來了：隊伍行進的速度很慢，好像在等待著什麼，顧忌著什麼似的。

這讓眾人心底犯了嘀咕。

尤其是那些身犯重罪有案底在的，當即便有些不滿：「都已經到城門外了，且也已經改頭換面，大家分成幾波各自進去也就是了，怎麼還要在城外等？這什麼意思啊？」

馮明宇、黃潛兩人乃是天教的話事者，一朝劫獄沒找著公儀丞蹤跡，所以把天牢裡其他人都放了出來，心裡自然也存了拉攏這幫人、將他們收為己用的想法。

只是聽到這質疑的時候，仍舊忍不住皺了皺眉。

天教教眾自然對他們言聽計從。

所以黃潛並不擔心他們，只是朝著天牢裡逃出來的這幫人拱了拱手，貌似和善地解釋道：「諸位好漢稍安勿躁，今時不同往日，平南王一黨的案子才剛牽連了勇毅侯府，我等又是劫獄出來的。若只有我天教之人當然直接便入城了，可諸位好漢都是有案底在身的，甫從牢中逃出，還是該小心為上。我教的哨探路途中已經提前出發，去到城內探查消息，一會兒回來若說城中無恙，我等自然入城。還望諸位好漢海涵。」

有人脾氣爆，聽出了點言下之意：「黃香主這意思是我們拖累貴教了？」

黃潛面色一變。

馮明宇卻是頭老狐狸，笑咪咪地道：「我教絕無此意，實在是為了諸位好漢好罷了。」

那說話的漢子身材壯碩，橫眉怒目，顯然是個脾氣不好的。

但如今實在是形勢比人強。

若無天教劫獄這會兒他們都還在大牢裡面受刑等死呢。

因而也有那機敏之人生怕在這裡發生什麼衝突，連忙一把將這人拉住，笑言規勸起來，當起了和事佬：「黃香主也是江湖上赫赫有名的英雄人物，李兄你胡說八道些什麼呀。」

再說了，這真不是他們能說話的地方。

眼看著那李姓漢子眉頭一皺似乎還不服氣，這人便急忙向他打了個眼色，竟是將目光投向了旁邊已經不聲不響坐了下來的孟陽。

中午在半道上那村莊歇腳的時候，眾人身上的囚服就已經換了下來。

此刻孟陽身上穿了一身灰袍。

他在牢裡關了許久，身上的傷痕蓋不住，從胸膛延伸到了脖子上，原本亂糟糟的頭髮用一條布帶綁了起來，露出那一張神態平和的臉，連目光裡都沒太多凶氣，反而顯得平常。

他照舊聽見了這番有那麼點刀兵氣的爭論，可在眾人目光落到他臉上時，他卻是有些不大明白地抬起頭來，衝眾人露出一笑，兩排牙齒雪白雪白的。「怎麼都站著，不坐？」

這簡直稱得上是儒雅和善的一笑。

然而所有瞧見這笑容的人卻都沒忍住，激靈地打了個冷戰，無端覺出幾分本不該有的膽寒來。

登時原從天牢裡逃出來的這幫窮凶極惡之徒沒了話，縱使心中對天教這般磨磨蹭蹭的舉動頗有不滿，也都強咽了下去，戰戰兢兢地不敢出聲，乖乖在這郊外的荒野叢裡坐了下來。

到底是橫的怕惡的，惡的怕不要命的。

按理說這幫人沒鬧起來，這孟陽好像也什麼都不在乎的模樣，天教這邊應該高興了，可黃潛與馮明宇見狀，卻都是悄悄皺起了眉頭。

姜雪寧與張遮都將這一幕收入眼底，倒是極為默契地對望了一眼：天教救這幫人出來是想要吸納進入教中，可這幫人個個都是不受管教的，並不容易馴服，倒是暗中壓抑著不滿，雖沒明說，但隱隱然之間卻是以這孟陽為首的。

他二人勢單力孤。

進了城之後朝廷固然有援兵，可計畫本身就有風險，誰也不知道天教那邊的哨探會帶回來什麼消息。最怕的是眼前這幫人鐵板一塊，找不到縫隙。可如今有互生嫌隙的跡象，倒是可以思量一番，能不能借力打力，找著點什麼意外的機會。

兩人沒說話，但心照不宣。

天教要停下來，他們沒有什麼意見，也不敢有什麼意見。

當下下馬，與眾人坐在一起。

這城外該是常有人停留落腳，邊上搭著茅草棚，眾人將馬牽了拴在一旁吃草，天色將暗，便在外頭生起了熊熊的篝火。

熾亮的火光燃起來，也驅散了幾分寒冷。

從村莊離開時眾人便帶了乾糧，身上也有水囊，便都圍著篝火坐下來，一天下來有逃難的情誼在，說話都隨意了許多。

張遮性冷寡言，姜雪寧內裡卻是個能說會道的。

畢竟上輩子也靠著一張嘴哄人。

旁人見著這樣好看的人，也願意多聽她說上兩句。

原本是小寶坐在她另一邊，蕭定非把馬鞍甩下之後卻上來將小寶趕開了，厚著臉皮擠在姜雪寧身邊坐。

姜雪寧側眼瞅著他這與上一世一模一樣的無賴樣，覺得好笑：「定非公子路上說您是命好，我還不信，如今卻是信了。從來聽說天教有凜然大義，與天下庶民同憂同樂，您看著卻是半點也不像天教的教眾。」

蕭定非把白眼一翻：「妳可不要胡說八道，本公子面上看著浪蕩，內裡也是心懷天下。那話怎麼說來著，先天下什麼什麼後天下什麼什麼……」

馮明宇和黃潛剛走過來就聽見這句，只覺一股血氣往腦門兒上撞。

馮明宇氣得瞪眼。

黃潛也生怕旁人都覺得他們天教教眾是這般貨色，連忙上來圓道：「是『先天下之憂而憂，後天下之樂而樂』，不過本教的教義乃是『天下大同』，我們定非公子同大家開玩笑呢，不要介意。」

眾人誰看不出蕭定非是個什麼貨色？

有人皮笑肉不笑，也有人很給面子地點點頭。

姜雪寧屬於很給面子的那種，也不知聽沒聽懂，反正點了點頭，只道：「那可真是厲害了，這可是先古聖人之理想啊。」

黃潛心道這小姑娘竟還有點見識，正要承了這恭維，沒想到斜刺裡竟出了嘿嘿一聲冷笑，諷道：「天下有什麼狗屁大同？如今這世道，我看貴教這教義實在沒意思。」

這聲音嘶啞而粗糲，撞著人耳膜。

姜雪寧聽得眼皮一跳，與眾人一道循聲望去，赫然是先前的孟陽，也不知打哪兒弄來一壇酒，此刻箕踞坐在那篝火旁，胸懷大敞，竟是一面喝著酒一面說這話。

馮明宇一張皺紋滿布的臉上頓時浮出了幾分忌憚。

姜雪寧也不大看得出此人的深淺，只憑直覺感到了幾分危險。

一時無人接話。

但孟陽方才所言，也實在激起了一些人的感慨，過了一會兒才有人搖頭長嘆了一聲，道：「其實孟義士說得何嘗不是呢？如今這世道真不像個話。我還在牢裡的時候就聽說，天牢裡竟把勇毅侯府一家子抓了關進來。那可是為我大乾一朝打過無數次勝仗的一門忠烈啊，無緣無故被扣了個和逆黨聯繫的帽子就下了獄，你們昨日來劫獄，卻是晚了一步，那侯府一家子都流放黃州了，實在可憐。當今朝廷之昏聵，賦稅日重，民不聊生，還說什麼『天下大同』啊！」

勇毅侯府之名，大乾朝的百姓多多少少都知道。

畢竟早些年侯爺燕牧領兵在外作戰，擊退了邊境上夷狄屢次進犯，打得這些蠻子害了怕，臣服於大乾，這才使得萬民有了些休養生息的日子。

邊境上也終於有了往來的生意。

可最近這段時間，邊境商人們的日子都變得難過了起來。

不提起這個還好，一提起便難免有人想起些舊事，笑起來道：「說來不怕你們笑話，老子當年被逼在山上做大王的時候，也曾想過下山投軍，就投在燕將軍麾下。聽聞那燕小世子年紀雖輕，卻是承繼父志，也很不弱。可惜啊，還沒成行，就被朝廷剿匪抓進了牢裡。誰能想到，嘿嘿，竟他媽在牢裡碰見燕將軍了！」

話說到後面，不免有幾分淒涼。

孟陽在角落裡喝著自己的酒，卻是不接話了。

先前出言懟了馮明宇與黃潛的那李姓漢子卻是再一次爆了脾氣，不屑地道：「有本事的朝廷抵禦外敵，沒本事的朝廷殘害忠良！就二十年前那三百義童塚都沒解釋個清楚，鬧得滿城風雨，聽說燕將軍的外甥也死得不明不白，現在好，燕氏一族都送進去，坐龍椅上的那位說不準是殺雞儆猴呢。嗐，都他媽什麼事！韃靼的使臣都入京了，竟然敢要求娶咱們大乾的公主以作和親之用，簡直放他娘的狗屁！」

「……」

韃靼，和親，公主。

姜雪寧本是豎著耳朵在聽這些人說話，有心想要瞭解些天教的內情，可卻著實沒有料到竟然會有人提起和親這件事。

拿著水囊的手指，忽然輕輕顫了一顫。

那人還在罵：「韃靼是什麼玩意兒？茹毛飲血的蠻族！老子死了，老婆還要留給兒子！簡直枉顧人倫！早幾年跪在咱們面前求和，還要獻上歲貢。如今勇毅侯府一倒，什麼妖魔鬼怪都蹬鼻子上臉來，朝廷如今就是個軟蛋！和親和親，就是把公主嫁過去求和罷了，還要賞他們一堆好東西，我呸！」

張遮聽著，想起了上一世沈芷衣的結局，也想起了滿朝文武含淚肅立中迎回的那具棺槨，裡面躺著不會再笑的帝國公主。他搭下了眼簾，卻沒忍住，轉眸向身旁的少女看去。

她竟一無所覺。

人坐在他身邊，濃長的眼睫覆壓著，遮蓋了眼底的光華。原本為熾烈火光照著的溫柔面頰，竟是慢慢褪去了血色，變得脆弱而蒼白。

也許有時候，離開也未必那麼容易吧？

第一二四章　設計

嗚鳳宮內，燈火煌煌。

宮人們都垂手肅立在微微閃爍著的光影裡，大殿之內竟高高地堆著許多番邦獻上的貢品，有珍貴的整片雪貂毛，有難得一見拳頭大小的明珠，還有白玉雕成的九連環……被光一照，都瑩瑩地散著亮，晃在人臉上。

蘇尚儀從外面走進來的時候，輕輕問了一聲：「公主呢？」

宮人還有些心有餘悸，怯怯地道：「在裡面，也不出來，也不叫奴婢們進去伺候。」

蘇尚儀便覺得一顆心揪痛。

她是看著長公主殿下長大的，說句不敬的話，是將她當做了半個女兒來疼，如今卻眼看著韃靼來的使臣在大殿之上與聖上舉杯相慶，三言兩語便將公主許配出去……

「我進去看看。」

蘇尚儀走過去，抬手撩開了珠簾。

窗戶沒有關上，外頭有冷風吹進來，那珠簾上的珠子觸手竟是冰冷的，放開時則撞擊在一起，發出悅耳的聲響。

可沈芷衣聽了，只覺那聲音像是冰塊撞在了一起似的。

白日裡好看的妝容都已經卸下了。

臉上那道曾用櫻粉遮住的疤痕在這張素白的臉上便變得格外明顯，就像是皇家所謂的親情，在大浪打來洗乾淨地面的沙粒過後，終於露出點猙獰醜陋的本事。

沈芷衣從鏡中看見了蘇尚儀的身影，倒顯得格外平靜，甚至還淡淡笑了一笑，道：「我沒有事，蘇尚儀不必擔心我的。若回頭讓母后知道，說不準還要找妳麻煩。」

往日的殿下哪是這樣？

那時是張揚恣意，什麼高興便說什麼，現在遇到這麼大的事都這樣平靜。

沈芷衣沒哭，蘇尚儀差點先紅了眼眶，只是她素來是規矩極嚴之人，並不願顯露太深的情緒，忍了忍，才道：「聽說殿下晚上沒用膳，我實在放心不下。讓小廚房重新做些東西，便是喝碗湯暖暖也好。」

沈芷衣卻只望著自己面上那道疤，指尖輕輕撫過，垂眸道：「暖不了心。」

蘇尚儀眼淚頓時就下來了。

沈芷衣終於返身抱住了這看著自己長大的嬤嬤，好似要從她身上汲取什麼力量和溫暖似的，卻避開了和親的話題，而是問：「尚儀，寧寧明天不來嗎？」

要與韃靼和親的消息一下來，沈芷衣倒是沒哭也沒鬧，平靜地接受了。大約是她這樣平靜，反而激起了沈琅這個兄長少有的愧疚，只問她有沒有什麼想要的，都儘量滿足。

她卻只說，想要伴讀們回宮讀書。

為了哄沈芷衣開心，沈琅當即便答應了下來，讓原本選上各府伴讀的小姐晚上入宮。可姜府那邊卻遞了告罪的摺子，說姜雪寧病了受不得風寒也怕過了病氣給公主，得等病好之後才入宮。

蘇尚儀也打聽過了，寬慰她道：「姜府請了好大夫去看，說病情來勢雖猛卻已經穩住了，過不了幾天就能入宮，還請您千萬別擔心。」

沈芷衣竟覺心裡空落落的。

寧寧不來，其他伴讀來了也和沒來沒區別。

何況……

她無聲地彎了彎唇，道：「也是，便是寧寧現在入宮也沒什麼好學的。謝先生都率人去平什麼天教的亂子了，也不在宮中授課。等謝先生回來，她的病也好了，說不準剛好。」

蘇尚儀對朝堂上的事情不瞭解，只好點了點頭，道：「殿下這樣想就再好不過。」

然後就像是以前一樣，將沈芷衣頭上的珠翠拆下。

濃雲似的長髮散落下來，鏡中卻是一雙平靜得近乎死寂的眼。

為著天教劫獄這件事，朝堂上著實有一番議論。

畢竟一開始可沒人想到會有那麼多逃犯會跟著跑出去。

計畫是謝危出的，自然也招致了許多非議。

雖然他向來是文官，可既有人質疑他的計策，懷疑如此有放虎歸山之疏漏，他自然要站出來一力將責任承擔下來。

事實上——這也正是謝危的目的所在。

顧春芳舉薦張遮涉險假冒度鈞山人，對他來說，是壞了計畫；如今正好借朝中對此頗有微詞的機會，自請擔責，去追查這幫人和天教逆黨的下落，完成收網，如此也就自然而然地將這件事收回掌控。

只不過，總有那麼一點意外。

最初時姜雪寧他們落腳過的破廟外頭，已經駐紮了一大隊官兵。

原本破敗的廟宇，竟都被收拾了個乾淨。

劍書從外頭那片影影綽綽的枯樹林裡走回來，抬腳跨入廟中，便看見謝危盤坐在角落裡一隻乾淨的錦墊上，正抬眸望著那沒有了腦袋的菩薩，一雙烏沉的眼眸半藏在陰影之中，晦暗難明。

他穿得很厚，薄唇也沒什麼血色。

雖仍舊是平和模樣，可眉宇之間卻多幾分薄霜似的冷意。

劍書躬身道：「在外面一棵樹的樹皮上發現了小寶留下的記號，確有一名女子與張遮同行，頗受對方庇護，或恐是姜二姑娘。還有……」

與張遮同行，頗受對方庇護……

她倒不擔心自己安危。

那菩薩只有身子沒有腦袋，光線昏昏時看著格外嚇人。

謝危望著，只問：「還有什麼？」

劍書猶豫了一下，聲音小了幾分：「小寶說，除了黃潛與馮明宇之外，定非公子這一次也來了。」

雙腿盤坐，兩手便自然地搭在膝蓋上。

他袖袍寬大，遮了手背。

露出來的手指，修長之餘，卻有些青白顏色。右手無名指指腹上小小的傷口已經處理過了，結了血痂，搭在膝上時已經不如何作痛。

聽見這名字，謝危彎了彎唇角：「那倒是湊巧了。」

笑裡有點森然味道。

劍書心知道「湊巧」二字指的是什麼，便道：「定國公那邊領兵在前，也是直往通州去的。您幾個時辰前交代的事情，已經派人辦妥，定國公那邊的消息已經送到。」

若是蕭定非在此，聽見這話只怕要跳起來！

好端端的怎麼那該死的蕭氏定國公也摻和進來？

這事還要從朝議那一日說起。

本來以公儀丞為餌引天教入局的計策，是謝危一人出的，出了些意料之外的岔子也該由謝危自己來收拾。不想定國公蕭遠竟然跳出來說，謝危乃是文官沒有領兵作戰的能力，不如由自己來更為穩妥。

皇帝一想也是。

他把手一揮，便讓蕭遠與謝危共同處理此事，乾脆兵分兩路，分頭追蹤，爭取用最少的時間收網擒獲反賊，捉拿重犯歸案，順便把涉險的張遮救回來。

中午時候，蕭遠帶著自己的親兵就出發了。

謝危倒是不急不徐跟在後面。

劍書擔心得不行。

謝危卻只對他做了一番吩咐，道：「地獄無門偏來闖，他既要找死，少不得讓他長點教訓了。」

劍書聽了吩咐後，愕然不已。

只是他跟在謝危身邊實在已經很多年了，靜下來後一琢磨，著實嚇出了一身冷汗，暗道這回是一石三鳥，不能善了。別說是天教和蕭氏，就是那張遮，先生也……

廟宇裡生了火，可朔風呼啦啦吹進來也很冷。

謝危的面色又蒼白了幾分。

然而下一刻便泛上幾分潮紅，他眉頭一皺便咳嗽了起來，肩膀抖動著，拉長在牆面上的陰影也跟著晃動。

於是站在陰影裡不動的人，反而變得清楚。

是眉清目秀的刀琴，穿了一身暗藍的勁裝，背著弓箭和箭囊，如影隨形一般，立在謝危身後。

劍書知道，自己的劍出鞘未必殺人。

但刀琴的箭若離弦，卻一定會奪命。

「姐姐面色不大好，是不舒服嗎？」

姜雪寧聽著眾人還在談論朝野上下的事，已經很久沒有說一句話，冷不防聽見這樣關切的一聲，抬起頭來卻看見眼前一根沖天辮在晃。

又是那年紀不大的小寶。

對方眼睛大大的，正蹲在火堆旁邊添柴，回頭看她時，好像有些擔憂，問了一句。

姜雪寧這才恍恍然地回神想，沈芷衣和親的事情乃是皇帝下旨，她充其量也不過就是個官家小姐，有何能力左右朝局，阻止這件事的發生呢？

管不了。

何況真的要為了旁人再回到京城那座囚牢裡去嗎？須知機不可失，失不再來。也許以後再也不會有這樣好的機會了……

這是妳管不了的。

這不是妳力所能及。

這就是人有命數。

她在心裡這樣告訴自己，強迫自己將滿腦子混亂的思緒拽回來，下意識道：「沒事。」

小寶卻很不解，眨了眨眼道：「可您看著像是病了。」

病了？

姜雪寧想起了與張遮的計畫。

進了通州城之後她便要裝病，然後去醫館看病，通傳消息，便可脫離險境，接下來神不知鬼不覺地離開通州，離開京城。

從現在開始裝倒是剛好……

於是她也不打整精神，只一副懨懨的模樣坐在張遮旁邊，沒什麼力氣地笑了笑，道：「可能是路上吹了風，有些頭痛吧。」

姑娘家身子嬌弱，何況是姜雪寧這樣的？

眾人這會兒都沒多想，覺得很正常。

小寶卻是目光一閃，若有所思。

蕭定非原本擠在姜雪寧身邊，眼皮一抬瞧見小寶過來給火堆添柴後，心裡著實發怵，拎著自己的水囊悄沒聲息就悄悄溜了，到馮明宇那邊去問：「左相大爺，城裡還沒來消息嗎？我他娘真的等不及了！」

這要還不趕緊結束，怕是要等來煞星。

他心裡慌得厲害，恨不得立刻進了城就溜。

馮明宇卻還記著他路上那些荒唐話，臉皮抖動了一下，道：「應該快了。」

他話音剛落，黑暗裡忽然傳來了腳步聲。

眾人有刀劍在身的都一下按住了刀劍。

黃潛卻聽見了黑暗裡一聲哨響，連忙起身壓下了眾人的反應，笑著道：「該是哨探回來了，我去看看。」

黃潛走了過去。

那邊有條黑影同他說話，遞上了什麼東西。

黃潛身子似乎振了一下。

他將那東西拿了回來，轉交給馮明宇。

那是一隻細細的信筒。

馮明宇初時接過來還沒在意，可待拆開了信筒，將裡面小小的一頁卷起來的信箋拉出，瞧見那信箋右上角畫了枚小小的黑色徽記，線條流暢宛若群山蜿蜒，簡素到有返璞歸真之感，面色便驟然變了一變。

待展信一讀，更是瞳孔緊縮。

饒是他多次告誡自己勿要打草驚蛇，然而劇烈閃爍的目光仍舊不受控制地向著張遮所在的方向飄了一飄。

張遮隔得太遠，只隱約覺得對方的目光往自己這邊轉了轉。

他心頭微微一凜。

蕭定非卻是有些等不及了，連聲問：「怎麼樣，怎麼樣？」

馮明宇徑直將那信箋塞回信筒又收入袖中，沒讓旁人看見那枚徽記，心電急轉間，走回來卻是臉上帶笑，道：「讓諸位久等，哨探覆信，一切安平，大家這就可以入城了。」

眾人全都高興起來，紛紛起身。

張遮也站起身來。

姜雪寧卻覺得心裡有種難言的不安，輕輕拽住了他的袖子，嘴唇張了張，沒來得及說什麼，馮明宇已經踱步到他們面前。一張臉背對著後面燃燒的火堆，雖然在笑，可陰影覆蓋中卻有點瘆人的意思，姿態倒是畢恭畢敬：「張大人，一起走吧？」

第一二五章　私奔

叫他「張大人」……

張遮輕輕反握住了姜雪寧的手掌，不動聲色地問：「有新消息？」

馮明宇點了點頭，笑咪咪的：「是有些不一般的消息，不過如今在這城門郊外也不是說話的地方，我們還是入了城後，先找一家客棧落腳，再與大人詳談此事。」

用的仍舊是「大人」。

這一回連姜雪寧都聽出了這用詞裡藏著的微妙。

她手心微汗。

張遮知事情有了變化，然而不管怎麼變化，天教這幫人並未立刻對他們下殺手，便證明此局還未成死局。

他走過去牽馬。

沒成想，馮明宇竟跟上來道：「我天教通州分舵雖在城中，可如今帶著這一幫江洋大盜，卻是不好招搖過市。穩妥起見，我們想，還是大傢伙兒分批走比較好。」

姜雪寧頓時皺眉。

馮明宇感覺到她的不悅，看了她一眼，寬慰她似的解釋：「張大人與令妹雖是一路同行，可誰也不知道在過城門的時候，那幫人是不是會惹出什麼亂子來。按理您應該同舍妹一起，可一旦一個人出事另一個人也跑不了，怕您於心不安。所以老朽想，若您信得過，分開入城，讓黃潛帶姜二姑娘一道，老朽陪著您入城。不知妥不妥當？」

妥不妥當？

當然不妥當！

只是姜雪寧抬眸一看四周：天教教眾環伺，人多勢眾；那黃潛更是按刀立在近處，雙目一瞬不瞬地看著這邊。

這架勢，便是本不妥當，也有十分的妥當了。

她語帶譏諷：「貴教真是思慮周全。」

她在旁人眼中是張遮的妹妹，任性些無妨。

張遮則是凝視馮明宇片刻，淡淡道：「那便恭敬不如從命，有勞了。」

大部分人已經收拾妥當。

馬牽了，火滅了。

天教的人與天牢裡那些逃犯，都三個一夥五個一群搭著走。

最高興的要數蕭定非。

一得了要進城的准信兒，他二話不說直接翻身上馬，馬鞭子一甩，徑直縱馬向城內奔去，遠遠的黑暗中只傳來他暢快的笑聲：「本公子先走一步進城玩去了，還能趕上嫖姑娘，你們慢慢來就是！」

「……」

眾人齊齊無言。

以蕭定非為首，眾人陸續分批進入城中。

通州乃是南邊諸地進出京城的要道，城外幾十裡還駐紮著兵營，原由勇毅侯府統領，治軍嚴明，因而歷年來並無多少兵患匪患，南來北往的商戶極多，關城門的時間相對也較晚。

只是侯府一倒，通州大營鬧過一次譁變，便有些亂起來。

到這時辰，難免有些人懶怠。

天黑時候，守城兵士的眼睛便不大睜得開了，連連打著呵欠，見進出都是些衣著樸素之輩，更提不起精神。

前面幾批人，都無驚無險地進了城。

張遮與馮明宇在後面。

兩人棄馬步行。

前些日下過雪，泥地裡有些濕潤，然而冬日天氣太冷，土都凍住了，踩上去倒是頗為堅實。

只是夜裡風越吹越冷。

張遮身形瘦長挺直，料峭的風裡倒有幾分料峭的氣度。

馮明宇在教中也算見過許多意氣豪傑，只是畢竟江湖裡的教派，多有些流俗之氣，可眼前這位張大人卻是一身謹嚴，叫人挑不出半點錯處。

光這氣度，便讓他忍不住讚了一聲。

可惜在得了那封信之後，馮明宇第一個懷疑的便是他，此刻便笑著道：「方才令妹好像不大高興，想來是與張大人感情甚篤，兄妹情深，驟然分開，一雙眼睛瞪著好像要把老朽啃了似的。唉，倒叫老朽覺得自己是做了個惡人啊。」

這說的是方才他將張遮與姜雪寧分開時。

張遮也還有印象。

天教將他二人分開，必定是存了試探之心。姜雪寧不會看不出這一點，可看得出來未必就一定要受這口氣。

誰叫她是個姑娘家，演的還是張遮妹妹？

所以眼見著張遮要同馮明宇走時，她冷嘲熱諷道：「糟老頭子明明就是有什麼事情找我兄長，冠冕堂皇找什麼藉口！」

說完哼一聲，眼珠子一轉，竟用力踩了馮明宇一腳！

馮明宇目瞪口呆。

少女卻是踩完就不管了，誰也沒看一眼，嬌俏地一扭頭，徑直往黃濳那邊去。

張遮險些失笑，只好向馮明宇道歉，說什麼舍妹小孩脾氣，還請馮先生海涵。

馮明宇哪好意思計較？

他年紀這般大，又是這樣特殊的場合，縱使心中有氣也不好顯露，只能僵硬著一張臉說著「無妨無妨」，當做無事發生。

現在張遮一垂眸，還能看見馮明宇靴面上留著的腳印。

少女古靈精怪，是睚眥必報半點不肯吃虧的性子。

他想起方才的場面來，原本清冷的唇邊多了幾分連自己也未察覺到的柔和，只道：「舍妹從小經歷不好，自歸家後便被大家寵壞了，脾氣不是很好，偏勞左相擔待了。」

那叫「脾氣不是很好」？

除了那市井裡的潑婦，馮明宇可還從沒見過這樣的姑娘家！

這位張大人心可真是偏到天邊去了。

只是他眼下開口本也存了試探的心思，便道：「經歷不好，她不是您妹妹嗎？」

張遮於是知道自己猜對了。

天教這邊接了那封信後的確對他和姜雪寧起了懷疑，尤其是他一個人身犯險境卻還帶了個姑娘家，怎麼想怎麼不合常理，所以想要從中刺探出點什麼來，這才將他與姜雪寧分開。

只是姜雪寧的身世……

張遮張口，又閉上，最終回避了這個話題，面上歸於清冷，只道：「陳年舊事，不願再提。」

這是有所顧忌，也不願提起的神態，倒不像是作假。

馮明宇也是精於人情世故的人了。

他心念一轉便換了話題，半開玩笑似的道：「那這小姑奶奶可有些難伺候，老朽算是得罪了她。不知令妹有沒有什麼喜歡的東西，吃的玩的都好，老朽先問一問，待一會兒進了城便叫教中幾個兄弟去張羅一下，也好讓令妹開心開心，消消氣。」

明面上行，張遮乃是奉度鈞山人之命來的。

俗話說不看僧面看佛面。

馮明宇對張遮客氣些，連帶著對張遮的妹妹客氣些，也無可厚非，所以說這一句話並沒有什麼大問題。

可張遮在牢獄裡審犯人早已是駕輕就熟，深知若有兩名犯人共同犯案，將這兩人拆了分開審訊，必定能使其露出破綻。

天教打的也不過是這個主意罷了。

只是這問題……

姜雪寧喜歡什麼呢？

張遮想，她喜歡華服美食，遊園享樂，曾滿天下地找廚子為她做桃片糕，又挑嘴地說做的都不好吃，折騰了小半年，膩味之後便又叫人將那幫廚子趕出了宮去。

沈玠為她叫戲班子入宮。

宮女們一度為了討她歡心乾脆連皇帝都懶得勾引，成日侍奉在坤寧宮，給她看些外頭的新玩意兒。

她喜歡雲霧茶，桃片糕，踩水，蹴鞠，聽戲，玩雙陸……

一切好玩的，一切好吃的。

但這也成為朝野上下清流大臣們攻訐她的把柄，厭惡她的享樂，厭惡她的沒規矩，參她不知勤儉，沒有母儀天下的風範。

姜雪寧一怒之下，把御花園裡的牡丹都剪禿了。

那一陣他們入宮，在御花園裡所看見的牡丹，一叢叢都是花葉殘缺，慘不忍睹。

有大臣便說蒔花的太監怠忽職守。

伺候的太監便小聲回稟說：「這是皇后娘娘親自拿剪子剪的，說是知道近日聖上多召幾位大人在御花園裡遊賞議事，專門剪了給大人們瞧個豔陽春裡的好顏色，解解乏悶。」

那些個老大臣立刻氣了個吹鬍子瞪眼。

沈玠打乾清宮裡來，一見那狼藉的場面沒忍住笑出聲來，咳嗽了幾聲才正色，但絲毫沒有追究之意，只是和事佬似的敷衍道：「皇后也算有心了，雖然瞧著是，是……」

「是」了半天之後，終於挑出個詞。

然後說：「有些與眾不同罷了。」

馮明宇見張遮有一會兒沒回答，不由道：「令妹沒什麼喜歡的嗎？」

張遮頓了頓，道：「她什麼都喜歡。」

馮明宇道：「可令妹看著似乎有些……」

有些挑剔。

這話馮明宇沒明說。

張遮卻忽然想起了那只漂亮的鳥兒。

藍綠色的羽毛，覆蓋滿翅，長長的尾巴卻像是鳳凰一樣好看，據傳喚作「鳳尾鵲」。

那時還在避暑山莊。

頭一天他在荷塘邊的石亭裡遇到那位傳說中的皇后娘娘，受了一場刁難，次日沈玠便帶著文武百官去獵場狩獵。

姜雪寧自然也在。

她穿著一身的華服，手裡還拿了把精緻的香扇，坐在帳下只遠遠看著旁人，一副興致缺缺模樣。

直到那山林間飛過了幾隻漂亮的鳥兒。

藍翠的顏色，清亮極了。

她一下便被吸引住了，站起來往前揪住了沈玠那玄底金紋的龍袍袖角，指著那幾隻小小的鳥雀道：「我想要這個！」

沈玠當然由著她。

當下便對參加射獵的那些年輕兒郎說，誰要能射了那幾隻鳳尾鵲下來，重重有賞。

那些人自然躍躍欲試。

可忙活了半天也不見有結果。

姜雪寧便不大高興起來。

沈玠於是安慰她：「小小一隻鳥鵲，若是真想喜歡，改日叫內宮給妳挑上幾隻，都給妳掛到宮門外，可好？」

姜雪寧卻道：「宮裡養的有什麼意思，我就要外面的。」

沈玠於是也沒了辦法，嘆了口氣。

正自這時，御林軍裡有些兵士忽然叫嚷起來，插嘴說：「太師大人的箭術不是很好嗎？我上回見過，百步穿楊的！」

原本承德避暑，謝危不來。

他留在京城為皇帝處理些朝政大事，只是近來有幾樁不好定奪之事，要與皇帝商議，所以昨日才馳馬趕到。皇帝留他歇上一日，今日還沒走，適逢其會。

此言一出，所有人的目光頓時都匯聚到了他身上。

這位年輕的當朝太師，當時穿著一身蒼青的道袍，輕輕蹙了眉。

沈玠卻笑起來請他一試。

姜雪寧彷彿不很待見此人，嘴角微不可察地撇了一下，在後頭不冷不熱地加了一句：

「要活的。」

彼時謝危已經彎弓，箭在弦上。

聞言卻回頭看了姜雪寧一眼。

張遮當時覺著這位素有聖名的當朝太師，大約與別的大臣一般，都很不待見姜雪寧。

「咻」地一箭，穿雲而去，如電射向林間。

箭矢竟是險而又險擦著其中一隻鳳尾鵲的左翅而去！

那鳥兒哀叫一聲穩不住斜斜往下墜，掉在了草地上。

姜雪寧於是徹底沒了那母儀天下的架子，忍不住歡欣地叫了一聲，彷彿忘了自己對謝危的不待見似的，忙叫身邊的宮人去抓那鳥兒。

宮人將鳥兒撿回，竟真還活著。

只不過翅膀傷了一些，卻仍舊豔麗好看，正適合養在籠中，掛在廊下。

從此闔宮上下都知道，皇后娘娘在坤寧宮養了一隻漂亮的鳥兒。

那幾天所有人都高興。

因為皇后娘娘笑起來很好看，那比鳥羽還豔麗的眉眼溫柔地彎起來，便勝過那洛陽牡丹，燦燦地讓人覺得心裡化開了一片。

她喜歡坐在廊下看那鳥兒。

一坐便是大半天。

只是一日一日過去，笑容卻一日比一日淡。

終於，小半月後，笑容從她臉上消失了。

宮人們悄悄說，娘娘將那籠子掛在廊下，自己坐著一看半天，卻一日比一日鬱鬱寡歡。

有一天夜裡雨下很大。

第二天一早，宮人們起來一看，竟瞧見那精緻的鳥籠跌在廊下，小小的門扇打開了，籠中那只漂亮的鳥兒卻不知所蹤。

宮人們嚇壞了，戰戰兢兢，將此事稟告。

姜雪寧卻沒什麼反應。

聽說在宮裡悶頭睡了兩天，皇帝去了也不搭理。從這一天以後，坤寧宮的廊下乾乾淨淨，再也聽不見半聲鳥雀的啼鳴。

也許，華服美食，遊樂賞玩，都不是她真喜歡吧？

她愛的只有那隻羽毛豔麗的漂亮鳥兒。

只是有時人在山中，反倒不知本心罷了。

張遮抬起頭來，看了看那沉黑的天幕，卻想起少女在村落的河邊對他說的那番話，忽然很為她高興。

險境又如何呢？

他回看馮明宇一眼，平靜地道：「她不挑剔的。」

還不挑剔？

馮明宇心想自己可沒看出來，若要和這死人臉繞彎子，還不知要多久才能套出自己想要的話，乾脆捨了那雜七雜八的話，開門見山地問道：「可老朽不明白，令妹這樣嬌滴滴一個姑娘，您怎麼捨得把她帶出來，若有個萬一怎好處理？」

❀

這問題回答不好，一個不小心可有斃命之險。

「這……」

姜雪寧一路上都在與黃潛說話，回應對方的試探，卻半點也不擔心自己露出破綻。畢竟她喜歡張遮是不作假的，知道許多關於他的事情。

可對方這話，卻使她心頭一跳。

然而僅僅片刻，便有了主意。

黃潛與馮明宇自有一番謀劃，都琢磨著度鈞山人來信中所提到的那個人究竟是誰，這裡面最值得懷疑的非張遮莫屬。

而張遮所帶著的姜雪寧更是個不合理的存在。

誰身犯險境還帶個妹妹？

實在讓人困惑。

可他沒想到，自己問出這話後，原本嘴皮子利索妙語連珠的少女，一張素面朝天的臉竟微微低垂，囁嚅了起來，彷彿不好意思回答。

黃潛忽然想到了什麼。

他面色古怪起來：「妳與那位張大人，莫非……」

姜雪寧輕輕搭著眼簾，沒人瞧見那濃長眼睫覆壓時掩去的嘲諷，心裡只想反正張遮也不知道她的胡說八道，於是輕輕咬著唇，卻是一副逼真至極的含羞帶怯模樣，低低道：「我與兄長乃是兩情相悅，無奈家中不允，此番私奔唯恐為人所知，還請香主保守祕密，不要外傳。」

黃潛：「……」

整個人都像是忽然被雷劈了，我他媽剛才聽到了什麼！

第一二六章　真病

從城門外入城後，天教這邊早已經找了一家客棧落腳。
張遮與馮明宇到得早些，已經在堂內坐著。
黃潛帶著姜雪寧入內，神情卻是有些古怪，尤其是目光瞥到張遮的時候。
兩邊寒暄幾句，馮明宇左看右看，始終覺得黃潛看張遮的眼神不對，便向他打個眼色，把人叫到一旁來，皺眉問他：「你怎麼回事？我們如今只是懷疑他，你怎麼能這樣明顯？萬一他要不是內鬼，你讓他知道我們懷疑，豈不連度鈞先生也得罪了？是問出什麼了嗎？」
問出什麼？
別提這個還好，一提黃潛整個人都不好了。
他心說我也不想那樣看張遮啊。
可誰能想到外面看著這樣端方謹嚴的正人君子，內裡竟然和自己的妹妹有、有那種事！
簡直禽獸不如！
黃潛雖是江湖中人，卻也知道「禮法」二字，忍了忍，沒忍住，道：「馮先生，你附耳過來……」

這頭二人嘀咕起來。

馮明宇面色變了好幾變。

那頭姜雪寧卻是毫無負擔，回想起方才黃潛聽見自己說「兄妹私奔」這幾個字時的表情，甚至還忍不住想笑。

她拍了拍手，輕鬆地打量起眼下這家客棧。

入通州城已經夜了。

他們從城中走過的時候，大多數商鋪都已經關門，只有少數還冒著寒風，叫賣餛飩餃子。一路上冷清得很，只有遠遠的秦樓楚館很熱鬧，自無法與京城相比。

這家客棧也透著幾分寒酸。

大門上刷著的漆已經掉落下來不少，一應擺設都很陳舊，也沒掛什麼別的裝飾，唯獨眼見著抵近年關了，門楣上、樓梯旁都貼上了鮮紅的福紙，倒是在這冷透的冬日裡沁出幾分熱烈的暖意。

通州顯然是天教一個重要的據點了，進了這家客棧之後，天教這些人明顯都放鬆了不少，坐下來吃酒的吃酒，說話的說話。

掌櫃的也不問他們身分，一徑熱情地招待。

幸而這時節客人很少，也沒旁人注意到。

張遮可不是瞎子，打從過城門後重新與眾人碰頭，他就感覺出黃潛看自己的眼神不對，可反觀姜雪寧卻是尋常模樣。

此刻黃潛與馮明宇過去說話，他便把姜雪寧拽了過來。

面上的神情變得有些嚴肅。

張遮皺眉問她：「路上黃潛問妳什麼了？」

姜雪寧雙手一背，一副乖覺模樣，老老實實道：「問張大人和我是什麼關係，這樣凶險的一次行動，張大人又為什麼會帶我。」

這在張遮意料之中。

他又問道：「妳怎麼說？」

姜雪寧便變得忸怩起來的，輕輕咬了一下唇瓣，卻是暗中打量著張遮的神態，只見對方一身嚴謹刻板與上一世無甚差別，反倒越激起人撩撥戲弄的心思，於是眨眨眼低聲道：「我跟黃香主說……」

她說完了。

張遮腦子裡蒙了一下。

他垂眸望著近在眼前的少女，反應不過來。

姜雪寧卻以為他是沒聽清，湊過去便想要重複一遍，聲音也比方才大了些：「我剛才說我們乃是兄妹私——」

一個「奔」字還未來得及出口，張遮面色已然一變，因她離自己很近，徑直抬手把她這張闖禍的嘴巴給捂住了，兩道長眉間已是冷肅一片，帶了幾分薄怒斥道：「胡鬧！」

凜冽冬日他手掌卻是溫熱的。

姜雪寧微涼的面頰汲取著他的溫度，潤澤的唇瓣則似有似無地挨著他掌心，有那麼一刻她想伸出舌頭來舔他一下，看他還敢不敢捂著自己的嘴。

可張遮這老古董怕是會被她嚇死。

所以這念頭在心底一轉，終究沒有付諸實踐。她只是眼巴巴望著他，貌似純善地眨了眨眼。

張遮於是意識到自己行止有失當之處，立時便想要將她放開，然而放手之前卻是板著一張臉警告她一句「不許再胡說」，見她眨眨眼答應下來，這才鬆了手。

姜雪寧假裝不知自己做了什麼：「是我說得不對嗎？」

她這神態一看就是假的。

張遮目視著她，並無半分玩笑顏色，道：「二姑娘往後是要嫁人的，女兒家的名節壞不得，如此胡言亂語成何體統？」

要什麼體統？

反正旁人她也不想嫁。

一句「以後旁人不娶我你娶我唄」就在嘴邊，險險就要說出去，可最終還是怕他被自己激怒越發不高興，忍了下來。

站在張遮跟前兒，她委委屈屈地低下頭，小聲地為自己辯解：「那人家能怎麼說嘛？一時半會兒又想不到別的說辭。萬一壞了事怎麼辦？」

她腦筋有多機靈，張遮是知道的。

眼下明知道她這委屈的模樣有九分是裝，可張遮一口氣憋在心口，也不知為什麼就出不來了，只迫著自己咽了回去，反倒在心底燒灼出一片痛楚來。

有一會兒，他望著她沒有說話。

姜雪寧靜盯著自己腳尖，等他發火呢，可半天沒聽見聲音，抬起頭對上了一雙清冽中隱隱藏著幾分克制的苦痛的眼，心裡陡地一窒，竟想起自己前世叫他失望的時候。

她素來沒心沒肺，卻一下有些慌了神。

原本戲弄他的心思頓時散了個乾淨，她竟有些怕起來，小心地伸出手去牽了他的衣角，軟聲認錯：「都怪我，都怪我，往後我再也不說了，你讓說什麼我就說什麼！」

張遮沒有來由地沉默。

那牽動著他衣角的手，彷彿牽動著他的心似的。

他想，怎麼對她發脾氣呢？

垂下眼簾，頓了頓，他只是道：「他們開始懷疑我了，明日要去分舵，妳今晚便裝病，等天一亮便去永定藥鋪看病。京城那邊該也有人在找姑娘，朝廷自會派人護送。」

今晚裝病，明晨便走。

姜雪寧愣了一愣，抓著他的衣角還不願放手，下意識想問：「那你怎麼辦？」

可正自這時，馮明宇、黃潛那邊已經走了過來。

她便只好作罷。

顯然已經是從黃潛那邊得知了什麼，馮明宇原本世故的笑容裡都多了幾分勉強，一雙目光在姜雪寧與張遮身上打量，倒意外地發現也算是郎才女貌很登對。

只可惜……

竟是兄妹。

眼下一個牽著另一個的衣角，過從甚密，可不是有點什麼首尾嗎？

枉他一路來還覺得這張遮的確是個正人君子，沒料想……

人不可貌相。

只是比起張遮說的什麼「舍妹正好要去通州城」這種鬼話，顯然是「兄妹私奔」更站得住腳一些。

馮明宇自然不至於挑明，默認張遮也是要臉面不好說出口的，所以只拱拱手請張遮到樓上客房裡一道去議事。

張遮答應下來。

只是上樓途中想起姜雪寧同黃潛一番胡說八道，不願壞了她名聲，難免要同馮明宇、黃潛二人澄清幾句，然而馮、黃二人都是「沒事沒事，我二人從未誤會，您兄妹清清白白」，一副理解張遮的模樣，反倒讓張遮徹底沒了話，明白自己說再多都沒用，只會越描越黑了。

末了，只能重新沉默。

姜雪寧自不能跟著他們上去議事，只在樓下看著張遮的背影消失在拐角，才轉身想在客棧裡要點吃的。

只是那紮著沖天辮的小寶似乎早瞧著她了。

一見她轉身便連忙在一張桌旁向她招手，笑嘻嘻很是親近地喊她道：「姐姐來這邊，有熱湯和燒乳鴿呢！」

姜雪寧只覺這小孩兒一路還挺照顧自己。

有時遞水有時遞乾糧，雖然始終覺得第一次見的那晚對方手中黑乎乎那團墨跡使人有些生疑，可倒不好拒絕，便坐了過去，向他道謝：「有勞了。」

寒星在天，北風嗚咽。

定國公蕭遠帶著浩浩蕩蕩一隊人馬疾行，終於到了通州城外。

前鋒在城外勒馬，上來回稟。

年輕的蕭燁也佩了寶劍騎在馬上，望著近處那座黑暗中的城池，忍不住便笑了起來，志得意滿：「還是爹爹高明，正所謂是財帛動人心，有錢鬼推磨。什麼天教義士，還不是給個百八十兩銀子便連自己老巢的位置都能吐出來！這回我們人多，拿這幫亂黨簡直是甕中捉鱉，手到擒來！」

「哈哈哈……」

蕭遠許多年沒有帶兵打過仗了，這一遭卻是將自己將軍的行頭找了出來，撫鬚大笑道：「此一番，拿亂黨事小，要緊的是趁此機會在聖上面前表下忠心，立一回功，所以才要搶在謝少師前面。倒不是本公看不慣此人，實在是事情要緊。燁兒，你知道這通州城外是什麼嗎？」

他伸手指了指東南方向。

蕭燁順著他手指的方向看去，雖然一片漆黑的天空下什麼都沒瞧見，卻是答道：「是屯兵十萬的通州大營。」

蕭遠一雙目光便鋒利了起來。

他望著那個方向，好像一頭擇人而噬的老鷹，陰鷙地要探出爪來，道：「燕牧那個老傢伙一倒，沒了勇毅侯府，這通州大營十萬屯兵正缺個將帥來統禦，聖上那邊也正考慮著呢。只是你也知道，朝堂上對我蕭氏一族頗有非議，太后娘娘也不好太偏幫著，所以萬事都要有個說得過去的由頭。眼下便是極緊要的一遭，搗毀了這天教通州分舵，該抓的抓該殺的殺，就是立下了頭功！」

蕭燁乃是紈褲子弟，聽得此言早有些按捺不住，當即興奮了起來道：「那我們這便入城，殺他個痛快？」

蕭遠笑一聲：「這可不急。」

然後一擺手叫身後兵士下馬來修整，道：「不急，等明日天教兩撥人還有天牢裡逃掉的那些個惡徒齊聚一堂時，咱們再一網打盡，把這事兒辦個漂漂亮亮。」

蕭燁立刻道：「還是父親高明！」

蕭遠便忍不住暢想起自己一人獨掌三路兵權時的煊赫場面，於是得意地大笑起來。

❀

姜雪寧身嬌肉貴，好日子過慣了的，連日來趕路睡不好吃不好，到了這客棧之中總算放鬆下來幾分，就著客棧這邊準備的酒菜倒是難得多吃了一些。

小寶招呼完她便湊過去跟天教那幫人一起玩色子了。

她想起張遮方才的話來，心念一轉，便上了樓去，琢磨起裝病的法子來。

兒時在鄉野之間，她可見過不少的行腳大夫，烏七八糟的東西在腦袋裡記了不少。

有個招搖撞騙的道士教過她一招。

拿顆土豆夾在腋下，便摸不准脈搏，跟得了怪病似的。

姜雪寧心道捨不得孩子套不著狼，裝病也得裝得像一些，便先起身來將門栓了，把帶著體溫的外袍脫下，拉開緊閉的窗縫，就站在那吹進來的風口上，不一會兒就已經面皮青白，瑟瑟發抖。然後聽著外頭吵鬧玩色子的人散了，才輕手輕腳地打開房門，溜了下樓，去找客棧後頭的廚房。

夜深時分，周遭都靜了。

雖不知天教分舵到底在通州哪一處，可那幫人明日要去，這一夜多少也有些顧忌，並未鬧到很晚，都去歇下了。

唯獨天字一號房還亮著。

大約是張遮還在同黃潛、馮明宇二人說話。

天下客棧都是差不多的格局。

姜雪寧有驚無險地摸到了廚房，屏氣凝神，左右看了看無人，便伸出手來慢慢將兩扇門推開，閃身輕巧地進門，再將門合攏。

空氣裡竟飄蕩著些酒氣。

廚房裡有酒很正常。

她沒在意。

可萬萬沒想到，剛一轉身，後頸上便傳來一股大力，竟是一隻強而有力的手掌重重將她扣住，另一隻手更是迅速將她口唇捂住，推到門扇之上！

姜雪寧嚇了個半死！

然而借著沒關嚴實的門縫裡那道不很明亮的光，她腦地裡一閃，卻是一下認出來——竟是孟陽！

一雙眼眸陰沉，他的嘴唇緊緊抿著，滿面肅殺，然而掌下的肌膚滑膩，過於柔軟，這才覺出來人是個女子，眉頭不覺鎖了鎖，一想便認出她來了：「是妳？」

姜雪寧牢獄中初見此人，便覺危險。

然而不久前篝火旁聽這人說起勇毅侯府時的神態，又有些對此人刮目相看，眼下不敢說話，只敢點點頭。

孟陽頭髮亂糟糟的，看她片刻，發現她的確沒有要大喊大叫的意思，便放開了她，道：「妳來這裡幹什麼？」

姜雪寧扯謊：「餓了來找吃的。」

孟陽嗤了一聲也不知信是沒信，轉身摸黑竟在那灶臺上提了個酒罈子起來喝。

姜雪寧便知道這是個誤會。

對方這大半夜不過是來找酒喝罷了。

她也不好與此人攀談，又琢磨起一個人在旁邊，自己要找點東西都有所顧忌，行動上便磨磨蹭蹭，在極其微弱的光線裡，摸著個土豆，猶猶豫豫不敢揣起來。

豈料孟陽黑暗裡看了她一眼，雙目有銳光閃爍，竟然道：「大家閨秀也會這種江湖伎倆，要裝病？」

姜雪寧頓時毛骨悚然！

孟陽卻自顧自喝酒沒有搭理旁人的意思，道：「你們這幫人各懷心思都能唱齣大戲了，拿了土豆趕緊走，別礙著大爺喝酒。」

姜雪寧由驚轉愕。

她想了想，這人行事的確古怪，也不像是要與天教那邊拉幫結夥的，該是江湖上那種浪蕩人物誰也不服的，索性心一橫把這土豆揣進袖裡要走。

只是臨轉身，腳步又一頓。

姜雪寧回頭看著黑暗裡那個影子，考慮著自己方才腦海裡冒出來的那個想法，卻有些猶豫。

自髮妻去世後，他活在世間便如行屍走肉，殺了自己一家上下後更無半分愧疚，只是關在牢裡卻沒多少酒喝。

京裡那位謝先生倒是常使人來送酒給他。

可孟陽知道，這樣看似是好人的人送的酒，往往是不能喝的，所以從沒沾過一滴。

他莫名笑了一聲，看姜雪寧不走，便道：「妳裝病是想脫身吧？那什麼張大人是妳情郎，不一塊兒走嗎？」

姜雪寧道：「正是因他不走，所以我才想是否能請孟公子幫個忙。」

孟陽也是大戶人家出身，卻很久沒人叫過他「孟公子」了。

他覺得有趣：「你倆倒是苦命鴛鴦。」

姜雪寧心道她與張遮要真是苦命鴛鴦那也算值了，沒白重生這一場，可張遮這樣的於她而言終究是那天上的明月，站在最高的樓頭伸手也只能摸著點光。

她心情低落，卻不否認自己一腔情義。

只道：「我確對張大人有意。聽聞孟公子當年也是極好的出身，乃是為了髮妻報仇才犯下重罪。聽您先前於篝火旁為勇毅侯府說的話，我想您並非真的窮凶極惡之徒。又聞您武藝高強，而明日還不知有什麼凶險，所以斗膽，想請您保他安全。只是不知能幫您辦點什麼事……」

竟想請他這樣的重犯保護朝廷命官？

孟陽差點笑出來。

然而看著眼前這姑娘一腔赤誠，卻是想起許久以前也有這麼個人真心待他，於是沉默下來，又想起一路上那個張遮，過了很久，忽然道：「妳心甘情願為那位張大人，可假若他對妳卻有所隱瞞呢？」

他的亡妻，也是藏了很多事不曾告訴他呢。

後來他才知道，那些都是「苦」。

姜雪寧沒料著孟陽會問這樣一句話，只覺一頭霧水，奇怪極了。

張遮能有什麼瞞著她？

如今的她於張遮而言或恐不過是個成日給他找事兒的刁蠻小姐，頭疼極了，話也不好說上幾句，本來不熟。她不知道張遮很多事是正常的，可張遮坦蕩，絕對談不上什麼刻意的「有所隱瞞」。

她道：「那怎麼可能？」

孟陽便奇怪了地笑了一聲。

但後面也沒說什麼，既沒有答應她，也沒有明說拒絕。

姜雪寧等了半晌沒聽他回話，心裡便憋了一口氣，一跺腳走了。

揣著那顆土豆溜回樓上，她和衣躺下。

原是打算著睡一會兒，明早天亮便按計畫裝病，可誰曾想人睡到後半夜，迷迷糊糊間竟覺得渾身惡寒，腹內一陣絞痛，給她難受醒了，額頭上更是冒出涔涔冷汗，整個人渾似犯了一場惡疾！

不過是站在窗前吹了風，頂多是受點風寒，怎會忽然之間這般？

她踉踉蹌蹌起身來，卻發現自己四肢無力。

不……

不是裝病，是真病！

姜雪寧心裡一片凜然的恐懼，走得兩步，無意中卻撞了杯盞，「啪」一聲，摔在地上，在黎明前的靜寂裡傳出老遠，驚動了附近的人。

沒片刻外面便有人敲門，是張遮的聲音：「怎麼樣了？」

姜雪寧想說話，喉嚨卻很嘶啞。

於是便聽「砰」地一聲響，有人將門踹開了，竟是有三五個人一道進來了，其中便有先前招呼她去用飯的小寶，一見她慘白的面色便叫嚷起來：「姐姐怎麼了，犯了什麼病嗎？」

第一二七章　機會

姜雪寧眼前一片模糊。

她看上去是病得狠了。

一張巴掌大的臉上血色褪盡，因為驟然襲來的痛楚，額頭上更是密布冷汗，四肢百骸有如掙扎一般疼著，一隻手扶著桌角卻搖搖欲墜。

小寶立時要上來扶她。

卻沒想到旁邊一人比他更快，一雙原本總是穩穩持著筆墨、翻著案卷的手伸了過來，徑直將眼看著就要跌倒在地的她攔腰攬住。

姜雪寧費力地抬眼，卻什麼也沒看清。

只是感覺到那將她攬住的、用力的手掌間，隱隱竟帶了幾分尋常沒有的顫抖。

「哎喲這是怎麼了，快快快，把人放到榻上。」

馮明宇自打在城外接了那封信後，便試圖從張遮這個可能是「內鬼」的人嘴裡套出點什麼話來，是以到了深夜還拉著張遮「議事」，姜雪寧這邊出事的時候他們正在不遠處的客房裡，一聽見動靜立刻就來了，哪裡料想遇到這麼個場面？一時之間也驚訝不已。

「晚上吃飯的時候還好好的……」

姜雪寧被張遮抱了放回床榻上，儘管他的動作已經很輕，可只要動上一動仍舊覺得腹內絞痛，甚至隱隱蔓延到脾肺之上。

偏她又不願讓張遮太擔心，一徑咬了牙忍住。

一張慘白的臉上都泛出點青氣。

張遮固然同她說過天亮便裝病，可眼下這架勢哪裡是裝病能裝出來的？素來也算冷靜自持的人，這時竟覺自己手心都是汗，險些失了常性。

站在床榻邊，他有那麼片刻的不知所措。

馮明宇見了這架勢心知張遮關心則亂，便連忙上來道：「看上去像是犯了什麼急病，又或是中了什麼劇毒，老朽江湖人士略通些岐黃之術，還請張大人讓上一步，老朽來為令妹把個脈。」

那疼痛來得劇烈，喉嚨也跟燒起來似的嘶啞。

姜雪寧怕極了。

她虛弱地伸出手去拽張遮的衣角。

張遮便只挪了半步，對她道：「不走，我在……」

大半夜裡鬧出這樣的動靜，不少人都知道了。

蕭定非這樣肆無忌憚愛湊熱鬧的自然也到了門外，這時候沒人約束他便跟著踏了進來，還沒走近，遠遠瞧見姜雪寧面上那隱隱泛著的青氣，眼皮就猛地跳了一跳。

待瞧見小寶也湊在近處，心裡便冒了寒氣。

馮明宇抬手為姜雪寧按了脈。

眾人的目光都落到了他的臉上。

可沒想到他手指指腹搭在姜雪寧腕上半晌，又去觀她眼口，竟露出幾分驚疑不定之色，張口想說什麼，可望張遮一眼又似乎有什麼顧忌，沒有開口。

張遮看見，只問：「馮先生，舍妹怎樣？」

馮明宇有些猶豫。

張遮眉間便多了幾分冷意，甚至有一種先前未曾對人顯露過的凜冽：「有什麼話不便講嗎？」

「不不不，這倒不是。」馮明宇的確是有所顧忌，可一想他從未吩咐過手底下的人對姜雪寧這樣一女兒家下手，是以倒敢說一句問心無愧，便解釋道：「令妹此病來勢洶洶，看著凶險得很，倒不曾聽過有什麼急病全無先兆，倒、倒有些像是中了毒……」

小寶大叫起來：「中毒？」

張遮的目光頓時射向馮明宇。

馮明宇苦笑：「老朽便是心知張大人或恐會懷疑到天教身上，所以才有所猶豫。只是老朽一行已到通州，實無什麼必要對令妹小小一弱女子下手。不過老朽醫術只通皮毛，看點小病小痛還行，大病大毒卻是不敢有論斷。當務之急，還是先為令妹診病才是，這樣下去恐有性命之憂啊。」

黃潛皺眉：「可這會兒天都還沒亮，去哪裡找大夫啊？」

小寶卻是靈機一動道：「有的，永定藥鋪的張大夫住在鋪裡的。只是姐姐病得這樣急，去叫人怕耽擱了病，我們把姐姐送過去看病吧！」

「永定藥鋪」這四字一出，張遮心底微不可察地一震。

他豁然回首，看向了小寶。

這到了天教之後才遇到的小孩兒一張圓圓的臉盤，用紅頭繩紮了個沖天辮，粗布短衣，窮苦人家寒酸打扮，一雙看著天真不知事的眼底掛滿憂慮，渾無旁騖模樣，似乎只是出於對姜雪寧的關切才提起了「永定藥鋪」。

然而此刻已經不容他多想，一是擔心姜雪寧有性命之憂，二是永定藥鋪確乃是朝廷所設的消息通報之處，能去那裡自然最好。

他當即俯身便要將人抱起，讓人帶路。

沒料想馮明宇見了卻是面色一變，與黃潛對望一眼，豁然起身，竟是擋住了張遮，道：「張大人，眼見著離天明可沒多久了，原本您是山人派來的，我等已經與教中通傳，說一早便要帶您去分舵。您若帶了令妹去看病，我們這……」

是了。

天教現在懷疑他，怎可能放他帶姜雪寧去看病呢？

張遮的心沉了下去。

眾人說話這一會兒，姜雪寧已經沒了精神和力氣，也不知怎地痛楚微微消減下去，反而一陣深濃的疲憊湧上來，竟是手上力道一鬆，原本拽著張遮衣角的手指滑落下來。

張遮面色變了一變。

他不欲退一步，天教這邊以黃潛為首卻都按住了腰間刀顯然得了密令，隱隱有劍拔弩張之勢。

這時候，小寶立在屋裡，左邊看了看，右邊看了看，也不知到底有沒有看懂眼前的局勢，咬了咬牙，怯怯地舉起一隻手來，道：「要不，我帶姐姐去看病？」

張遮的目光近乎森寒的落在他身上。

黃潛則是喝道：「你胡鬧什麼！」

馮明宇卻思量起來，沒說話。

小寶脆生生道：「這通州城裡就沒有我不熟的地兒，我上過幾天私塾，得先生教導使得幾個大字，『永定藥鋪』四個字我肯定不會認錯的！張大人和左相大爺若不放心，多派兩個人跟我一塊兒去就好。」

黃潛想苛責這不知天高地厚的小子。

馮明宇卻是抬手一攔阻止了他，竟對張遮道：「張大人該也知道，您乃是度鈞先生的人，若是有賊子對令妹下毒必然有所圖，我們可不敢讓您出半點差錯。小寶年紀雖小，人卻機靈，對通州這地界兒的確也熟。我們多派兩個人，同他一道，即刻送令妹去永定藥鋪，一則不耽誤令妹的病情，二則也不耽誤您去分舵的行程。若令妹病情有了分曉，便叫小寶兒立刻來分舵稟報，如此可好？」

張遮的目光定定鎖在小寶的身上。

小寶卻是難得正色，向張遮躬身一揖：「還請張大人放心，小寶一定照顧好姐姐。」他雙手交疊作拱。

張遮微一垂眸，看見了他無名指左側指甲縫裡一線墨黑，心內交戰，已是知道這背後還另有一番謀劃，可為保姜雪寧安危，終究緩緩閉上眼，默許了。

他親自把昏睡的姜雪寧抱上了馬車。

她昏過去後，疼痛似乎減輕了不少，只是仍舊鎖著眉頭。

張遮掀簾便欲出去。

只是猶豫了片刻，還是抬袖，怕外頭風寒吹冷了汗讓她著涼，慢慢將她光潔額頭上密布的汗擦了。

天教這邊除了小寶外，果然另派了兩條好漢。

正好一個駕馬，一個防衛。

小寶則在車內照顧。

張遮從車內出來時，他立在車邊，背對著天教眾人，竟朝他一咧嘴露出個笑來，然後便上了車一埋頭進了車內。

馬鞭甩動在將明的夜色裡。

車轅轆轆滾動。

不一會兒消失在寒冷的街道盡頭。

❀

「嗤拉。」

黑暗裡有裂帛似的聲響，又彷彿什麼東西熾烈地噴濺在了牆上。

緊接著便是「噗咚」兩聲倒地的響。

姜雪寧迷迷糊糊之間聽見。

緊接著便感覺一陣異香向著自己飄了過來，在她呼吸間沁入了她的脾肺，就像是一場清涼的大雨刷啦啦下來將山間的塵霧都洗乾淨了似的，原本困鎖著她的那昏昏沉沉的感覺，也倏爾為之一散。

又有誰往她嘴裡塞了枚丹丸。

也沒品出是什麼味兒，入口便化了。

恍恍然一夢醒，她只覺得自己像是夢裡去了一遭地府，被小鬼放進油鍋裡炸過，睜開眼時，周遭是一片的安靜。

竟是在馬車上。

只是此刻馬車沒有行駛。

小寶就半蹲在她面前，身上還帶著股新鮮的血氣，見她醒了，才將手裡一隻小小的白玉瓶收了起來，一雙炯炯有神的眼睛在黑暗裡彷彿也在發亮，竟道：「姜二姑娘醒了。」

姜雪寧悚然一驚。

她先才昏睡並不知道中間發生了什麼，乍聽見這熟悉的稱呼，頭皮都麻了一下，緊接著才認出眼前之人是小寶來，瞳孔便一陣劇縮，已明白大半：「是你下藥害我？」

此刻小寶臉上已沒了先前面對天教眾人時的隨性自然，反而有一種超乎年齡的成熟，解釋道：「權宜之計，也是為了救您出來，昨夜不得已才在您飯菜裡下了藥，也就能頂一個時辰。還好事情有驚無險成了。」

姜雪寧盯著他沒有說話。

小寶卻是拿出個小小的包袱來，裡面還有幾錠銀子，道：「這是盤纏，天明之後，通州將有一場大亂，對面街上有一家客棧，您去投宿住上一夜。千萬不要亂走，頂多一日便會有人來接您。」

由危轉安，不過就是這麼做夢似的一場。

姜雪寧聽完他這番話後竟是不由得呆滯了半晌，回想起這一切的前因後果，便已經明白：朝廷既然是要撒網捕捉天教之人，自不至於讓張遮一人犯險，暗地裡還有謀劃。可張遮與她約好裝病在先，這小寶卻橫插一腳給她下了藥，顯然雙方都不知對方計畫。也就是說，至少張遮絕不知有小寶的存在！

心底突地發冷。

坐在馬車內，她動也沒動上一下，聲音裡浸了幾分寒意，忽問：「你是誰的人？」

小寶驚訝於她的敏銳，可除了知道眼前這位小姐乃是先生的學生和自己要救她之外，也不知道什麼旁的了，出於謹慎考慮，他並未言明，只是道：「總之不是害您的人。」

姜雪寧又問：「張大人呢？」

小寶頓了一下，斂眸鎮定道：「永定藥鋪有布置您也知道，朝廷早設下天羅地網，無須擔心。」

是了。

永定藥鋪是朝廷接應的地方。

對方一說，姜雪寧才道自己差點忘了，一下笑起來，心裡雖還有些抹不去的疑惑，但已安定了幾分，向小寶道了謝：「有勞相救了。」

「您客氣。」

這時辰馮明宇那邊也該去分舵了。

小寶知道先生還有一番謀劃等著自己去完成，不敢耽擱，但仍舊是再一次叮囑姜雪寧在客棧等人來接後，才一掀車簾，躍了出去，一身不起眼的深色衣裳很快隱沒了蹤跡。

在客棧裡等著，不出一日便有人來接……

姜雪寧人在車內，撩開車簾朝街對面看去，果然有一家看著頗有幾分氣派的客棧佇立在漸漸明亮的天色中。

可為什麼，她看著竟覺那像是座森然的囚籠？

回轉目光來，幾錠銀子，就在面前放著。

百兩。

去蜀地，足夠了。

心裡那個念頭驟然冒了出來，像是魔鬼的呢喃，壓都壓不下去。姜雪寧垂眸看著，抬手拿起一錠來，耳邊只迴響起那日河灘午後，張遮那一句：不想便不要回。

第一二八章　永定藥鋪

年關既近，遊子歸家，浪夫還鄉，道中行人俱絕。雞鳴時分，格外安靜。

然而在官道旁那一片片已經落了葉只剩下一茬一茬枯枝的榆楊樹下，卻是集聚了黑壓壓的一片人，個個腰間佩刀，身著勁裝，面容嚴肅。人雖然多，可竟沒有發出半點聲音。

眾人的目光都或多或少落在最前方那人的身上。

濃重的霧氣越過了山嶺，蔓延出來，將前方平原上的通州城籠罩了大半，是以即便所擱著的距離不過寥寥數里，城池的輪廓也模糊不清。

謝危照舊穿著一身白。

頎長的身材，高坐在一匹棗紅色的駿馬之上，雖未見佩什麼刀劍，卻是脫去了朝堂上三分文儒之氣，反而有一種尋常難見的銳朗，淵渟岳峙，如刀藏鞘。

清冷的霧氣撲到人面上，卻是一股肅殺之意。

刀琴劍書皆在他身後。

眼下所有人雖然沒有誰拔刀亮劍，可盡數面朝著那座通州城，緊緊地盯著什麼。

東方已現魚肚白。

幾乎就在清晨第一縷光亮從地面升騰而起，射破霧氣的剎那，城池的邊緣一縷幽白的亮光自下而上騰入高空，如同一道白線，轉瞬即逝。

刀琴劍書頓時渾身一振。

一場好局籌謀已久，正是絕佳的收網時刻。

只是他心底竟無半分喜悅。

謝危自也將這一縷幽白的焰光收入眼底，深凝的瞳孔盡頭沉黑一片，面上卻渾無半分神情，是一種高如神祇不可企及的無情，抬手輕輕往前一揮，垂眸道：「走吧。」

京城和宮廷，對她來說意味著什麼呢？

從馬車上下來的那一刻，姜雪寧凝視著街對面的那家客棧，思索了許久。

城池中輕輕浮動的霧氣，隨著冬日的冷風，撲到了她的面上，沾濕了她樸素的衣裙，讓她垂下頭來，忍不住打量了打量此刻的自己。

沒有壓滿的釵環，沒有束縛的綾羅。

既不用去考慮俗世的禮教，不過在這距離京城僅數十裡的通州城裡，就已經沒有人識得她身分，見過她樣貌，自然更不會有人知道她是姜家倒楣的二姑娘，是宮裡樂陽長公主的伴讀。

所有的包袱一瞬間都失去了。

人若沒有經歷過，只憑著幼年時那些臆想，永遠不會明白，對自己來說什麼最重要。

上一世，婉娘告訴她，女人天生要去哄騙男人，天生該去求那榮華富貴，世上最尊貴最成功的女人就該坐在皇帝身邊，執掌著鳳印，讓天底下其他的女人都要看她的眼色過日子。

她受夠了鄉間那些勢利的冷言冷語。

後來回到京城姜府，得知自己真正的身世，更生不平之心，不忿之意，想那高高在上的老天爺是欠她的，便一意鑽了牛角尖，千辛萬苦爬到那六宮之主的位置上。

榮華有了，富貴有了。

可擁有了這些旁人便會覬覦，日子反而沒有在鄉野之間安生。出入宮禁更是做夢，要想看個燈會，央了沈玠，這位儒雅懦弱的九五之尊也不能帶她去市井之中體會真味，固然是為她在宮裡準備了一場燈會的驚喜，然而落到那一起子清流大臣的口中又成了她奢侈靡費，輕浮粗淺。

這樣是錯，那樣也是錯。

若按了她當年鄉野間的脾氣，早拎起根棍子來，一個個朝著這些胡說八道的老學究敲打過去，不打個頭破血流不放過。

可她偏偏是皇后。

後悔了想扔了鳳印走吧，依附著她的權臣弄臣不允，更有六宮之中的寵妃虎視眈眈，說不定她前腳走後腳便橫屍荒野。更何況前有不答應的沈玠，後有謀反軟禁她的燕臨。

一座宮廷，竟是四面高牆，十面埋伏。

漸漸連覺都睡不好，長夜難安眠。

「犯不著，實在犯不著……」

姜雪寧一跺腳，終是想清楚，想堅決了。

「本宮手裡有錢，還有芳吟這大腿，離了京城就是海闊憑魚躍，天高任鳥飛，去哪裡過不了好日子？管他們鬥個你死我活呢！料想張大人那邊我一介弱女子也幫不上忙，不如趁此機會先走了，免得被他們抓回京城還要受氣！」

一念落地，她最後看了那間客棧一眼，竟是直接轉身，不進客棧，反趁著清晨時分通州城才剛剛在光亮裡醒來，道中行人不多，腳步輕快，一徑朝城門的方向而去。

身上帶著的銀兩足夠她去蜀地。

昨夜她入城的時候就注意過，沿途有一家租賃馬車的店鋪，自己手裡的錢足夠買個丫鬟買個車夫，甚至買個身強力壯的護衛，一路去蜀地也就安全些。

冬日天亮得晚，來往城中的外鄉人雖然已經少了，可商鋪們的生意卻是照做，無不是想趁著這年關時節多賣些年貨，也好過年那一天給家中多添上幾碗肉。

所以走著走著，路上的行人漸漸多起來。

馬車行就在前面。

一杆旌旗從寒風裡斜出來，大門裡正有人出入。

距離馬車行不遠的地方，卻有人在街上支起了茶棚，剛燒上水要給落腳的人沏茶。

「今年這天可真冷啊。」

「這怎麼就算冷呢？那塞北才叫冷呢，我才從京城回來，聽人說今年韃靼派使臣來進貢時路上都凍死了幾匹馬……」

「呸，什麼進貢啊，人家那是求和親來的！」

「一回事兒，哈哈，一回事兒……」

……

姜雪寧原本只是從這茶棚旁邊經過，要去前面馬車行，聞得「和親」二字，腳步便陡地一頓，轉頭向那茶棚之中看去。

茶棚裡坐著的那些人，衣著各異，貧富皆有，面容也盡皆陌生。

可她看了卻恍惚覺得熟悉。

依稀又回到尤芳吟遠嫁蜀地那一日，出了京城，過了驛站，彷彿相似的茶棚裡坐著彷彿相似的商客，連說著的話都有彷彿相似的內容。

有日頭照亮的天幕，一下漫捲灰雲。鱗次櫛比的房屋與陳舊靜默的城牆，頓時退得遠了，坍塌傾頹成一片長滿衰草的平原。

尤芳吟系著紅綢的馬車已經遠去。

禁衛軍卻在馬蹄滾滾煙塵中靠近。

她想起自己壓不住那股愴然的衝動，去問沈芷衣：「殿下也不想待在宮裡嗎？」

那一身雍容裡帶著幾分沉重的女子，分明與自己年紀相仿，卻好似已堵了滿懷的積鬱，但將放遠的目光收回，靜寂地望著她，彷彿看開了似的一笑，雲淡風輕。

誰想呢？

她說，誰想呢？

誰又想待在宮裡呢？

「讓一讓讓一讓！」

大街上有夥計推著載滿了貨物的板車急匆匆地來，瞧見前面路中立著個人動也不動一下，不由著起急來大聲地喊著。

姜雪寧腦海裡那些東西這才轟隆一聲散了。

沒有衰草，沒有灰雲，沒有原野，也沒有沈芷衣，只有這灌滿了煙火氣的市井裡喧喧嚷嚷的人聲，還有周圍人異樣好奇的目光。

她醒悟過來，連忙退開。

推車的夥計也沒注意她長什麼樣，忙慌慌把車推了走，只嘀咕一聲：「大清早在路上夢遊，搞什麼呢！」

姜雪寧看著這人走遠，才記起自己是要去賃馬車的。

然而當她重新邁開腳步，卻覺腳底下重了幾分。

心裡面竟湧出一陣空寂的惘然，攥著那小包袱的手指慢慢緊了，走著走著也不知怎的就走不動了，停在一處還未開門的商鋪前面，怔怔望著前面不遠處的馬車行。

大約是她站得久了。

旁邊這鋪面裡頭一陣響動，緊接著便是門板翻開的聲音。

一名穿著青衣的藥童打開門，手裡拎著塊方形的寫有「永定」二字的牌子，正待掛到外頭，一抬頭看見外頭立了個姑娘家，便下意識問了一句：「您來看病嗎？」

姜雪寧心裡裝這事兒，心不在焉，轉頭看一眼見這藥童手裡拿著招牌，才發現自己站著又礙著了人開門做生意，便道一聲「不是」，道過了歉，往前面走去。

然而才走幾步，便覺出不對。

方才那藥童手中拎著的招牌電光石火一般從她腦海裡劃過，只留下上頭「永定」二字，讓她一下停住了腳步，轉過身走回來問：「這裡是永定藥鋪？」

小藥童才將招牌掛上，見她去而複返，有些茫然，回道：「是啊。您又要看病了？」

姜雪寧向這藥鋪一打量，周遭往來人繁雜，卻沒有半分戒備森嚴的樣子。

她心沉了一下，又問：「方才可有個十幾歲的小孩兒來過？」

小藥童只道她是來找人的，道：「沒有見過，可是姑娘丟了親眷？」

姜雪寧眉頭狠狠地跳了一下：「沒來過？」

那小寶方才卻故意同自己提了永定藥鋪……

她本以為對方會來傳訊！

不對。

這件事真的不對！

姜雪寧想到這裡實在有些冷靜不下來，二話不說踏進門內去，徑直道：「你們大夫在哪裡？我有要事要見他！」

永定藥鋪張大夫的醫術在這通州城裡算得上是人人稱道，這一宿睡醒才剛起身，倒是一副老當益壯、精神矍鑠模樣，才剛拿了一副針灸從後堂走出來，見有人要找他，只當是誰家有急病要治，還勸她：「老夫就是，姑娘莫急，好好說說妳家誰病了，什麼症狀，老夫也好有個準備……」

姜雪寧哪裡聽他這些廢話？

根本不待對方說完便打斷了他，道：「張大人身分有敗露之險，已隨天教去了通州分舵，朝廷的援兵在哪裡？」

張大夫一雙眼睛睜大了，聽了一頭霧水：「什麼……」

姜雪寧忽然愣住：「你不知道？」

張大夫還從未見過這樣莫名其妙的人，只疑心是來了個有癔症的，秉承著一副懸壺濟世的仁義心腸，回道：「您是不是找錯了地方？」

姜雪寧渾身的血一寸寸冷了下來。

她問道：「請問大夫，通州城裡幾個永定藥鋪？」

張大夫道：「就老夫這一家啊。」

姜雪寧腦海裡瞬間掠過了張遮、小寶、馮明宇、黃潛等人的臉，身形頓時晃了一晃，險些沒站住，退了一步才勉強穩住，臉色已然煞白。

永定藥鋪是假的。

朝廷有支援也是假的。

怎麼可能……

張遮，張遮怎麼辦？

張大夫瞅著她：「姑娘，您氣色看著不大好啊。」

姜雪寧卻夢囈似的問：「大夫，去衙門怎麼走？」

張大夫沒怎麼聽清，還道：「藥鋪裡也沒病人，要不您坐下來先歇口氣……」

姜雪寧此刻心急如焚哪兒能聽這老頭絮叨，面色一變，已顯出幾分疾厲肅殺，只大聲問他：「我問你府衙怎麼走！」

第一二九章　敗露

「天教創立由來已久，三十多年了，原本是江南一些失田失產的流民們嘯聚山林而成，專與官府作對，在江湖上稱作『大同會』，也不成什麼氣候。直到教首他老人家途經此地，以道化之，在山中講道十餘日，會眾皆以為是神仙下凡，推舉為首。之後他老人家，便改『大同會』為『天教』，說我等不再是綠林中的流匪，而是與佛道兩家並舉的新教派。一來免了犯上作亂之嫌，二來傳教布道於五湖四海，多的是人信奉加入，各省廣建分舵，兄弟們若有個萬一，照應起來實在方便。」

通州城內，黃潛一邊走一邊笑著朝前指。

「張大人看，前面就是通州分舵，還依了數十年前的舊規矩，建在道觀裡的。兄弟們早在後山恭候。」

張遮抬眼看去，果然是一座道觀。

這通州城城西靠山，乃是天然的屏障，山勢雖然不高，卻也有幾分秀美之色。栽種的乃是經冬的老松。

山腳下建了個門，頂上掛了個「上清觀」三個字，看匾額與建築都有些陳舊了，是上了年頭，甚至外面看著已經很是破敗，想來平常沒什麼香火。

自看著小寶駕車送姜雪寧去永定藥鋪看病後，張遮就有些心不在焉，寡淡的面上微有凝重之色。

見了道館，他也只是點點頭。

天教的淵源在民間傳得神乎其神，然而在他這樣知道其底細的朝廷官員眼中，卻是無甚詭譎神祕之處。

黃潛說的大略不錯。

早年天教乃是沒了田產的流民聚成的「大同會」，為的是對抗鄉紳或者打劫來往客商，以求得一席生存之地。但先皇登基後十五年左右，也就是德正十五年，佛道兩教之中出了一件不大不小的事。

道教是本土教派，盛行中土已久。

無奈二百餘年前佛教自西傳入，正逢亂世，大江南北一時信眾無數，隱隱然不輸道教。兩家修廟的修廟、起觀的起觀，不時爭奪教中與地界，互有摩擦。

及至先皇登基時，佛教已蔚然成風。

當時佛教以白馬寺為首，先皇甚至親臨過白馬寺祈福上香，住持方丈便是本朝如今的國師圓機和尚，道教則以三清觀為尊，據傳有千年道統，觀主道號「真乙」，人皆尊稱一聲「真乙道人」，也是精通道法。

未料那一年，兩教相爭，鬧得很大。

兩教都有心要在地位上爭一爭，圓機和尚與真乙道人於是約在泰山腳下論道，各拚佛道真法，較量個高下。一時間是修者信眾雲集，悉數聚集，聽二人講道。

因時日已久，當年盛況已只留下隻言片語，但最終的結果卻是廣為流傳——

道教這邊真乙道人慘敗。

坊間傳言說是圓機和尚在與真乙道人論道數日後，當場戳穿了許多道觀擄掠民女，藏汙納垢，有如娼寮，更指那真乙道人乃是妖魔降世禍亂天下，乃是一名「妖道」，做法使其顯形。

人皆譁然。

三清觀被人砸了個乾淨，真乙道人落荒而逃，從此銷聲匿跡。圓機和尚經此一役則是聲望大漲，白馬寺的香火更是日漸鼎盛。

然而少有人知道的是，真乙道人並未真正消失。

他搖身一變，為自己改了個俗家名字，取「萬事皆休」之意，喚作「萬休子」，瞅准一個民不聊生的好時機，於「大同會」傳教布道，竟是藐佛棄道，自創「天教」，捲土重來。

其教義卻是以「天下大同」為旨，海內互助，皆是兄弟，因而廣為傳頌。

天下是貧苦百姓居多，得聞教義無不欣喜。

因此沒用數年就成了氣候，二十年前平南王謀逆更是得其襄助，才能一舉打到京城，差點便推翻了大乾皇帝的龍椅。
到底當年論道的真相如何，張遮自是不得而知。
可以常理便可推論，如今喚作「萬休子」，正在天教當教首的這位「真乙道人」，必然還記恨著當年的冤仇。圓機和尚四年前襄助沈琅登上皇位，功勞還壓了謝危一頭，又因在佛教德高望重，封了國師，只怕更讓這位萬教首視之如眼中釘肉中刺。
天教既是自比佛道，分舵鳩占鵲巢，藏在寺廟、道觀之中，便也不稀奇了。
只是不知，裡面有多少凶險正待人踏足。
眼下隨行的天教眾人，幾乎都從通州分舵來，往這上清觀走時，皆是輕車熟路。
獄中逃犯們尾隨在後，面有忐忑。
蕭定非大冬天時候手裡搖著把騷包的灑金摺扇，卻是四處打量，五官雖然俊俏風流，神情裡卻有點不安分的感覺。
他看了看那道觀門口。
外頭守著幾個道童，都是機靈模樣，遠遠見著他們來便往裡通傳去了。
蕭定非便覺腳底灌鉛似的沉。
眼看著要到那道觀臺階前，他眼珠子骨碌碌一轉，頓時「哎喲」了一聲，抬手捂住自己左肋，便稱自己肺疼，也要去看大夫。豈料馮明宇早知他德性，雖不知他為什麼臨到分舵前要裝這一齣，卻是謹記教首給的要看好他的吩咐，半點也不買帳地道：「吳舵主就在觀裡，公子既如此不適，還是先進去老朽先為公子看看，不行再為公子找大夫，如何？」

蕭定非一張臉頓時就綠了。

他左右一看，都是天教教眾，要走實在不能。

末了只能捏了鼻子與眾人一道入了道觀。

這「上清觀」乃是通州本地道觀，自多年前佛道論法道教式微後，裡頭的道士便漸漸跑光了，倒便宜了天教占之為巢穴，背靠一座矮山，端的是得天獨厚。

道童在門口相迎，見面卻說「恭迎黃香主」。

手一擺，腳一動，便引眾人入內。

外頭看著冷清，可還擱著一道門就聽見裡面人聲喧嚷，高聲大笑。張遮隨黃、馮二人穿過這道門，便見寬闊的大殿外有一片平地，黑壓壓擠滿了人，衣著各異，卻是一樣的壯碩草莽。十數缸烈酒排在走廊下頭，大冬天裡酒味飄散開來，竟像是要將這一座道觀都點燃般，充滿了辛辣！

那引他們進來的道童大喊一聲：「黃香主、馮左相回來了！」

門內頓時一靜。

旋即便是一聲震動耳膜的朗笑從那大殿之中傳來，人隨聲出，是個身材合中的中年人，下巴上蓄了一把黑鬚，披著件玄青外袍，步伐沉穩矯健，雙目精光四射，徑直向馮明宇等人迎來：「哈哈哈，馮先生、黃香主終於功成歸來，可喜可賀啊！」

這便是天教通州分舵的舵主吳封了。

馮明宇、黃潛二人立刻自謙起來：「都是分舵的兄弟們出力，我二人可不敢居功。」

吳封晃眼一掃就看見了「多出來」的那部分人，十分滿意：「這一回不僅救出了咱們教中弟兄，且還從牢獄中帶來了這許多的義士，又為我教勢力壯大添磚加瓦。這功勞報上去，教首必定重重嘉獎！」

牢裡這幫人以孟陽為首，的確算是蒙了天教的恩惠才從牢獄中脫出，一路跟著天教來了通州，也的確有加入天教的打算。

可如今都未寒暄一句，問過他們，就說是「為天教勢力添磚加瓦」，說得倒像他們是來投奔的一樣。

這讓許多人暗自皺了眉頭。

一幫江洋大盜實不是什麼善類，來時便與天教教眾有過些口角，現在聽著吳封這話著實不大舒服。

孟陽就站在後面，唇邊浮上了一抹笑。

他目光從天教這幫人身上晃過，落到了張遮身上。

張遮人在賊巢，倒是半點也不慌亂，一轉眸也看向孟陽，片刻之後便平靜地搭下了眼簾，暫未做什麼反應。

馮明宇卻是趁此機會將話題轉到了張遮身上，笑著道：「便是連這個我等也不敢居功。

想來舵主已經聽說，此次除了咱們通州分舵之外，度鈞先生在京城也派了強援呢。若無這位張大人施以援手襄助，我等可不會這麼順利地救人出來，說不準還要中了朝廷陰險埋伏！」

吳封於是「哦」了一聲。

他的目光望向張遮，精光四射，藏了幾分探究，面上倒是豪爽模樣，拱手便道：「久聞度鈞先生之名，卻從來無緣得見，今日能見大人也算是見著先生他老人家一面了。張大人人在朝中，也肯躬身效命天教，實在是深明大義，忍辱負重啊！吳某佩服！」

江湖人有江湖人的行事作風，可張遮不大習慣，又是不善言辭的，敷衍謙遜兩句便沒了話。

吳封也不覺尷尬，只叫倒酒來。

擠擠挨挨一道觀的人都把粗陶碗舉起來高呼「敬天敬地敬大同」，仰脖子咕嚕嚕就喝下去三碗，倒是一副豪氣干雲模樣。

張遮也不慣飲酒。

但在這局面下卻是推拒不得，仰頭與眾人喝了三碗，但覺烈酒割喉，燒到心肺，嗆人欲咳，心裡卻越發冷靜，未露絲毫怯色。

眾人見了都為他鼓掌叫好。

只是酒喝完，馮明宇便面露為難道：「舵主，老朽這裡有件事，不知該說不該說……」

說完他看了看周遭。

吳封會意，笑道：「那就進去說，請！」

一擺手，他請眾人到了殿中去。

大殿裡列著三清祖師像，上首兩把交椅，吳封坐了左邊那把，右邊那把竟留給了蕭定非。

餘下眾話事者依次落座。

大約是因「度鈞山人」，馮明宇等人請張遮坐在了左下首第一。另一些教中有資歷的人，則都留下來簇擁在眾人身後或者站在殿門外。孟陽沒座，長手長腳抄了雙臂站在角落裡，唇邊掛了一抹怪異的笑容看著。

方才在外頭還好，一進到殿中，莫名有些安靜。

這地方依山而建，本就陰冷。

安靜下來更有一種詭異的緊繃與森然，再環顧四面，氣氛已隱隱有了變化。

吳封便問馮明宇：「左相是有何為難之事？」

馮明宇便從自己袖中取出一頁卷起來的紙，上頭寫有小字，還點了個極特殊的遠山徽記，只向吳封一遞，拈鬚道：「此乃昨夜老朽於通州城外收到的密函，吳舵主也是教中老人了，想必一眼能看出這徽記所從何來。」

吳封見那徽記頓時一震。

他聲音都微微抖了一下，道：「竟是度鈞先生親筆來的密函！」

馮明宇一笑，目光卻有變幻，又似有似無地看張遮一眼，道：「正是。教中皆知度鈞先生與公儀先生共為教首左膀右臂，神機妙算無遺策。可這封密函，老朽卻是有些參不透。」

張遮察覺到了馮明宇的目光，眉眼低垂，不做言語。

吳封細讀那密函卻是臉色變了三變。

蕭定非自打在右上首坐下後便跟坐在了釘子上似的，屁股不老實，恨不能一蹦逃個老遠，一直都在暗中關注眾人神情，一見吳封這般，心裡便打了個突。

他問：「寫了什麼？」

吳封的面容徹底冷了下來，微寒的目光竟從這殿中所有人臉上掃過，然後才道：「先生密函指點，此番入京劫獄，教中行動提前洩露，乃有內鬼作祟。且這內鬼隨教眾一道回來，欲對我教不利！」

「內鬼！」

「轟」地一下，吳封此言一出整座殿內頓時人聲鼎沸，炸裂開來！

尤其是此番從京中回來的那些人更是滿面驚愕，相互打量，眼神裡充滿了懷疑和戒備，獨張遮巋然不動，孟陽冷眼旁觀。

馮明宇一路與眾人同行，雖已經對張遮再三試探，心裡的懷疑卻始終未能抹去，因而首先便向張遮發難，貌似和善地笑起來。「張大人既效命先生麾下，今次又特為劫獄之事而來，不知是否清楚這『內鬼』是誰？」

張遮飲了三碗酒，太陽穴突突地跳。

他面冷容肅，正襟危坐，道：「張某奉命協助劫獄之事早幾日便已離京，密函卻是昨夜才來，左相大人來問張某，卻是為難了。」

馮明宇似乎料著他這番言語，又道：「那張大人既是先生得力門客，緣何先生密函中竟未提及大人半句？」

張遮斂眸：「事大情急，區區張某何足道？」

馮明宇嘿嘿一笑：「張大人說話可要想清楚啊，令妹人在病中，我教感念大人出手相救才悉心派人照料，大人若不以誠相待，實在讓人寒心！」

話裡儼然是以姜雪寧做要脅！

須知陪著姜雪寧去看病的那兩人都是天教教眾，小寶年紀小，馮明宇怕交代他他管不住嘴說出去，是以只暗中叮囑了那兩名好手，要他們無論如何把姜雪寧控制住，成為他們手中重要的籌碼。

果然，他此言一出，張遮面色便是微變！

他身上穿著深色的袍服，一手搭著座椅扶手，一手輕輕擱在膝上，長指蜷曲的線條硬冷，只一剎眉梢眼角已沾染了沉凝的寒氣。

他抬眸與馮明宇對視。

這一刻馮明宇也不知怎的竟覺整條脊骨都顫了一下，像是被剔骨刀敲中了似的，一陣悚然，緊接著竟聽此人冷刻道：「原本一路還不敢確定，畢竟左相常在金陵總舵，自稱是奉教首之命來協理劫獄之事。然通州已有吳舵主坐鎮，並不缺主持大局之人。可左相大人得信函後忙著撇清自己，抹黑張某，終是露了馬腳。」

馮明宇萬萬沒料他竟倒打一耙，駭得直接站了起來，一張臉赤紅如豬肝，勃然大怒：「豎子安敢血口噴人！」

殿內眾人不由面面相覷。

張遮卻平靜都很，只將衣袍下襬上一條褶皺輕輕撫平，道：「張某乃朝廷命官，若非投在先生門下，效命本教，何至以身犯險、捨利祿來蹚這渾水？於情於理，皆屬荒謬。」

「你！」

馮明宇整個人都驚呆了，根本不敢相信這一路上寡言少語的張遮，此刻一句句話都是口吐刀劍！看似平靜，實則藏著萬般的凶險！

是啊，要探消息，朝廷派個小嘍囉便可，何必派這麼個斷案入神、素有清譽的朝廷命官？

馮明宇心裡已經亂了幾分。

他想為自己辯解，一時卻沒整理清楚思緒，半截埋進土裡的身子發顫，只道：「老夫在金陵總舵誰人不知誰人不曉，好個張遮倒會顛倒黑白！吳舵主，你聽老夫一言，將這張遮先抓起來，但請教中發函度鈞先生，以此事相詢，此人必將原形畢露！」

馮明宇在金陵的確是一號人物。

他想自己說了，吳封該會照辦。

誰想說完後半天不見動靜，轉頭一瞧，吳封躊躇的目光從他身上轉到張遮身上，又從張遮身上，轉回了他身上，卻是一副為難模樣。

馮明宇心裡頓時叫了一聲。

好啊。

個人有個人的打算！

總舵遠在金陵，與通州是一南一北，通州分舵雖聽總舵調遣，暗中監視著京中動向。但畢竟相隔太遠。「將在外軍令有所不受」。況且通州離京城實在是太近了，吳封一面要聽總舵調遣，一面只怕還要忌憚著度鈞山人這邊。若張遮確繫度鈞山人門下，先將張遮綁了再發函問詢，只怕觸怒了度鈞這邊。

吳封也有自己的顧忌。

眼見場中氣氛已是劍拔弩張，人人都朝他看來，他不由再三考量，試圖緩和氣氛：「劫獄一行回來之人眾多，倒不該急著下定論，只怕沒抓著那真正內鬼，反倒傷了和氣，不值當。」

張遮搭了眼簾不言，外人看他是半點也沒心虛，著實不像是朝廷的內鬼。

馮明宇哪裡又肯聽吳封之言？

若論著教中地位，他實比吳封還要高出一截，對方之言此刻已觸怒了他，當即摸出了腰間權杖便要發作。

然而就在這一觸即發的時刻，邊上一道不大有底氣的聲音卻響了起來。

竟是右上首玩了半晌扇子的蕭定非。

他那一柄灑金摺扇已經收了起來，扇柄輕輕一頂自己那輪廓分明的下頜，唇邊彷彿帶笑，咳嗽了一聲，不大好意思模樣。「那什麼，吳舵主，度、度鈞先生的密函，可否借我一觀？」

所有人都愣住了。

一路上回來誰不當這位逃難全當遊山玩水的公子哥兒是繡花枕頭一包草？

沒人指望這種場合他會說話。

這時候竟插話要借度鈞先生的密函一觀？

張遮陡然憶及在破廟外初見時，蕭定非打量自己的怪異目光。

他不著痕跡地看了角落裡孟陽一眼。

孟陽站著沒動，目光掠過張遮，卻是一錯不錯地注意著場中所有人的神態動作。

吳封對教內這位定非公子倒是有所耳聞，遲疑了片刻，道：「您看這個……」

蕭定非風流的桃花眼瞇起來：「密函給我看，我告訴你內鬼是誰。」

觀內靜了片刻，隨即竊竊私語起來。

馮明宇也是錯愕了片刻，他倒不知這自己和吳封都沒看出深淺的密函，蕭定非能看出什麼名堂。

但到底蕭定非身分不一樣。

吳封一想，便將密函遞了過去。

蕭定非接過來打開細看。

這一時觀內忽然靜可聞針，人人的目光都落在這浪蕩公子臉上，恨不能從他眼縫裡看出點什麼端倪。

那密函也就薄薄小半頁，蕭定非卻看了許久。

吳封、馮明宇等人覺得心跳都快了。

一會兒後沒忍住問：「公子，怎樣？」

蕭定非把頭抬起來，輕輕將紙頁折了，卻是看向張遮，向他一扯唇角，竟道：「張大人，路上忘了同你講，在下非但見過度鈞，且還知道先生從來不住在山中。」

他話音落地剎那，張遮眼角已是一跳。

馮明宇驟然大笑起來：「好啊，果然是你！」

吳封更是一聲高喝：「拿下！」

周遭早有人握好了刀劍，聽命便向張遮砍去。

張遮皺了眉。

眼見刀近身，他沒動。斜刺裡卻是一道白影暴起，竟比任何人都要快上三分！也不知從何處奪來柄刀，劈手便將距離張遮最近的一名教眾捌翻在地！

俐落狠辣的一刀從面門劃進胸膛，嘩啦啦飆了一腔血！

持刀人渾似浴在血中。

馮明宇等見著，不由駭叫出聲：「孟陽！」

第一三〇章　相救

體格精壯的男子，一身隨便穿著的葛布粗衣，甚至有些不能蔽體。亂糟糟的頭髮大半披散下來，輪廓清晰的下巴上滿布著青色的鬍茬。方才在外頭喝過了酒，身上還沾著濃重的烈酒的味道，這般看上去竟是有些落拓頹唐氣。然而那一雙鋒利的眼渾無半點應有的醉意，利得像是出鞘的刀劍。

手裡提著尋常的一柄樸刀。

不尋常的是刀尖上滴落猶帶餘溫的血。

此刻的孟陽儼然一尊殺神！

先才動刀的那天教教眾一雙眼還兀自朝天瞪著，人卻已經撲倒在地，喉嚨裡發出乾涸的幾聲，片刻後氣絕身亡。

眾人見之不由膽寒。

一閃念間便想起了有關孟陽的種種可怕傳聞，縱他們人多勢眾，卻也不是什麼大惡之徒，一時間都嚇得立在當場，竟沒跟著撲殺過去。

直到此刻，張遮才站起來，衣袍上濺了鮮血，他瞧見也沒皺下眉頭，只是將那椅子往旁邊拉開些許，給自己挪出條道來，向孟陽淡聲道：「有勞了。」

孟陽也不回頭，灑然得很：「客氣。」

這架勢實在有些旁若無人。

若說馮明宇等人先才是駭多，眼下便是怒多，火氣竄上已是拍案而起，沉聲喝道：「你孟陽什麼意思？」

孟陽關在牢裡久了，有些時日沒舒展過筋骨，暴起殺了一人，四肢百骸上都有久違的快慰與隱約的戰慄醒來。

人若放棄人性，便只剩下獸性。

他手腕輕輕一轉，刀尖上那沾滿的血便都抖落在地，沙啞難聽的聲音依舊粗糲，笑道：「沒看出來嗎，老子與你們不是一條道兒的！」

「好，好！」

馮明宇一張臉已然陰沉至極，心裡只想小小一個孟陽殺了也不足道，畢竟他們天教這邊人多勢眾，料他小小一人也翻不出什麼風浪來。

於是把手一揮又叫眾人動手。

然而孟陽既然站了出來，又知道這一回乃是深入龍潭虎穴，這天教更非善於之輩，哪裡能沒有半點準備？

幾乎在馮明宇喊人動手的同時，他的聲音也響了起來。

竟是向門內一側喝道：「愣著幹什麼？抄傢伙！」

要知道，這一回天教劫獄可跟著跑回來一幫江洋大盜，黃潛、馮明宇這邊理所當然地認為他們救了這幫人，這幫人就要歸服於天教。

可誰人放出來不是凶悍的一匹狼？

區區一天教豈能讓他們服氣？

這些人裡，他們唯獨就怕孟陽一個。一路上雖然不說，可事事都要看看孟陽臉色。方才張遮身分敗露，天教猝起發難，孟陽出手，他們是看了個目瞪口呆沒反應過來。可現在孟陽都開口說話了，誰還敢傻站在那裡？

天教這些年來再發展再壯大，也不過是從平民百姓之中吸納信眾，即便有些身強力壯的入了教也不過就是普通的丁卒，更不是亂世，他們撐死了也就是聚眾鬧事打打架，搞出人命的是少數。

牢裡出來的這幫就不一樣了。

幾乎個個身上都背著人命官司，狠起來別說是別人的命，就連自己的命也不在乎。是以人數上雖然劣勢，可真當他們奪來刀劍，衝殺起來，氣勢上卻有了壓倒性的優勢。

整座道觀雖然依山而建，可殿內觀中就這小小一片地方，打鬥拚殺起來時，天教人數再多，大多也只能在門外乾著急，根本擠不進來。

於是裡面局勢幾乎立刻亂了。

刀劍揮舞間，白光紅血，人影紛亂，連馮明宇、吳封這邊都險些遭了殃。張遮有了這幫天牢死囚的保護，加之前世也是歷經過謝危燕臨謀反、看過周寅之人頭高懸宮門這等大場面的人了，倒是這混亂場面中難得冷靜鎮定之人。

旁人都在拚殺，他卻是忽然想起什麼，於亂局中，他卻是眉頭一皺，向原本右上首的位置看去。

可哪裡還有蕭定非人影？

在一句話揭穿張遮的時候他就已經暗中準備著了，眼見著兩邊打起來立刻就意識到這是個跑路的好機會，趁著眾人的注意力都沒在他身上，當即混入人群，嘴裡發出點含混不明的聲音，挨著牆根偷偷摸摸就從門旁邊往外溜。

老早在那破廟外頭聽見張遮說度鈞山人隱居山中的時候，蕭定非就知道這人絕對和度鈞沒有太深的關聯。

畢竟度鈞是什麼人他太清楚了。

只是一抬眼看見當時旁邊還有個小寶，想起多少在度鈞那邊見過，心裡便直打鼓，琢磨小寶兒這王八羔子都沒出來說話，他何必置喙？

萬一是姓謝的有什麼謀劃，自己無意之中破壞，豈不又闖下一樁禍事？

直到瞧見那封密函。

蕭定非於是清清楚楚地知道：不管前面到底有什麼謀劃，在這封密函送到天教的時候，度鈞是不想留下張遮這個人的！

他闖下的禍已經夠多，唯恐被姓謝的記恨。

這種時候哪兒能不賣個乖呢？

萬一哪天落到他手裡被他翻起舊帳來，自己好歹也拿得出點東西來抵賴，是以方才話鋒倒轉，捅了張遮一個猝不及防。

他是惜命的人，一怕死在這裡，二怕落到度鈞手上，是以早就練就了一身滑不溜秋的逃脫本事。

一路從觀內往外蹭，竟是有驚無險。

上清觀大門就在前方，跑出去就安全了，蕭定非一見之下便是一喜。

然而，他臉上的笑容才掛出一刻，原本守在門口的幾個道童忽然屁滾尿流地跑了進來，大叫道：「不好了，不好了！朝廷帶人圍剿來了！」

這聲音一出，觀內所有人聳然一驚。

蕭定非更是直接愣住，沒呆上片刻，外頭山呼海嘯似的喊殺聲立刻傳進了耳朵。

「砰」地一聲響，觀外那兩扇扣著黃銅門環的大門被外頭大力撞倒，砸落下來，濺起滿地煙塵！

緊接著便是潮水似的人湧入。

來襲者身上所穿竟非衙門官差的皂服，而是寒沁沁一身兵甲，抬眼望去黑壓壓一片，竟是攝人無比，使人膽寒！

前方兵士衝殺過去。

稍後方一些卻是蕭氏父子高坐馬上。

蕭遠都沒想到事情進展如此順利，簡簡單單就直破了天教老巢，只道自己拿這幫亂黨乃是甕中捉鱉、手到擒來，一時得意大笑：「膽子大了竟然敢到京城劫獄，今次犯到本公手裡，一個不饒！統統殺個乾淨！」

蕭定非還不知道這傻貨是誰，只是聽見這聲音已經知道朝廷真是圍剿來了，心裡頓時大叫了一聲倒楣。原本他已經快跑到門口，眼下非但沒能逃出去，反而將首當其衝，一時沒忍住罵了起來：「操了你個奶奶的腿兒！」

但罵歸罵，轉頭就跑的機靈他還是有的。

在天教中他地位高，只管把旁人拖了來擋在後頭，自己逕自朝人少的地方逃。

天教這邊的教眾原本只在對付孟陽那幫人，哪裡料到驟然之間竟然有朝廷的兵士來圍剿？

一時間都多了幾分慌亂。

人人駭然不已。

「朝廷怎麼會知道這地方？」

「果然是有內鬼啊！」

……

死亡的恐懼襲上心頭，人人都變得面目猙獰。

然而馮明宇與吳封，這時竟有幾分詭異地對望了一眼。

出人意料，沒什麼慌亂。

黃潛同他二人交換了個眼神，便是口哨吹出，振聲向眾人大喝道：「兄弟們勿要慌亂，邊打邊退，我們往後山退去！」

往後山？

天教這般反應可不在張遮意料之中。

他遍尋蕭定非不見，便知這滑不留手的「定非世子」只怕已經跑路，神情已現凜冽。再聽外頭朝廷來援，聲音竟透著點熟悉，分明是那定國公蕭遠，眉頭更是緊蹙。

眼見馮明宇、吳封要帶著人後撤，他直覺有地方不對。

然而此刻局面實在太亂。

原本是孟陽一幫人與天教起衝突，早已混戰成一團，蕭氏這邊帶來的兵士哪裡分得清哪邊是哪邊？更何況蕭遠早說了通通殺掉一個不留，便只道他們是出了內亂自己打起來的，要麼是天牢裡跑出來的死囚，要麼是犯上作亂的逆黨，完全不需要分辨，提刀砍殺就是。

這一來何其駭人？

想要抬高了聲音交涉，卻被淹沒在喊殺聲裡，無人聽見。

朝廷援兵這邊的攻勢節節攀升，極其猛烈，逼得張遮孟陽這邊的人往後退，轉眼就包夾在了朝廷與天教中間，竟成腹背受敵的劣勢！

孟陽殺了十來號人了，「當」地一聲將旁邊一名天教教眾砍來的劍擋開，一刀把人捅死後，那刀收回來刀口都卷了刃，咬牙道：「你們朝廷真有意思，怕是連你這官兒的命都不在乎！」

這幫死囚打天教還成，還壓對方一頭。

可朝廷援兵一來，便不免左支右絀。

張遮雖非會武之人，此刻卻也提了一柄刀在手。只是他心電急轉，正考量天教這邊後撤的目的，不想一時分了神沒注意身邊，被人一刀砍在左肩之上，頓時血流如注！

孟陽見機得快，趁勢一刀戳到那人心口。

這邊又倒下一個。

馮明宇與吳封那邊卻是雖驚不亂，神情間隱隱然竟還有幾分興奮：度鈞先生既然已經提前警告過了隨他們回來的人裡有內鬼，又豈會不知朝廷的動向？

先才他們拿出來的密函不過是同時送來的兩封密函之一罷了。

另一封密函早將蕭氏帶兵來剿的行程告知！

到底是甕中捉鱉還是偷雞不成蝕把米，就看大家本事！

天教這邊帶著人迅速往上清觀後方撤去。

馮明宇眼看著孟陽張遮那邊要支撐不住，心裡便起了歹念，陰森森道：「那張遮一路上隨我們來，探知了教中不少祕辛，如若不殺後患無窮！」

他直接吩咐左右：「去，務必取了此人項上人頭！」

守在他們幾名話事者旁邊的都是天教裡武藝高強的好手，一聽便逆著人潮往張遮那邊去。

孟陽等人防守的壓力頓時更重。

眨眼間地上七零八落都是屍體。

眼見著就要支撐不住，沒成想觀後的山林之中竟傳來一陣喊殺之聲，蕭氏、死囚、天教這邊三方人馬聽見都愣了一愣，竟似都不知道這方人馬的來歷！

倉促之間，三方都起了警惕。

可這方人馬乃是從上清觀側翼抄上來，切的是近路，正正好截斷前後，狠狠地楔了進來。身上穿的都是差役皂服，手裡壓著樸刀，領頭的乃是個身材五短的胖子，穿著的官服差點被沿路來的枝條刮破，頭上戴著的官帽都歪了幾分，口中卻偏偏義正辭嚴大聲地喊道：「通州府衙剿匪來了，你等亂黨還不速速投降？張大人何在，下官帶人救您來了！」

所有聽到這番話的人嘴角都不由微微抽了一下。

一眼掃過去便知此人腹內乃是草莽。

可架不住他帶來的人實在是多，一擁而上之時，天教這邊的人立刻有些支持不住，往後方敗退。

嘈雜的人聲中，隱約竟能聽見那胖子問：「哪個是張大人？」

有道嬌俏的聲音夾在刀劍的聲音裡急道：「這麼亂我哪裡看得清？」

張遮聽見時渾身一振。

他豁然回首向著那聲音的來處看去。

那幫差役也不知是不是橫行鄉里慣了，下手皆是極不留情的，砍殺之間已衝出了一條血路，於是便聽得一聲驚呼，一道窈窕的身影飛也似的朝他奔來。

她素面朝天的一張臉，已沒了先前送她去永定藥鋪時的慘白，還因一路奔來染上幾分紅暈，從上清觀側翼的山上抄近路，讓她白皙的臉頰上留下了幾道枝條劃破的細細血痕。

可她渾無半點知覺。

一見著他，一雙瀲灩的眸子裡頓時滿盛灼灼光華，到他近前來時卻差點連眼淚都掉出來，巴巴帶著顫抖的哭腔喚他：「張遮！」

張遮左肩的傷處已淌了不少的血，染得半邊衣袍深紅，見姜雪寧沒有離開通州而是跟著人一道來救，胸臆之間便有一團火轟然炸了開，數日來未休息好，眼底爬著血絲，竟是少見地發了怒，厲聲斥她：「妳回來幹什麼！」

第一三一章　願捨身

開在街邊的長樂客棧，原本是迎來送往，城小事少，既沒出過什麼賊也沒遭過什麼兵。不管是掌櫃的還是店小二，都是本地人士，去過最遠的地方就是直隸，見過最厲害的人物就是縣官，哪裡見過什麼真正的大場面？此時此刻，個個垂首哆哆嗦嗦地立在大堂角落裡，大氣兒都不敢喘上一下，唯恐觸怒了眼前這幫人。

只是堂內靜立的那名男子，實是個神仙人物。

一身雪白道袍，神姿高徹，淵渟岳峙。容長的面頰，有些遠山畫墨似的悠遠淨逸，眼角眉梢彷彿還沾著一路來的濕寒露氣。只平平看人一眼，便教人覺著自己已被這一眼看了個通透，生出幾分無處可藏之感。

隨他一道來的那黑壓壓一片人大多數並未進門，只將客棧圍了個水泄不通，閒雜人等莫能進入。還好臨近年節時候，來往住客棧的人實在不多，倒未引起太多的恐慌。

劍書帶著人很快將整座客棧搜遍。

從樓上下來時卻是空著手。

這裡並沒有他們要找的人。

劍書瞥了下頭臉色微白的小寶一眼，心下也有些打鼓，走到謝危近前來，道：「先生，沒人。」

謝危沉默沒有言語。

小寶在聽掌櫃的說黎明時分並無女子入住客棧時便知道事情有變，此刻聽見劍書的話，埋頭便跪了下來，請罪道：「是我疏忽大意，考慮不周，失了二姑娘行蹤。」

小寶在天教之中，自是謝危養的暗樁。

年紀雖小，辦事卻很機靈。

只是畢竟他在通州，謝危在京城，便是暗中傳信讓他先將姜雪寧救出來，也無法把事情交代詳盡。是以小寶按常理推論，既已經將姜雪寧救了出來，到了客棧前面，這位姑娘手無縛雞之力，看著也不像是有什麼大本事的，自然會乖乖進到客棧裡面。

哪裡能想到大活人能平白不見？

竟是從頭到尾就沒進過這家客棧！

大堂裡一片冷清。

人聲俱無。

謝危沒有叫小寶起來，但也並未出言責備，只是抬手輕輕一扶桌角，坐在了劍書仔細擦拭過的一張椅子上。

沒片刻，刀琴帶著人進來了，躬身便道：「先生，府衙那邊的人。」

這人穿著一身藏藍綢袍，乃是府衙的師爺。

被刀琴拎著進門時，打了個趔趄，幾乎是屁滾尿流，狼狽地摔在謝危面前，五體投地把腦袋磕到地上，戰戰兢兢：「小人拜見少師大人，確、確確確實有位姑娘半個時辰前到府衙來，指名道姓要見我們知府老爺。」

謝危搭了眼簾：「怎麼說？」

師爺額頭上冷汗如雨，回憶起來道：「說是天教教眾聚集通州有謀逆之嫌，有刑部來查的朝廷命官身陷其中，亟待馳援。知府老爺本來不信，可很快就聽城門守衛那邊說定國公率兵入城直取上清觀去，於是沒坐住連忙點了府衙一干差役兵丁，抄近道去助一臂之力了。」

謝危問：「她人在何處？」

師爺乍聽一個「她」字，下意識想說知府老爺去了上清觀，可轉念一想，心頭一跳，連忙將到嘴邊的話咽了回去，改答道：「那位姑娘一定要跟著知府大人去，攔都攔不住，按腳程算，現下怕已到了上清觀。」

侍立在旁的劍書，幾乎立刻倒吸了一口涼氣。

姜二姑娘手無縛雞之力一閨閣女兒家，安敢如此涉險！

小寶也是瞪圓了眼睛。

唯獨謝危，好像對此有了那麼一點預料似的，竟突地笑了一聲。那真是說不上什麼味道的一聲笑，喉嚨裡嗆著什麼似的，且含糊且辛辣，末了化作沉沉的兩字：「好，好。」

倒是小瞧了她的膽氣！

在宮裡當學生時乖覺聽話，到了外頭卻一身反骨！

為個張遮敢同他作對了！

謝危擱在桌沿上的手指壓著一片冰冷，那一股縈繞不散的戾氣又從眼底深處蔓延出來，起身，拂袖便朝客棧外面去，只冰寒地道：「去上清觀。」

村落河灘那一日午後，姜雪寧曾對張遮吐露過心聲，說過自己不想待在京城，不想待在宮裡，想要趁此機會逃得遠遠的。

他想，他是歷盡浮華，尋回本心。

便是往後不能常相見，也盼著她心願達成，去得遠遠地，海空天闊，再也不要回來。

可她偏偏回來。

還是在這樣危險的境地中。

張遮一惱她糊塗，二恨她莽撞，聲音出口時，那一分疾言厲色，就連自己都驚了一驚。

他身邊的孟陽都沒忍住向他看了一眼。

姜雪寧見著他只覺心裡一塊大石落了地，自也沒想到張遮劈頭便這般吼了自己一句，頓時怔了一怔：「我……」

為了你呀。

永定藥鋪既然根本沒有朝廷接應這回事，那張遮一定也被人蒙在鼓裡；小寶既費了一番周折將她帶了出來，可知至少小寶背後的謀劃者是想救自己的；小寶又以永定藥鋪的事哄騙於她定她的心，卻根本沒去過藥鋪，便知張遮的死活他們是不在乎的。

朝廷若無馳援，張遮必陷危局！

她去到府衙之後更聽聞率人來圍剿天教的乃是蕭氏父子，越發覺得心驚肉跳，索性鐵了心的跟著府衙援兵一道前來，孤注一擲——

賭的是背後謀局者不想她死！

她若來了，在張遮身邊，這幫人若是想要袖手旁觀或是想要連張遮一併坑害，也要考慮一二，甚至被迫來救！

賭贏了，她能救下張遮的命；賭輸了，也不過是她這條命償給張遮。

所以在張遮的怒意迎面而來時，她心底又那麼一剎的苦澀和委屈，然而轉瞬便知道張遮的怒更多是因為擔心和氣惱，於是又變作暖烘烘地一片。

姜雪寧眼眶紅紅的。

上輩子就是她欠張遮的，欺負他，針對他，對著他發脾氣，這輩子就當是還給他。

總歸，她甘之如飴。

她不想掩飾自己的心意，仍舊定定地望著他，眼淚還啪啪往下掉，帶了些哽咽地道：「我擔心你。」

細嫩的臉蛋上劃出的那幾道紅痕格外扎眼。

張遮便有十分的火都被她澆滅了，心底竟是橫遭鞭撻似的痛：本可以一走了之卻偏偏回來，還能是為了什麼呢？

他明明知道的，卻沒能控制住那一剎出離了理智的怒意。

然而此刻也不是多話的時候。

眼見著天教那邊暫被打退的教眾又朝這邊反撲而來，他顧不得再說什麼，冷了一張臉，徑直抬了手把姜雪寧往自己身邊一拉，橫刀往更安全處避去。

姜雪寧的手被他的手攥著，所感覺到的是一片黏膩。

垂眸一看，竟沾了滿手的血。

是他握著她的那隻手掌，被左肩傷處流下來的鮮血染紅，刺目極了。

她忽然便恨起自己的孱弱與無能，在這種時候無法幫他更多，只能亦步亦趨地跟在他身後，儘量不拖後腿。

原本是天教、囚犯與蕭氏這邊來的人三方一場敵我難分的混戰，加進來府衙這幫救急的差役之後，倒是忽然規整了許多，至少張遮、孟陽這邊的壓力陡然一輕。

反是天教那邊被打了個措手不及。

先前來殺張遮的那夥人被刀劍攔下，明顯是不成了，馮明宇沒料著橫生枝節，已氣得大罵了一聲。

吳封這邊勸道：「小不忍亂大謀，不必單計較個張遮。」

馮明宇這才強咽下一口氣，道：「還有多遠？」

吳封抬目向周遭一打量：眼下天教這邊的人已經完全撤出了上清觀，繞到通往後山的一條半山腰的山道上，再往後便是荒草叢生的山谷。

他眼底異芒一閃，道：「十五六丈，退！」

幾方混戰之中，於是隱約聽見天教教中這邊傳來一聲哨響。

戰線拉得長了，聽到的人不多。

遠遠跟在後面的蕭氏父子更是沒有聽見，在看見前方一陣騷動，半路殺出通州府衙的人時，父子二人的神情都變得難看了幾分。

蕭遠此次為的便是獨得頭功，為此連謝危都故意撇下了。

哪裡料到這裡還有個不知死活的知府敢來分一杯羹？

越是如此，越不能讓對方搶先！

他眉頭一皺，雙鬢已經有些斑白，可半點也不妨礙他發號施令時那一股凜然在上的氣勢，高聲大氣地喝道：「不許後退！死死往裡面打！誰若退後一步，回去軍法伺候！」

這幫兵士都是禁軍裡帶出來的，向來聽蕭遠的話。

再說不過就是打個小小的天教，比起真正邊境上打仗來實在小事一樁，他們本沒怎麼將此事放在眼底，蕭遠一說往前衝，頓時一個懼怕的也沒有，挺起刀劍便往前逼進！

張遮隔得雖遠，可兩邊都聽了個大概，輕而易舉便覺察出蕭遠這邊竟有貪功冒進之態勢，再想天教前後行動的詭譎之處，心內始終不安。

眼見蕭氏眾人越逼越近，連他們都要被攜裹著往後山去，他的眉頭皺了起來。

不能再往裡進了。

張遮斷然道：「對方是在誘敵深入，小心埋伏！」

那通州知府一臉懵。

蕭氏父子則不屑一顧。

然而根本還沒等他們發出自己的疑惑或是嘲笑，就在張遮話音剛落的那一剎，山腰之上忽然「轟隆」一聲恐怖的炸響，所有人腳底下都搖晃起來，根本來不及再躲了！

堅硬的岩石飛起，朝著人群砸落。

泥土四濺。

偶有小石子激射撞到人腦袋上，直將人頭骨都打穿，楔了進去！

連孟陽這等練家子都站不穩了，駭然道了一聲：「火藥！」

這東西乃是道士煉丹時無意之中煉製出來的，輾轉幾十年後被用到了戰場之上，製成大炮，往往有以一殺百的奇效，當其發時若天雷滾動，威勢煌煌。

只是此物研製不易，且事關重大，一向只有朝廷軍中能用。天教怎麼會有？

別說是孟陽，但凡是少有見識一點的，都已經感覺到大難臨頭。

一聲炸響只不過是個開始。

僅僅片刻後，便像是開啟了一道恐怖的閘門，「轟隆隆」炸響之聲不絕於耳，種種慘叫更是接連響起。

上清觀這一座山本就不高，土層山石都不夠堅固。

幾處埋好的火藥一炸，山石劇烈搖晃，竟是由下而上地垮塌下來一片，立時便將一半人拖入了泥土，另一半人埋進了山石。

打了個血肉橫飛，炸了個屍橫遍野！

張遮便是料到有埋伏，也絕沒有想到天教竟能搞出火藥來，半山腰垮塌的瞬間，他只來得及拉著姜雪寧往前面天教眾人所在的方向避去！

身後幾名衙門差役幾乎立刻沒了。

蕭氏父子那邊更是萬萬沒想到會出這樣的變故，本已經往前衝得太狠，再退不及，兩人位置竟都正好在這炸藥埋伏的範圍之內，頓時被炸垮的山體拖了下去。

蕭燁一聲驚懼的慘叫！

是上方滾落的一塊石頭砸到了他的腿上。

蕭遠運氣好些只是擦破了點皮，但也是嚇了個驚魂未定，乍見自己這寶貝兒子竟被砸了腿，大叫了一聲「燁兒」，衝過去便要救人，可一個人力量有限哪裡推得開那塊大石？要喚眾人來幫，旁人卻又是自顧不暇。

「哈哈哈哈先生這一招便叫做『請君入甕』，又叫做『關門打狗』！」

天教眾人大多數人已退到了安全之地，撤至後方山谷裡，眼見著山腰之上山石垮崩一片人間地獄景象，馮明宇卻是大笑起來，難得地得意。

「早等你們來送死了！」

天教這邊竟是早知道朝廷要派兵來圍剿，提前做了準備和布置，要給她們留下一個狠狠的教訓！縱然也有一部分教眾誤死其中，可比起換掉的朝廷這邊近乎全軍覆沒的情況，實在是不知道有多划算！

朝廷這邊馳援兵士，活下來的也不過散兵游勇。

天教這邊反按上去便將其撲殺，場面一時慘烈，情勢驟然逆轉！

張遮拉著姜雪寧是往天教這邊安全地段躲避的，固然是及時避開了火藥炸山的威力，可也是將自己送入了另一重險境。

天教正愁殺他不成。

黃潛一看見張遮竟然羊入虎口主動往朝他們靠近，哪裡能不抓住這機會，朝他猛攻？

張遮要護著姜雪寧，身上又早有重傷，更非武藝高強之輩，幾乎立刻左支右絀。

對方也看出他在乎姜雪寧，索性刀刀劍劍去逼姜雪寧。

張遮護她之心比保己之心更切，難免落入對方伎倆，又遭人一劍刺到肋下，整個人腳下一個踉蹌，差點倒了下去。

姜雪寧大叫：「張遮！」

黃潛卻是大笑了一聲，趁此機會把姜雪寧扯了過來，直接一刀橫在她脖頸上，對張遮道：「把刀放下，也叫你的人把刀放下。」

張遮提著染血的刀，自己也染了滿身的血。

他沉默地望向姜雪寧，沒有說話。

她只慌亂了一瞬。

緊接著，就生出了一種奇異的冷靜。

即便命就懸在黃潛一柄隨時都會削下她腦袋的刀刃上，可她竟覺得再沒有比自己此刻竟被挾持更好的處境了。

姜雪寧鎮定自若：『黃香主』，現在你還有機會。」

黃潛詫異：「什麼？」

姜雪寧聲音都沒抖一下，道：「現在棄暗投明，或有一線生機。」

黃潛簡直覺得自己是聽了天大的笑話。

這女人是瘋了嗎？

然而這世上的事情就是有這般詭異，又或者是這女人的確有自己的依憑。就在他想要開口冷笑的同時，前面那座道觀的後牆上、樓宇上，竟是出現了一片片迅疾的黑影！

那是無數隱藏在暗中的弓箭手！

通州分舵主吳封幾乎立刻知道大勢不好，近乎嘶啞著嗓子大喊了一聲：「退開，退開！」

可天教這幫人好不容易扭轉敗局，正要趁勝追擊痛打落水狗，追著蕭氏帶來的那些殘兵已經追得太深，幾乎都追回了前面上清觀的後牆下。

完完全全送上門去！

怎麼退得了？

「嗖嗖嗖」，箭矢破空，發出尖銳的聲響，因數量龐大，幾乎嘯成一片，密密麻麻，連天射來！

許多人根本來不及反應，就已經被入體的箭插成了隻刺蝟。

刷啦啦……

一波箭雨落，倒下來一片；又一波箭雨落，再倒下一片；待得第三波箭雨落，後山之上除了仍留著一口氣的傷者哀號慘叫，遠遠看著未受波及的所有人已是闃無聲息。

因為這箭雨所覆蓋的，根本不止天教！

連著蕭氏所率的那些敗退的殘兵，也毫無差別，一應殞命！

鮮血匯成了水泊，從上清觀後牆撲到了近處的山道。

蕭遠仍抱著昏死過去的蕭燁慟哭。

然而別處皆是一片死寂。

那哀號痛叫的聲音越大，越襯出這一片死寂的慘白與恐怖。

荒草叢生的山谷裡，馮明宇還在，吳封還在，一些運氣好的天教話事者，都還在。

黃潛也在。

然而此刻他已經忘記自己先才想要說什麼了，刀架在姜雪寧脖子上，手卻沒忍住抖了一抖，一雙眼不自覺地懷了幾分恐懼，望向那上清觀後院不知何時竟已緊閉的大門。

冷風吹著荒草。

烏沉的天空密布著陰雲。

分明除了風聲，什麼也聽不到，可所有人目光匯聚到那緊閉的門扇上時，卻彷彿能聽見門扇後漸漸靠近的腳步聲。

終於，門開了。

隔得太遠，只能看見那是一道白影。

然後向著他們走來。

炸毀的山道上還有些堅固的岩石突兀地聳立，這人便立在了其中最險的一塊上，朔風滌蕩他衣袍，他卻平靜而漠然地俯視著山谷裡所剩無幾的天教餘孽。

姜雪寧看清了這個人的臉。

黃潛壓在她脖頸上的刀傳來徹骨的冰寒。

她也看清了這個人的一雙眼。

與前世謀反後的那個謝危，一般無二——

褪下了聖人的皮囊，剖開了魔鬼的心腸。

天教這邊，似乎無一人識得他身分。

本來想要逃跑陰差陽錯又沒跑脫的蕭定非，一身錦衣早已髒汙，此刻見了謝危，只悄然往後面退，藏在眾人後面，把頭埋得低低的，彷彿唯恐被誰看見。

馮明宇、吳封二人卻是不敢相信。

他們是螳螂捕蟬，卻不想還有黃雀在後！

一幫人只剩下百來個，比起那山岩上俯視他們的黑壓壓一群人，實在顯得毫無抵抗之力，何況乎對方那邊多的是弓箭手。

但還好，他們手裡有人質。

黃潛強作鎮定道：「沒想到朝廷竟然派了兩撥人來，倒是我教失算。可你們的朝廷命官，還有這個女人都在我們手裡！你等若進一步，我便立刻殺了她！」

謝危道袍迎風，獵獵鼓蕩，看了黃潛一眼，平淡地問：「她是誰？」

黃潛頓時錯愕。

然而下一刻，一股寒意便自心頭升騰而起：是啊，她是誰？他們一路來都不知這女人身分，只知道張遮在乎。可張遮在乎，卻不代表這高高在上掌握他們生死的人也在乎！拿姜雪寧做要脅，根本是不可能的事！

這念頭一起，黃潛額上便冒了冷汗，心慌之際不由分了一下神。

但聽得吳封大叫一聲：「小心！」

斜刺裡一道寒光閃過，竟有一柄雪亮的匕首，從背後荒草叢裡襲向了黃潛，閃電似的切斷了黃潛後頸，用力之狠差點削掉黃潛半個脖頸！

血頓時如霧拋灑開來！

同時一隻手及時伸過來攥住了黃潛手中那一柄刀，避免了它因掉落不穩而割破姜雪寧的喉嚨！

直到這一刻，所有人才看清這道鬼魅似的身影。

身量不高，甚至還矮了姜雪寧一頭。

紅繩紮了個沖天辮依舊，可臉上已完全沒有所有人熟悉的那分喜氣，只有凜冽的不符合其年紀的肅殺與老成！

「小寶！」

馮明宇萬萬沒有想到，更沒有看到小寶是何時又回到了眾人之中。

他原是天教之人，便是回來也不打眼。

也正因為如此，旁人都沒有注意到他，才給了他這樣一個將功折罪的機會！天教這邊要反應也晚了。

姜雪寧已然脫險。

黃潛倒在地上瞪圓了眼睛，卻沒了氣兒。

小寶將他的長刀一把擲在地上，反過來面對著天教眾人，扣緊了手中匕首，儼然是誰要對姜雪寧動手，他都拚命！

至此，天教一方大勢已去。

馮明宇慘笑了一聲：「未想一番謀劃到底入了旁人之甕，度鈞先生一番謀劃竟也棋差一招！形勢比人強，我等也非貪生怕死之輩。只是我教中兄弟本也是仁善之輩，實無反心。尊駕神仙人物，殺我等不足惜，卻還望放過尋常教眾，萬不要牽連無辜之輩！」

這番話一出，殘餘天教教眾皆是動容。

便是上方虎視眈眈的弓箭手們也有幾分佩服。

然而謝危巋然不動，甚至連話都沒有回他一句，只是看著下方，向著身側輕輕伸手，攤開掌心。

那一側立著的是刀琴。

他看了謝危一眼，無言地解下了背上的長弓遞至他掌中，又取一支羽箭，交到他手裡。

那一雙手，是平日撫琴的手，長指若玉雕成，修如青竹，此刻緊扣著弓弦彎弓引箭，即將一張弓繃成滿月，身形卻似遒勁古松，釘在了地上似的，未曾晃動一下。

君子六藝有射，由他做來，動作實在行雲流水。

然而過於平靜的一張臉，深寂而無情緒的一雙眼，卻叫人在這賞心悅目的動作間，看出了一種冷酷的漠然，凝滯的殺機！

下方天教眾人見狀齊齊面色一變！

然而下一刻卻發現——

謝危箭矢所指，竟不是他們之中任何一個，而是另一側血已浸透衣袍的那名朝廷命官，張遮！

冷觀殘山，聖人彎弓！

張遮一手壓著肋下的傷口，指縫裡猶滲出血來，抬首仰望，視線隔著冰冷渺茫的虛空與謝危那渾無波動的視線相撞。

對方的手，沒有半分發抖。

上清觀後山，人雖擠擠，卻靜寂無聲。

謝危能看見自己的箭尖隔著這段虛空，與張遮的頭顱重疊，若輕輕鬆手，當例無虛發。

可就在這一片靜寂中，另一道人影擋在了張遮身前。

單薄，瘦削。

荒草叢裡一張慘白的臉，帶了幾分恓惶，卻固執地張開了纖細的手臂，磐石般堅定地站在了他箭矢所向的最前方！

姜、雪、寧！

細細咬過這名姓，若說在客棧中那戾氣僅有一分，此時此刻便是十倍百倍升騰上來，讓他壓抑不住，也不想再壓抑。

面容封凍，渾無溫度。

有那麼一刻，謝危真想一箭撕碎了她，當自己沒教過這學生！

「嗡！」

弓弦一聲震響，箭矢如電飛去！

第一三二章　寒枝雀靜

那一刻，姜雪寧渾身的鮮血彷彿都滾沸了，又瞬間封凍，臉色更一片煞白。她感覺不到半分溫度。

張遮卻只是無言地笑了那麼一下，沾著血的清冷面容竟添上了一許暖意，然後抬了手，輕輕搭在她單薄的肩膀上，慢慢緊握——

謝危所立之處與下方山谷，距離不過十數丈。

刀琴、劍書二人都變了臉色。

縱然甚少在人前顯露自己的箭術，可謝危從不是什麼手無縛雞之力的真書生，一箭的去勢何其猛烈？破空而去時甚至發出尖銳的嘯響！

只是此箭既不是向著姜雪寧去，也不是向著張遮去，而是迅雷般掠過了二人頭頂，徑直射向了他們的後方——

蕭定非！

天知道他在看見謝危現身的那一刻就已經知道大事不妙，矮身準備偷跑。原以為謝危並未注意到他，誰能料想這一箭是朝著自己來的？

只聽得「嗖」一聲響。

雕翎箭力道何等沛然剛猛？一剎便穿透了他的肩膀，帶出一道血之後，竟連他整個人都被射得向後翻倒在地！

場中所有人都愣了一下。

這時候回頭向蕭定非看去，才發現這人已經在不知不覺之間躲到了後面去，只怕再給他一些時間就要退進後面的荊棘叢裡藏起來了。

然而謝危這冷酷的一箭顯然滅絕了他全部的希望。

俊秀的眉目間頓時湧上了清晰的痛楚，額頭上的冷汗更是瞬間淋漓而下。然而他跌在染血的荒草叢裡，伸手用力地按住自己的傷處時，唇邊卻不知為何掛上了一抹透冷笑，竟有點不似他尋常懶散胡鬧的桀驁，抬眸看向立在高處的謝危，面上是諷刺的嘲弄。

度鈞終究是厭惡他的。

縱然披了一張聖人似的皮囊，尋常也不置喙他什麼，可蕭定非從來很有自知之明，心裡看得清楚。

早知道到他不會輕易放過自己了。

一滴鮮血順著猶自震顫的弓弦滑落，在昏昏天光的照耀下，顯得有些觸目驚心。

謝危慢慢地垂下了手臂。

這時刀琴在些微的錯愕間回過頭來，先瞥見了弓弦上的血珠，轉而看向謝危那低垂在寬大袖袍中的手指，才發現他的指腹，已經因為方才扣弦扣得太久、太緊，而被弓弦割傷，鮮血正順著指尖滴落。

然而他渾無反應。

山谷上下，一片靜寂。

刀琴看了半晌，竟不敢出言提醒。

謝危一箭將蕭定非射倒後，只道：「拿下。」

劍書眼皮一跳，便帶了人下去，立刻將受傷的蕭定非按住，並且下手極快地掏了塊淨布，把他嘴巴塞住了，使人押了下去。

其餘人等則被團團圍住。

姜雪寧還保持著將張遮護在自己身後的姿勢，眼見著那支雕翎箭從自己的頭頂飛過，竟不知自己心中究竟是什麼感覺。

唯一的暖意，來自搭住她肩膀的那只手。

謝危放下弓的那一剎，她覺得渾身的力氣都消失了，差點腳下一軟跌倒在地。

算是，賭贏了嗎？

明明結果是自己想要的，可風吹來時，她仍舊覺得身上一陣陣發冷。

只為高處謝危那靜默注視著她的目光。

她又開罪了他。

謝危伸手把那張弓遞回給刀琴，彷彿自己方才什麼也沒做一般，尋常地吩咐道：「看看張大人的傷。」

立刻有人下去扶張遮。

他傷得的確是很重了。

姜雪寧站在旁邊，猶自怔怔不動一步。

謝危便平平淡淡地向她道：「寧二，上來。」

若說當初在宮裡他給她吃的桃片糕，讓她漸漸消除了前世對謝危的忌憚；那麼今天他彎弓曾對準張遮的這一箭，又重新喚回了她對這個人的全部恐懼。

這是屠戮過皇族的人。

這是滅絕了蕭氏的人。

也是將她心腹周寅之的頭顱釘在宮門上的人。

從來就不是什麼善類聖人！

可為什麼，為什麼要對張遮起殺心呢？

明明都是同朝為官。

何況今次竟有蕭氏插手進來，謝危實不像是在乎被誰搶了功勞的那種人。

她回頭看了張遮一眼，見兩名兵士的確在為他包紮傷口，便垂了眸，輕輕握緊垂在身側的手指，終於還是一步一步朝著謝危走過去。

每一步都有種踩在刀尖似的驚心動魄。

他寬大的雪白氅衣被風揚起，平靜的目光隨著她的靠近落到她面上，更有一種壓得她喘不過氣來的感覺。

姜雪寧埋著頭道了一聲：「先生。」

謝危看著她被荊棘劃了幾道血痕的臉頰，有些凌亂的烏髮，又看了看她發青的唇色，和身上那皺了些的粗布裙，眉宇間一片清逸，道：「方才我引箭，妳怎的擋在張大人前面？」

姜雪寧囁嚅著不敢回答。

謝危若有若無地低笑了一聲：「小姑娘家家胡思亂想，該不會以為先生要殺妳心上人吧？」

字字句句，綿裡藏針。

姜雪寧想，世上怎有謝居安這樣的人呢？那一刻她分明覺出了他的殺意，然而他此刻的平靜和低笑，又彷彿真是她杞人憂天誤解了一般，只叫她生出了萬般的惶恐難安。

她在發抖：「我……」

謝危卻道：「看妳冷得。」

他解了自己身上厚實的鶴氅，抬手披到了她的身上，把她纖弱的身軀裹了起來，又順手拂開了她頰邊一縷垂下的烏髮，才淡淡地道：「姜大人很擔心妳。」

那鶴氅還帶著些餘溫。

山間風大，一下都被擋在外頭。

姜雪寧下意識抬手將這氅衣擁了，卻覺得這溫暖雖裹著她，卻隔了一層似的，難進心底。

下頭一干天教人等，早已束手就擒。

蕭氏那邊殘兵敗將也都相繼被人或抬或扶帶了出去，蕭遠更是緊張著自己那寶貝兒子，喊人把壓著蕭燁的石頭搬開後，便令人抬著蕭燁趕緊出去找大夫了，倒是沒看見旁人壓著蕭定非上來。

張遮傷處只是草草裹了一下。

隨行而來的兵士不過略懂些止血之法，真要治傷還得看大夫，因而見血不再湧流後，兵士便想扶他上來。只是他搖首謝過，自己往上走來。

謝危垂了手，轉眸看見他，仍對姜雪寧道：「妳失蹤之事並未聲張，京中不知，只當妳病了。長公主和親之事已定，倒有些想妳。想來妳受了一番驚嚇，小寶，就近在觀中找個地方，收拾出來讓寧二姑娘休息。」

這意思是讓她走。

小寶怔了一下，躬身答應，去請姜雪寧。

姜雪寧躊躇，看了那頭張遮一眼。

謝危便淡笑道：「此次伏擊天教乃是我牽頭，同張大人還有些話講。」

原來這次的事情本就是他的謀劃。

難怪一切都在掌中。

姜雪寧但覺心中苦澀，雖並不知這後面藏著多少深淺，可猜自己該是壞了謝危一點事的，眼下縱擔心張遮，似乎也於事無補。

她欠身再行過禮，這才轉身。

移步時望見張遮，張遮冷酷刻板的面上一片沉默，唇線抿直，不做言語。

很快，她去得遠了。

頭頂的天空越見陰沉，竟是要下雪了。

謝危身上只餘下那雪白的道袍，有些畏寒的他，風裡立著，便似一片雪，卻負手望著下方谷底那些個已經受制於人、引頸待戮的天教教眾。

先才接回了弓後，刀琴便帶了人下去，在這幫人身上搜尋著什麼東西。

不一時，人回來。

卻是緊擰了清秀的眉頭，低聲對謝危稟道：「似是丟了，沒見著。」

謝危垂下眼簾，隨意一擺手道：「都殺了。」

弓箭手們一直站在上頭。

聽得他此言，緊緊拉著的弓弦俱是一鬆，嗖嗖嗖又是一陣箭雨，向著下方早已手無寸鐵的天教教眾落去，一時鮮血淋漓，全數撲倒在地，殺了個乾淨。

山谷裡瀰漫著一股濃重的血腥味兒。

謝危於是想，也該下雪了。

張遮看著他這般半個活口也不留的狠辣手段，靜寂無言，竟想起前世牢獄中，他受盡酷刑，為自己寫下判詞後只待秋後處斬，未料到那一日春寒正冷的天裡，迎來一位意想不到的訪客。

已大權在握的當朝太師，還是那般波瀾不起。

只是他那時竟覺這人身上有種說不出的深寂悠遠，像是大雪蓋了遍地，寒枝雀靜。

他說，寧二歿了。

張遮不知他說的是誰，只感茫然。

對方停了片刻，好似才意識到他聽不懂，平淡地改口說，你的娘娘歿了。

張遮如在夢中。

他卻還笑了笑，對他講：她留了話，請我放了你。可叫燕臨恨你恨到了骨頭裡，在她靈前醉醺醺哭了幾日，今早摔了酒，提劍要往這邊來殺你。張大人，可真是太厲害啊。

張遮於是感覺墜進了一片雲霧，那片雲霧又掉下來，化作一片潑天的豪雨，籠罩了接天的蓮葉。

恍惚又是避暑山莊午後驟雨裡邂逅。

他是那個脾氣又臭又硬誰的好臉色也不給的張侍郎，她是那個嬉笑跋扈不作弄人不高興的皇后娘娘。

她故意踩了他袍角。

他想，若是給他重選一次的機會，他不要彎腰把袍角撕了，且讓她踩著，盡憑著她高興，願意踩多久便踩上多久。

然後便聽見他起了身，讓人將牢門打開，對他說：你走吧。

牢門上掛著的鎖鏈輕輕晃動出聲響。

張遮穿著一身染血的囚衣，在牢裡坐了良久，才笑起來，道：罪臣只想為家母上柱香。

後來……

後來。

張遮遠遠地看著眼前的謝危，只覺這人於世人而言是個難解的謎團，不過這一世彷彿多了一點子有跡可循的人味兒，倒不像是那遠在天邊的聖人了。

謝危既不走過去，也不叫他走過來，只是道：「定國公向聖上請命，搶在前面入城，壞了謝某的計畫，倒累了張大人遭了一難，還好性命無虞，否則謝某難辭其咎了。」

張遮道：「您言重了。」

謝危道：「我那學生寧二，頑劣脾性，有賴張大人一路照拂，沒給您添什麼麻煩吧？」

張遮聽著這「寧二」二字，想起眼前這人上一世所選的結局，只覺裡面或許有些自己並不知曉的內情，然而對這註定要成亂臣賊子謀天梟雄之人的謝危，竟沒什麼厭惡。

是天下已定，英雄當烹？

又或是因為別的呢……

他慢慢道：「姜二姑娘她，很是機敏聰穎……」

只是脾氣仍不很能壓得住。

謝危看他始終不走過來，便笑一聲：「張大人似乎對謝某並不十分認同。」

他看了下方那天教眾人堆疊的屍首一眼，目中無波。

張遮卻只是垂眸，自袖中取出一物來，平平道：「謝少師方才是著人找尋此物吧？」

他指間是薄薄半頁紙。

赫然是先前天教那左相馮明宇所拿的度鈞山人密函！

謝危眼角輕輕抽搐了一下。

刀琴更是心中一凜。

張遮將這頁紙遞向刀琴，回想起前世種種困惑，都在見到這頁紙上的字跡時得了解答，誰讓他上一世也見過這般字跡呢？

只是紛紛擾擾，又同他什麼關係？

他看向謝危道：「方才便想，這既是天教那神龍見首不見尾的度鈞先生所送來的密函，也許能從中一窺究竟，將一干亂黨一網打盡。是以留了心，趁亂將此函收了。一路瑣碎，一言難以道盡。謝少師若無多事，便待下官容後再稟。」

刀琴接過那密函時，另手實悄扣了袖間刀。

他同樣看向謝危。

暗地裡殺機一觸即發。

謝危不禁要想，這個張遮此行到底知道了多少，將這封密函交還，又是否真的一無所覺……

倘若呂顯在此，剛才那一箭多半已射穿了這人頭顱。

便一時鬼迷心竅留他活到此刻，見了密函，只怕也要一不做二不休，寧殺錯一千不放過一個。

他慢慢抬了手指，覺出一分痛時，垂眸才看見方才張弓引箭竟讓弓弦割了手，於是品出幾分荒謬，忽然望向張遮，頗感好笑地道：「寧二說喜歡你。」

張遮身形陡地僵住。

謝危看在眼底，扯了唇角，饒有興味地道：「我這個做先生的，頗是好奇，你也屬意於她麼？」

第一三三章　舊名姓

一路從後山走回前山，道中所見皆是山石亂崩，屍體遍地。偶然一瞥或還能見殘肢斷體，雙目不瞑。

姜雪寧雖也是上輩子死過一次的人，可見了這般場面也不由心驚肉跳。

小寶猜出她大約懼怕這樣血腥殘忍的場面，便走在了她的斜前方，用自己的身影將大部分殘忍的場面擋住，一路過了後山院牆。

上清觀雖為天教所占，但道觀的基本格局卻沒有任何改變。

前面是道觀，後面是道士們的住所。

只不過眼下早沒有什麼真正的道士，徒留下觀後許多空置的房屋。

小寶便為姜雪寧收拾了一間出來，道：「先生吩咐，姜二姑娘便在這裡先休息吧。料想先生與張大人那邊還有話聊，且定國公那邊的公子受傷好像也不輕，只怕暫時不能回京，要在此地盤桓幾天了。」

他還沏了一壺茶來。

末了同外頭的人說話，甚至還帶了兩套全新的換洗衣裳來：「這是臨時著人去城中買來的衣物，劍書公子說比起京城裡時興的樣式自然差遠了，但也只能勉強先委屈姑娘將就幾分。」

姜雪寧身上還披著謝危方才為她系上的鶴氅，裡面嵌著一層雪貂皮，只貼著身子便暖融融一片。

她看了那兩套衣物一眼。

一套水藍一套淺紫，雖的確比不上京中那些精緻的做工，可樣式倒也淡雅適宜，可見是用了心挑過的。只是這衣物由謝危的人送來，於她而言，到底透出幾分古怪。

她心裡忐忑，也笑不出來，只看向小寶道：「原來你是謝先生的人。」

小寶道：「若無內應，先生也不敢行險。」

他說話時板著一張臉，完全不似前幾天與姜雪寧接觸時姐姐長姐姐短地叫，眼簾搭著甚至也不看她一眼，倒像是不很愉快，有些置氣的模樣。

姜雪寧於是想起清晨時。

這小孩兒在她飯菜裡下了藥，讓她以看病為由離開了天教視線，交代了她到街對面客棧之中躲藏起來。可她並不想回去，在發現那永定藥鋪之事有假時，更是趕赴府衙，不惜以身犯險。

一切大約都不在謝危意料之中。

所以謝危才會那般生氣。

這小孩兒怕受命救她，可謝危若沒在客棧見著她人，只怕他也要受些責罰吧？

姜雪寧並非全無心肺之人，想起這一處來也不免為連累他人而生出幾分愧疚，可張遮所以為的永定藥鋪有接應之事是假，又實在讓她懷疑起謝危的居心。

畢竟謝危在她心目中原本就不是什麼好人。

所以心裡雖有萬般的念頭掠過，她最終也只是陷入了沉默。

小寶收拾好一應物什，又為她半掩上了窗戶，打了洗漱用的水，在屋裡生了火爐，才道：「我出去了，就在不遠處，姜二姑娘有事喚我便可。」

他退出去關上了門。

姜雪寧卻無法靜下心來休息，一閉上眼，滿腦子都是張遮與謝危的臉交疊閃過，讓她心驚肉跳。身上披著的鶴氅被她解了下來，輕輕地放在了那摺疊整齊的兩套女子的衣裙旁。雪白的緞面上半點鮮血塵土也未沾上，倒與它的主人一般，有種高高佇立在雲霄上俯瞰眾生似的孤高冷漠。

謝居安……

他同張遮有什麼好說的呢？

姜雪寧在屋內坐了一會兒，終究還是坐不住，起身來站在外面屋簷下，朝著後山的方向望去。

院落裡栽種著不少古松。

從後山的大門有一條長道通向此處，此刻卻有許多兵士把守在兩旁，誰從這條道上經過，在她這裡都能看個清楚。

可看了許久，也不見張遮。

她一顆心不由高懸。

直到過去了快有兩刻，才看見把守著的兵士朝著後面的方向望去，微微向前躬身，像是像誰行了禮。

姜雪寧心頭頓時一跳。

接著，終於看見那道熟悉的身影從後山走了出來。身上的傷口已經草草包紮過，但一身深藍的衣袍早已經被鮮血浸染成了一片墨色，面色更因失血過多而顯得有些蒼白。

沒事。

他沒事！

在看見他安然無恙的那一刻，姜雪寧只覺一顆心飽脹得要滿溢出來，控制不住地便向他快步走了過去：「張大人！」

張遮的神情竟如槁木一般。

她乍見他只有滿心的歡喜，也不曾注意到這小小的細節，唇邊已綻出笑容：「你沒事可真是太好……」

太好了。

話音未落，整個人眼皮卻是重了幾分，費力地眨了眨，身子輕輕地一晃一歪，竟然直接往後昏倒過去。

張遮心底一驚，還好反應得快，一把將她接住。

少女纖弱的腰肢不盈一握，面頰白皙而消瘦，卻是因為這些日來的奔波而疲憊，眼皮輕輕地搭上了，兩道細長的柳葉罥煙眉也舒展開了。

竟像是睡著了。

小寶原就在屋簷的另一旁看著，眼見著姜雪寧昏倒過去時，已嚇了一跳，便要衝下來扶人。

但看見張遮將人接住時，他腳步又不由一停。

隔著一段距離，他看見甬路那頭謝危靜靜地立著，看著遠處這一幕，卻並不走過來。而近處這位張大人面上的神情幾經變幻，最終還是歸於了一片冷寂的沉默，只將那位早已沉沉昏睡過去的姜二姑娘攔腰抱了，從他身旁走過，輕輕放回了房中床榻上，仔細地為她掖好了被角。

終於是下雪了。

通州城上空彤雲密布，陰風呼嘯，自日中時分開始便又冷了幾分，及至暮時，便紛紛揚揚下起了大雪。鵝毛似的雪片從空中飛落，沒半個時辰便蓋得城中屋瓦一片白，上清觀矮山的勁松之上更是堆疊了一叢叢的雪，遠遠望去竟似霧凇沆碭。

如果蕭定非沒記錯的話，這是謝危最厭惡的天氣。

金陵在南方，甚少下雪。

但時日久了難免有些例外的時候。

就有那麼一年，寒氣南下，夜裡一陣風敲窗，清晨起來一看，假山亭台，俱在雪中。金陵城內外，雅士雲集，倒是興高采烈，邀約要去賞雪。

當然也有些紈褲子弟來請他。

彼時謝危尚未參加科舉，但在金陵已素有才名。蕭定非想自己繡花枕頭一包草，這些個人附庸風雅少不得又要寫詩作畫，不如喊上謝危同去，正好他難得也在。

可沒想到他去到院中時，竟見門庭緊閉。

院中一干僕人都在忙著掃雪。

蕭定非覺著奇怪：「這雪尚未停，看著還要下些時日，你們便是這時掃乾淨了，過些時候又堆上，豈不白費功夫？」

度鈞那院子的人，都寡言少語。

也無人回答他。

倒是廊上劍書端了碗剛藥走過來，看見他，腳步一頓便道：「定非公子，先生今日不出門，您請回吧。」

蕭定非納罕：「他病了？」

劍書道：「偶感風寒。」

蕭定非頓覺無趣，肩膀一聳，便欲離開。只是臨到轉身的那一刹，眼角餘光一晃，竟瞥見劍書端藥打開門時，門裡飄出了一角厚厚的不透光的黑色帷幔，大白天裡，隱約有幾線燈燭的光亮照出來。

他心裡頓時跳了一跳。

很快那門便關上了。

蕭定非卻覺出了幾分奇異的弔詭，然而好奇心起時，也不免思量思量自己在教中是什麼位置，終究不敢問什麼，更不敢多在這院落中停留多久。

外頭掃雪的僕人仍舊忙碌。

他壓了自己暗生的疑竇，趕緊溜了出去與那幫紈褲賞雪。

只是這麼多年過去了，當日所見的那一幕仍舊時不時從他心頭劃過，在他記憶的深處留下一個巨大的謎團。

本來今日這麼大的事情，謝危一箭射傷他，顯然是要來找他的。

可眼見上清觀大雪，蕭定非冥冥之中便覺得此人端怕不會來。

至少白天不會來。

果然一直等到天色發昏發暗，整座道觀完全被黑暗籠罩，前面才有一盞昏黃的燈籠，照著已經被清掃乾淨的甬路，朝著他這間屋子過來。

劍書、刀琴兩人都跟在他身邊。

一人提燈，一人撐傘。

到了階前，將燈籠一掛，油傘一收，才上前推開了房門，先瞧見了他，倒是極為有禮地喚了一聲：「定非公子。」

蕭定非已經躺回了床上。

屋內燒了暖爐，熱烘烘的。

他僅穿著白色的中衣，原本射穿他肩膀的箭矢已經取了出來，傷口塗了上好的金創藥，早止住了血，只是大夫囑咐不要隨意動彈，須得靜養。

謝危隨後才進來。

面容平靜，目光深邃。長衣如雪，木簪烏髮，確是一副真正世外隱士的雅態。

劍書在他身後將門合上。

明亮的燭光照在窗紙上，倒驅散了幾分外頭映照進來的雪光，讓他的面容看上去越發平和。

謝危道：「你腿腳倒很好。」

蕭定非吊兒郎當地笑：「可跑起來也沒有先生的箭快。」

謝危卻不笑：「可惜準頭不夠，怎沒把你腦袋射下來？」

蕭定非知道他對自己有殺心，凝視著他，半開玩笑似的道：「誰叫我於先生還有大用處呢？我便知道，謝先生是最恨我的。」

謝危一手搭在桌沿，未言。

蕭定非面上也沒了表情，只道：「誰叫我用著你最恨的名姓呢？」

這麼多年來，只怕是聽一次，便恨一回，一重疊一重，越來越深，永不消解吧？

第一三四章　不眠夜

蕭定非。

蕭氏，定非世子。

多尊貴一名字？

頂著它，天教上上下下對他都是恭恭敬敬，等到將來更有說不出的妙用。

只可惜，有人厭憎它。

寧願捨了這舊名舊姓還於白身，受那千難萬險之苦，也不要什麼榮華富貴。

與謝危相比，蕭定非一向是那種與他截然相反的人。

但不可否認，他是受了此人的恩惠。

因此在面對著謝危時，他也從來不敢有太多放肆，更不敢跟對著天教其他人一般乖張無憚——即便教首做得乾乾淨淨，當年那些知道真相的人相繼死於「意外」。

對他這句隱隱含著嘲諷的話，謝危不置可否，只是道：「我曾派人去醉樂坊找你，醉樂坊的姑娘說你去了十年釀買酒，待找到十年釀方知你根本沒去。」

蕭定非靠在引枕上：「這不是怕得慌嗎？」

謝危盯著他。

他放浪形骸地一笑：「聽說公儀先生沒了音信，可把我給嚇壞了。」

謝危波瀾不驚地道：「公儀先生在教首身邊久了，到京之中我自不能攔他，也不知他是做了什麼，竟意外在順天府圍剿的時候死在了朝廷的箭下，我驟然得聞也是震駭。只是事發緊急，朝廷也有謀算，連公儀先生屍首也未能見到。只怕消息傳回金陵，教首知道該要傷心。」

豈止傷心？

只怕還要震怒。

公儀丞素來為他出謀劃策，乃是真正的左膀右臂，去了一趟京城，不明不白就沒了，說出去誰信？

蕭定非向劍書伸手：「茶。」

劍書白了他一眼，卻還是給他倒茶。

等茶遞到他手裡，他才道絮絮跟劍書說什麼「你人真好」，然後轉回頭來咕噥道：「京城是你的地盤，自然你說什麼就是什麼，我也不敢去懷疑公儀丞是你弄死的嘛。」

謝危一笑：「我竟不知你何時也長了腦子。」

蕭定非喝口茶，難得得意：「只可惜沒跑脫，但反正試試又不吃虧，萬一成功了呢？」

謝危道：「可是沒成。」

蕭定非便腆著臉笑起來：「那什麼，先生可不能這麼無情，畢竟此次我也算是立了一回功的！」

謝危挑眉：「哦？」

蕭定非一邊喝茶是假，實則是悄悄地打量著謝危神情，面上半點也不害怕，心裡卻是在打鼓。

過去這幾天發生的事情全浮現在腦海。

他又想起白日裡被射死在山谷內的那一地曾經相熟的天教教眾，絞盡腦汁地琢磨，怎樣才能在這看似風平浪靜實則暗藏危機的局面下，為自己贏得一線生機。

他道：「那張遮的身分是我揭穿的！」

謝危道：「是嗎？」

蕭定非道：「真的，而且不早不晚，就在今天。我是什麼人，我有多聽話，先生您還不知道嗎？這麼多年了，保管錯不了。打從一開始他們說要去劫天牢，我就覺這事兒不大對。待見到那姓張的帶了個姑娘出現在廟裡，還說什麼『山人住在山裡』，這狗官必定瞎說啊。但當時又看見小寶在，便沒聲張，以為您暗中有什麼謀劃。直到今早看小寶把姜二姑娘帶走了，又在這觀裡看見了您寫給馮明宇吳封那倆孫子的密函，我才把姓張的揭穿了。」

要說這一次從京城到通州，沿途險峻，錯綜複雜，有誰看得最清楚，只怕真非蕭定非莫屬。

誰讓他兩邊都知道呢？

有些人既當兵又當賊的人，且還喜歡自己演左右互搏的好戲，兵抓賊、賊坑兵，讓兩邊以為是對方與自己作對，卻不知中間另有推手。

公儀丞死，是一切的開始。

不管是否出於衝動殺了此人，謝危後續的一應計畫足夠縝密。

但顧春芳舉薦張遮進來橫插一腳，是第一個意外。

謝危若凜然出言回絕，不免惹人懷疑，是以乾脆將計就計，計畫不變，只放張遮入了棋局，又命了小寶暗中窺看。

不想很快又多了姜雪寧，是第二個意外。

境況便變得複雜起來，若貿然揭穿張遮，則與他一道的姜雪寧會受牽連，只怕落不了什麼好下場。

所以他自請率人去圍剿天教。

這時出現了第三個意外，在勇毅侯倒了之後，蕭氏力圖得到豐台、通州兩處大營的兵權，在皇帝面前立功心切，竟請了聖命，與他兵分兩路前去剿平逆亂。

三個意外，一重疊一重。

謝危一要保姜雪寧，二要除張遮，三要對付蕭氏，四要借朝廷削弱天教勢力，面臨如此複雜的局面，幾經謀劃，便心生一條狠計，一式險招。

他先故意落在蕭遠後面，任他前去。

暗地裡卻安排了兩手人，一邊偽裝是天教這邊的叛徒，向蕭遠提供天教落腳在上清觀的絕密消息；一邊卻以度鈞山人的名義密函警示天教，先言自京中回來的人裡有朝廷的眼線，再將蕭氏來襲的事情告知，使他們早做準備，以炸藥埋伏，屆時誘敵深入。

之所以並不直接言明那朝廷的眼線便是張遮，是因為姜雪寧還在。

張遮深入天教，焉知他會知道多少？

若一個不小心為他窺知隱祕，只怕他才是死無葬身之地的人。

是以張遮必要除掉。

永定藥鋪有人接應之事本來是假，是有心算計；密函裡故意提到有眼線，是為了讓天教對張遮生疑，控制他行蹤，卻不至於直接對他下手，以至牽連與他同行的姜雪寧。

等小寶帶走姜雪寧，張遮便可殺去。

這時再將他身分揭穿，天教必然暴起取其性命。縱然將來朝廷追究下來，也與他謝危沒有太大的關係。更何況並不是他逼張遮前去，相反舉薦他的是刑部新任尚書顧春芳，要追究也追究不到他的頭上。

於是，若計畫順利，張遮身死，蕭氏中伏，而天教殘餘的逆黨也將被隨後趕來的他帶人除個乾乾淨淨。

屆時，蕭遠不死也會因貪功冒進吃個大虧。

而後來趕到的他則是隱身在鷸蚌之後的漁翁，藏在螳螂與蟬之上的黃雀，會成為唯一的得益者，大贏家。

滿盤計畫，借力打力，剷除異己，可稱得上是天衣無縫！

誰料想……

出了個姜雪寧！

謝危坐在火爐之邊，那亮紅的炭映照出幾分薄暮似的淡光，落進他眼底，閃爍不定，平淡道：「這麼說，我非但不能罰你，反而還要賞你了？」

蕭定非脊背一寒，忙搖頭：「不敢不敢！」

這涎著臉軟著骨頭的模樣，渾無半分傲氣，只像是市井泥潭裡打滾的混子，叫人看了心中生厭。

只是這模樣恰好是他所樂見。

謝危輕輕蹙眉，又慢慢鬆開，才道：「將養著吧，到京城才有你好日子過。下次若還敢跑，我便叫人打折了你兩條腿，總歸有這一張臉便夠用！」

這話裡藏著的冷酷並不作假。

蕭定非聽時臉上的訕笑都要掛不住。

謝危同他說完，也不管他是什麼反應，起身來便往外頭走去。劍書、刀琴便忙一個撐傘一個打燈籠，跟著謝危一道出去了。

夜裡仍有些細雪，不過比起暮時，已小了許多。

燈籠算不上亮，只照著附近三四尺地，便不見有多少映射的雪光。

刀琴把傘壓得很低。

主僕三人從圓門中出去時，便看見門外廊上竟徘徊著一道有些高壯的身影，穿著綢緞錦袍，年紀大了身形微有發福，兩鬢白了，白天裡還耀武揚威的一張臉此刻彷彿鋪著點不安和猶豫，一時是陰一時是晴，透出幾分駭人。

是定國公蕭遠。

劍書看見回頭低聲稟了一句，謝危這才朝著那方向看去，然後笑起來道：「大夜裡，公爺怎麼在此？」

蕭遠沒想到謝危從裡面出來，愣了一愣，連忙將面上的神情收了，看了看他身後的庭院，忙道：「哦，沒事，只是天教那幫逆黨都死了，沒能從他們嘴裡撬出什麼來，有些可惜。但聽說謝少師抓了個天教裡頂重要的人，有些好奇。」

天知道蕭遠聽見這消息時是什麼心情！

他當時正在問詢大夫，蕭燁這腿還能不能好。結果兵士匆匆忙忙跑進來，竟同他稟，說謝先生擒了個天教逆黨，名叫「蕭定非」！

真真是雷霆從頭劈下！

他抓了那兵士問了有三遍，才敢相信自己沒有聽錯。

隨即便眼皮狂跳，心裡竟跟著湧出萬般的恐懼：怎麼會，一定是巧合吧？那孩子怎麼可能還活著呢？三百義童盡數埋在了雪下啊！

那麼小個孩子，那麼小個孩子……

蕭遠向來知道這謝居安最擅察言觀色，唯恐被他看出什麼破綻來，又道：「我聽說，這個人，好像名曰『定非』？」

說出這兩個字時，他後腦杓都寒了一下。

深冬雪冷，寒風淒厲。

這上清觀建在山上，樹影幢幢，冷風搖來時飛雪從枝頭跌落，靜寂裡就像是有陰魂悄然行走在雪裡似的，令人心中震顫。

謝危雪白的袍角被風吹起。

劍書拎著的燈籠照著，晃眼極了。

在這雪冷的夜晚，他凝視著眼前這蕭氏大族的尊長，輕輕一笑，卻是好看得過分了，也不知更像天上的神祇，還是幽暗裡徘徊的鬼魅，只道：「是呢，人人都喚他『定非公子』，倒是令謝某想起前陣子勇毅侯府一案，那燕牧與天教來往的密信中曾提起貴公子蹤跡，倒似乎還活在世間一般。」

大冷的天氣裡，蕭遠額頭上竟冒出了汗。

他喉結滾動了一下，笑起來，卻十分勉強，心神大亂之下甚至都沒注意到謝危那凝視的目光，磕絆道：「世間同名同姓之人如此多，或許是個巧合吧。」

謝危道：「我方才去看了一看，這位『定非公子』雖是個不成器的架勢，可觀其眉目，與您的眉眼卻有三四分相似呢。」

蕭遠大驚失色：「什麼！」

謝危眉梢輕輕一揚，彷彿有些迷惑：「這不是個好消息嗎？」

蕭遠這才意識到自己失態了，連忙想要遮掩，然而想要彎起唇角笑時，卻覺得臉部的肌肉都跟著扭曲了，又哪裡笑得出來？

非但沒笑，反顯出幾分陰鷙。

他心裡既慌且亂，敷衍道：「本公只是不大敢相信罷了……」

劍書刀琴都在謝危身後，冷眼看著蕭遠這破綻百出的表現。

謝危只覺得可笑。

他也真的笑了出來，清楚地看著蕭遠臉上恐懼、忌憚、殺意、心虛等情緒一一閃過，卻溫溫然無比惡毒地說了一句：「此事若是真，少不得要恭喜公爺，賀喜公爺了。定非世子大難不死，公爺後繼有人，當時蕭氏大有後福啊！」

蕭遠心底有一萬分的陰沉暴躁，可心虛之下卻不敢有半點表露，笑起來比哭還難看，只道：「但願如此。」

謝危明知故問：「定非公子還未歇下，您不進去看看嗎？」

還未等蕭遠回答，他又恍然似的笑道：「忘了，算算有二十年未見，您也許也近鄉情怯。何況這人也未必是真，你心裡躊躇也是正常。」

蕭遠只能道：「是，是。」

又是一陣風吹來，謝危身子發冷，咳嗽了起來，抬目一看周遭的雪夜裡都隱隱映照出光，便重新搭下了眼簾不看，道：「風冷夜黑，公爺見諒，謝某近來受了風寒，不敢久待，先告辭了。」

蕭遠便道：「謝少師慢走。」

謝危也不問蕭遠還要在這裡站多久，掩唇又咳嗽兩聲，便由刀琴撐傘下了臺階，往自己房內走去。

屋內燈火通明，燭光洞照。

謝危在靠窗的羅漢床一側盤腿坐下，唇邊竟浮出了一抹嘲弄，末了又成了一片冰冷的面無表情。

他抬手搭了眼。

劍書自隨身帶來的匣子裡取出一隻玉瓶來，倒了一丸藥，端了一盞溫水，遞過來，服侍他和水服了那丸藥。

謝危蒼白的面容並無好轉。

一卷道經隨意地翻在四方的炕几上，其上豎排鉛字密密麻麻，他目光落在上頭，瞥見的竟恰好是一句「順為凡，逆為仙，只在中間顛倒顛」。

道清心，佛寡欲。

他是學佛也學道，看了這不知所謂的淫言亂語一眼，心內一陣煩亂，劈手便扔到牆角，砸得「嘩」一聲響。

劍書刀琴都嚇了一跳。

謝危一手肘支在案角，長指輕輕搭著緊繃的太陽穴，問：「寧二呢？」

劍書道：「大夫看過後說是心神鬆懈之下睡過去了，半個時辰前小寶來報說方才睡醒，吃了些東西，打算要去看看、看看張大人。」

謝危眼簾搭著，眸底劃過了一份陰鷙。

今晚是睡不著的。

他既安生不了，那誰也別想安生了，便冷冷地道：「叫她滾來學琴！」

姜雪寧一聽，差點氣得從床上跳起來，憤怒極了：「大夜裡大雪天學什麼鬼琴！」

第一三五章　玉不琢不成器

欺人太甚！

絕對是挾私報復！

姜雪寧白日裡是終於見到張遮無恙，緊繃著的心弦一鬆，才陡地昏倒過去，一覺睡到傍晚，醒來才覺得自己渾身睏乏，原是這些日來勞頓，身子骨嬌生慣養早疲累了，只是前些天太緊張自己都未曾察覺。於是乾脆賴在床上胡亂吃了些東西填肚子，又去問小寶張遮怎樣。

小寶說，張大人也在觀中養傷。

她便想要尋去看看。

誰料想還未等她翻身下床，謝危那邊的人便來了。

劍書躬身立在她房門外，也不進去，聽見裡面大叫的一聲，輕輕搭下了眼簾，仍舊平靜地重複道：「先生請您過去學琴。」

姜雪寧氣鼓鼓的：「我沒有琴！」

劍書道：「先生說，他那裡有。」

姜雪寧差點噎死：「我是個病人！」

劍書道：「小寶說大夫來瞧過，您只是睏乏，無甚大礙。」

姜雪寧：「……」

果然那個半大小屁孩兒小肚雞腸，心裡必定記恨著自己當時不去客棧反去府衙搬救兵的事，還給謝危打小報告！

話說到這份兒上，已是推不得。

她咬牙爬起來把衣裳換了，略作整理才走出了房門。

劍書帶了傘，要給她撐上。

她卻莫名有些不敢勞動謝危手底下人的大駕，只自己把傘接了過來撐在頭頂，這才隨劍書一路向著庭院另一頭謝危的院落而去。

這該是上清觀的觀主所居的院落，小小的一座，獨立在上清觀後山的角落裡，顯得清幽僻靜。

細雪紛紛，周遭卻無一盞燈。

姜雪寧走到院中時都不由愣了一愣，抬目只能看見那屋內的窗紙裡透出幾分暖黃的光芒，映照著外頭落下的細雪，倒是別有一番意趣。

也許是這道觀年久失修，謝危這邊雖帶了人來，準備卻也不很齊全，不點燈也無甚稀奇吧？

劍書上前輕叩門，道一聲：「二姑娘來了。」

裡面便傳來一道平淡的嗓音：「進來。」

姜雪寧來的一路上都還滿肚子的火氣，一聽見這聲音，就像是迎頭一盆冰水澆下來似的，再囂張的氣焰、再憤怒的心情，也忽然熄滅了個乾乾淨淨，小腿肚子開始發軟。

劍書推開門，姜雪寧走進去。

屋裡只點了一盞燈。

謝危盤坐在臨窗的羅漢床一側，燈燭的光亮只能照著他半張臉，手指輕輕地壓著太陽穴，面容上有淡淡的倦意，抬眸打量她。

她換上了那身淺紫的衣裙，樣式雖不十分新奇也算得做工精緻，比不得宮裝的繁複華美，反而有幾分小橋流水的恬靜淡雅。

入內之後便小心道禮：「見過先生。」

修長的脖頸，淡紅的嘴唇，白皙的臉頰，只是上頭留著幾道細小的劃痕，雖用藥膏抹了，卻還未完全癒合。當真是不怕自己嫁不出去啊。

謝危輕輕一擺手。

劍書一怔，退了出去。

兩扇門在姜雪寧身後「吱呀」一聲，輕輕合上，她莫名顫了一下，緊張起來。

謝危便道：「見了我便跟老鼠見了貓似的戰戰兢兢，哪兒來的膽子不顧自己安危去府衙搬救兵、援張遮？」

姜雪寧小聲道：「人命關天……」

謝危向她抬手：「過來，我看不清妳。」

這屋子就這麼大點地方，姜雪寧猶嫌自己站得太近，巴不得這屋子再大些自己好站得遠些，哪裡料著謝危說這話？

有什麼看不清的？

可她心裡打鼓，也不敢反駁，規規矩矩地往前蹭了一步。

謝危眉頭輕輕一擰，笑道：「這兩條腿若不會走路，那不如找個時辰幫妳鋸了吧。」

姜雪寧背後汗毛登時倒豎！

她端看謝危笑著說這話的神情，只覺他話裡有十二分的認真，且還有一點子隱約壓抑的怒氣，哪裡還敢有半分磨蹭？

這回終於走到了近前去。

可仍舊隔了兩三步遠。

謝危向她攤開手掌：「來。」

那手指指腹上還留著白日裡緊扣弓弦所留下的傷痕，看著殷紅的一道，竟像是美玉上所留下的一道汙紅的瑕疵，叫人一見之下忍不住要道一聲「可惜」。

姜雪寧實在有些摸不著頭腦。

她一面覺著謝危今夜詭異至極，該離著他遠些，一面又覺得害怕，不敢表現得太過違逆，心裡面一進一退兩種念頭相互爭鬥，讓她猶猶豫豫地抬了手，又不知該不該向謝危伸過去。

謝危終於生出了幾分不耐煩，面上所有的神情褪去，竟一把將她的手拽了，朝著自己身前拉來。

姜雪寧毫無準備，沒有站穩。

謝危盤坐在羅漢床上，位置本就不高，她腳底下一絆，便跌坐在羅漢床前擱置的腳踏上，抬眸望著他，心內一片驚駭惶恐。

他手掌卻是冰涼的，抬了來搭在她粉黛不施展的面頰上，果然微微俯身湊近了來看她。

謝危這一張臉實在是無可挑剔。

長眉鳳眼薄唇挺鼻，連那眼睫投落在眼瞼下的陰影都彷彿經由天人筆墨細細描繪，神祇一般，讓人生不出半分玷辱之心。

可大約是湊得近了，姜雪寧一眼撞進他眸底時，竟見他瞳孔裡彷彿有一層陰翳。他極其認真地看著她，目光鋒利得像是刀尖。只是沒片刻，便稍稍退了一分，先才照著他臉龐的光線於是也暗了幾分，讓人一下看不分明瞭。

微涼的指尖，激起她一陣戰慄。

姜雪寧聲音在發抖：「先、先生……」

指腹壓著的肌膚，實在細嫩，彷彿壓一下便要留下個印子似的，吹彈可破。

仰著臉看人，纖細的脖頸便露了出來。

謝危看了一眼，彷彿想要感知出什麼似的，也或許是藏在皮囊深處的惡意悄然溢出，讓他仍舊沒有撤回手來，只是道：「人之存世，先利己，後利人。我瞧著妳在宮裡，步步小心謹慎，只當妳是頭腦清醒的。不曾想出得宮去，倒損了心智。寧二，記不記得剛入宮時，我對妳說過什麼？」

他說，叫她聽話些，別惹他生氣。

謝危的殺心從不作假。

姜雪寧動也不敢多動一下，回道：「記得。」

謝危的指尖於是用了力，她臉頰邊還有傷口，壓得她疼了，輕輕蹙眉，才略略鬆手，聲音卻越見冷酷：「倘若此次不是我，妳死了十回也有餘了！」

他這般舉動，無情之餘，實有一分出格。

可姜雪寧自來視他如聖如魔，上一世斗膽自薦枕席也不過自取其辱，更知他學道學佛清心寡欲不近女色，是以半點都沒往別處想，只當謝危是厭憎她，折磨她。

他沉怒越顯，她越乖覺。

姜雪寧是趨利避害的性子，縱然這一世悔過有許多東西已經改了，可慣來尋著人心的縫隙往裡頭鑽，早已經不是什麼本事，而近乎於一種嫻熟的本能。

但凡誰對她洩露幾分憐惜、不忍之意，她都趁隙而入。

只因小時候便是如此討婉娘歡心。

這時緊張之下，那種本能便絲絲縷縷地冒了出來。

她小心翼翼打量一番他的神情，下意識覺得這一世謝危對她終究是念著幾分舊日恩情的，況有勇毅侯府的事情在，該對她仁慈許多。

大約只是惱她壞了他的計畫。

畢竟事關蕭氏。

於是她大著膽子，賠了討好的笑：「可學生運氣好，正巧撞上先生麼。」

少女笑起來時，像是枝頭桃花綻了豔豔的粉瓣，實在是說不出的嬌俏顏色。一點點的討好，卻不諂媚，反而給人幾分親近信賴之感。

讓人忍不住想原諒她。

謝危見了，卻陡地「嗤」了一聲，手指用力，竟是掐了她的下頷，迫她抬起頭來，聲音裡半點仁慈都沒有，反有一種清醒到令人恐懼的凜冽：「好歹也當了我許久的學生，謀略眼界沒漲，倒慣會使這不入流的下乘伎倆！誰教給妳的？」

他毫不費力便可拉個滿弓，力道豈是尋常？

稍一用力，已叫姜雪寧吃痛。

她眼底頓時湧了淚出來，聽見他這一聲質問，只覺如雷貫耳，方才憶起自己這般情態只怕最招致謝危憎惡，上一世便是如此，惶惶然已不敢說話。

謝危居高臨下地俯視著她，森然道：「不殺妳，是我當妳本性不壞。只是世上人，壞的要殺，蠢的更不能留。我放妳一命，妳卻捨了要當兒戲，想救人卻連點更高明的法子都想不出來，非要搭上自己。寧二，妳的學當真是白上了！」

姜雪寧愣住。

謝危卻似已厭她至極，終於鬆了手，搭下眼簾不再看她，道：「滾去練琴。」

姜雪寧怔怔看了他好久，忍不住想「你教我什麼有用的了」，過了會兒才反應過來，想自己是腦袋被門夾了，也敢這時走神，於是帶了幾分狼狽地起身。

只是方才被他拉得跌坐下去，膝蓋有些疼。

她微微蹙了眉，也不知為什麼，莫名有幾分心虛，倒沒了尋常跋扈性子，也不敢叫屈，自己忍了，朝房中角落望去。

另一側果然有張琴桌，上面置了一張琴。

姜雪寧一看眼熟。

竟是謝危那張峨眉。

這可是謝危自斫自用的琴，她眼皮跳了跳，往左右看也沒見別的琴，心裡已怯了幾分，不大敢碰。然而眼見謝危坐在那邊又無指點她的意思，只好硬著頭皮坐了。

只是的確往日未曾習琴，手底已然生疏。

才抬手彈了《碧霄吟》兩句，便錯了個音。

她嚇得抬頭去看謝危，卻見他手腕搭著膝蓋指尖垂落，竟似在那燈光昏暗處枯坐，神情晦暗，也不知是在想什麼，總歸沒來罵她。

於是稍稍定心。

她趕緊改了過來，假作無事，往下頭繼續彈奏。

微顫的琴音，在晃悠悠的琴弦間流瀉而出，音質極佳，高時若清鳳啼鳴，低處如間關鶯語，有暢快抒懷處衝上霄漢，逢繾綣斷腸時則幽咽沉鬱。

劍書刀琴都在外頭聽著。

靜夜裡闃無人聲，只伴著松上雪壓得厚了，簌簌往下落的細響。

簡單乾淨的屋舍內，瀰漫著一股濃重的藥味兒，是大夫才給張遮傷處換了藥重新包紮，還嘆了一聲道：「好險沒傷著要害，不然這麼深的一刀，只怕得要了命去……」

張遮合攏衣袍，卻忽向窗櫺外望去。

黑魆魆的院落裡伏著山巒樹影，那琴音卻嫋嫋不斷絕地飄來，初時還有些生澀，彈得久了便漸漸添上幾分圓熟，倒有了點得心應手的味道。

這般境地裡還要帶張琴出來的，只有那位謝少師了。

是他的琴。

卻不是他的音。

張遮搭下眼簾來，任那大夫提了藥箱出去，抬手慢慢撫上肩上之傷，那痛意藏在深處，連綿未消。

他聽了好久好久，琴音才漸漸停歇。

姜雪寧實不知自己是彈了半個時辰，還是一個時辰，只覺手指頭都要被琴弦勒出傷來了，實在招架不住，才大著膽子停了下來。

一看，原本坐著的謝危，不知何時已倒伏下去。

她起身來，輕手輕腳走過去，低低喚了一聲：「謝先生？」

謝危靠在旁側的引枕上，雙目閉上，縱然有柔暖的燭火照見幾分，蒼白的臉上竟也無甚血色，竟似睡著了。沒了方才讓人膽寒的冷厲戾氣，平展的眉目靜若深山，只仍叫人不敢有半分打擾，恐驚了他這天上人。

姜雪寧一見便噤了聲。

她站在前頭，也不敢再叫，心裡一琢磨，便想這卻是個絕好的機會，正該腳底抹油溜了。於是跟貓兒似的，踮了腳往門外走。

只是眼見到了門口，她回頭看一眼，微微咬唇，猶豫了片刻，還是重新走回來，扯了邊上一條絨毯，屏住呼吸，一點點搭在他肩上。

這架勢倒跟做賊似的。

然後才重新扒開門，閃身出來。

劍書他們在門外已經候了多時，見她出來，回頭一看便要說話。

姜雪寧忙將一根手指豎在唇邊。

劍書刀琴登時一愣。

她極力壓低了聲音，做出了口型道：「先生睡著啦！」

「……」

劍書刀琴又是一怔，對望一眼，不由愕然。

姜雪寧劫後餘生，卻是偷了油的老鼠一般開心，向他倆擺了擺手，便拾起先前靠在牆邊上的傘，也不用人送，自己腳步輕快已是溜之大吉。

第一三六章　除夕前

翌日清晨，薄薄的一層天光照在臺階上。

屋裡面似乎有些細碎的動靜。

刀琴劍書早著人備好了一應洗漱之用，在外頭候著，聽見卻還不敢進去，只因並不知謝危是否已經醒了起身。

直到聽見裡面忽問：「什麼時辰了？」

劍書回道：「辰正一刻。」

裡頭沉默了一陣，然後才道：「進來。」

謝危一早睜開眼時，只覺那天光透過窗紙照進來，眼前一片模糊。抬手搭了額角坐起，才發現自己竟然是一覺睡到了大天明。

冷燭已盡，屋裡有些殘存的暖意。

向角落裡一看，那一張峨眉靜靜地擺在琴桌上，彷彿無人動過。

劍書、刀琴進來時，他已起了身，只問：「寧二昨晚何時走的？」

劍書道：「大約亥時。」

謝危便又是一陣沉默，末了卻沒有再說什麼，只是換衣洗漱、用些粥飯。

天教之亂既平，在這通州勾留兩日，料理完一應後續的事宜便該啟程回京。怎奈昨日暮時好一場大雪，堆了滿地，下面人回稟說從通州到京城的官道被大雪和落石埋了，尚在清理，一天兩天怕不能成行。又加之張遮、蕭燁及大部分倖存之兵士都有傷在身，謝危聽了下面一番稟告後，便吩咐下去，先在通州盤桓兩日。

一應大小官員昨日早得聞京中來了人，今日全都趁機來拜。

原本一個清淨的上清觀門口，竟是車如流水馬如龍，好不熱鬧。

姜雪寧昨日晚上從謝危房中溜出來後，本意是順道想去看看張遮的，但經過他房門時見燈燭熄滅，一片漆黑，又想他連日來奔波疲累、殫精竭慮，正該好生睡上一覺，於是忍了沒去打擾。

到第二日一醒，她便去找。

張遮氣色較之昨日自然是好了一些，只是慣來沉默寡言，兩人又已經脫離了險境，再不像是路途中那般可權益從事、相互依存的狀況，是以任姜雪寧伶牙俐齒，也不知對著這悶葫蘆要說些什麼。張遮又恪守禮節，更不用說有醫囑在前，要他好生休息，姜雪寧也不便太過攪擾，只好早上看一回，晚上看一回。

張遮如何想不知道。

她自個兒只覺得殊為滿足，倒是一點也沒有想家的模樣，成日裡開開心心，笑容常掛，上清觀裡誰見了她都覺得舒坦。

只是天公實在不作美。

通州官員鬧鬧嚷嚷來拜了兩天，謝危也著手料理完了鏟滅天教一役後的殘局，還跟蕭遠議了好幾回的事，本準備啟程離開了。

年關已近。

若腳程快些，眾人當能趕在節前回家。

可沒想到，第三日早上又下起大雪來，驛站那邊傳來消息，說前些日坍塌過的山道又塌了，是前些日雪化匯聚成洪流，給衝垮的，仍舊走不得。

姜雪寧坐在窗前，以手支頤，聽了小寶轉達的話後不由道：「難道過年也留在通州？」

小寶把熱茶給她換上，道：「聽先生的意思，多半是了。」

姜雪寧便皺了眉。

小寶道：「蕭國公他們也走不了，前些天才和先生商量過，說除夕那日要找家酒樓大擺宴席，犒賞軍士，以慰大家思歸之心。您若想家得慌，到時也可去湊個熱鬧？」

想家？

姜雪寧一聲輕嗤。

她可不想家。

旁人過年，自然要回家。

一大家人坐在一起團團圓圓，縱然平時有些糾葛打鬧，在這種好日子裡也都放下了。相互說些吉祥話，放炮竹，吃年糕，守歲，只盼來年更好，是世間難得溫情的日子。

可對她來說，卻越見冷清。

往常與婉娘在鄉下莊子時，那些個山野之中的粗人農戶，大都輕視婉娘的出身，雖因為她們畢竟從大戶人家來，都有些求於婉娘的地方，可暗地裡卻給了不少的白眼。

婉娘也不屑與粗人打交道。

每逢過年，家家戶戶熱熱鬧鬧，婉娘帶著她卻與平常無異，隨意吃些東西，連歲也不守，囫圇便往榻上睡了。

她年幼時不知有這回事，也沒覺得有什麼不對。

待年紀稍大一些，開始和村落裡那些孩子們玩到一起，說上話了，才發現原來別人家是要過年的。

有一年她便回去問婉娘。

婉娘根本沒搭理她。

又一年過年，她忍不住跟了別的小孩兒到別人家裡去，吃了飯，放爆竹，等到晚上要溜回家的時候，推開門卻發現本應該去睡了的婉娘坐在屋裡，冷冷地瞧著她，竟把她拎了關在門外。外頭又黑又冷，她嚇壞了。

抬了手使勁地拍著門，哭著問婉娘怎麼不讓自己進去。

婉娘仍是不搭理。

她哭累了，便靠著門糊糊塗塗地睡去，第二天一早就發了燒，婉娘這才帶她去看大夫。

從這以後，姜雪寧便再也不敢提過年這回事了。

她實在太怕了。

後來回了姜府，倒是每逢年節都要吃團年飯，可好像總與她不相干。霧裡看花、水中望月似的，隔了一層不真切。

她畢竟不喜歡姜雪蕙，也不喜歡孟氏。

大家平日裡不見，過年卻要互相給對方添堵，能痛快嗎？

至於後來到了宮裡……

那就更沒意思了。

除夕賜宴，朝野上下顧著君臣的禮儀，妃嬪們又爭奇鬥豔，縱然是高興的日子，人人也在相互算計，哪裡有什麼意思？

更何況朝野上下也不是人人都來除夕宴。

有的是官位太低，來不了。

也有一些是能來卻自己不來。

比如彼時已經是當朝太師的謝危，幾乎年年稱病，總也不到；比如那油鹽不進的張遮，總視皇帝的恩典於無物，上過摺子謝罪說，要在家中侍奉母親。

是以，姜雪寧還沒在除夕佳節這種日子看見過張遮……

手指搭在冰冷的窗沿上，姜雪寧心頭忽然一跳，轉頭問小寶：「張大人呢？」

小寶愣了一下：「什麼？」

姜雪寧忽然有些緊張：「張大人過年也不回京城嗎？」

小寶這才知道她問的是什麼，答道：「前日張大人有著人問過道中積雪和山崩的情況，提過要冒雪回去，可道路未通本就危險，何況他身上還有傷，大夫說還要將養幾日。謝先生便沒有答允，只說張大人若出意外，誰也擔待不起。」

張遮也要在通州過年。

一股熱氣緩緩自心底流湧出來，姜雪寧手指都跟著顫了一下。

小寶納悶：「您也想回去嗎？」

豈料姜雪寧渾然沒聽到似的，動也不動一下，過了半晌竟然直接轉身往外走，連傘都沒拿一把。

小寶嚇了一跳：「您幹什麼去？」

姜雪寧是想出門去，可走了幾步了才想起自己也不認識通州城裡的路，回頭道：「通州有好的酒坊酒樓嗎？怎麼走？在哪裡？」

小寶：「……」

姜雪寧原本意興闌珊的那張臉都像是被點亮了似的，有這煥然的光采，竟是笑著道：「你帶我去。」

小寶沒明白她想做什麼。

可劍書公子那邊有過交代，著他把姜二姑娘照料好也看護好，別再出先前那種岔子。他可不敢任由姜雪寧一個人去城裡逛。

當下雖有滿心的狐疑，也只好拿了把傘陪她去。

城裡的大酒樓這時都還沒歇業，也有一些好廚子逢年過節要去幫一些富戶家裡做席面。姜府逢年過節都會請得月樓的大廚到府裡做一桌好的。

姜雪寧知道有這回事，便直讓小寶引路。

路上看見些店鋪還開著，賣的大多都是年貨。原本前些天見著時，她還不大感興趣，這回卻是停下來仔細地看了看，甚至還買了幾盞紅燈籠，另買了只繡著「福」字的福袋小錦囊，一方上好的印章，又去銀號兌了一把鑄成福瓜壽果等吉祥模樣的金銀錁子。

小寶在旁邊看著，琢磨她這像是準備給誰過年。

兩人路上耽擱了一陣，才到了城裡做菜最好的四海樓。一問掌櫃的，果然能請廚子去。

只是價錢竟然不低。

買什麼燈籠福袋不花幾個錢，印章和金銀錁子卻不少，姜雪寧把自己手裡剩下的銀兩一扒拉，皺了眉：「一百兩，哪兒有這麼貴的？」

掌櫃的倒是和氣，同她解釋：「實不相瞞，本樓的桂花酒是出名的，平時價也不便宜，今年沒剩下幾壇。別的廚子也老早就被別的府請去了，留下來的這位是咱們樓裡大廚許師傅，本是準備回去老婆孩子熱炕頭。但生意到了門前，使得上價錢當然也不拒絕。您要出得起這個價，我就幫您說項。」

一百兩對姜雪寧來說，真不是什麼大錢。

往日花起來都不眨眼。

她一眼就看出這掌櫃的是趁機抬價，殺生客，可為著這麼點錢，也犯不著跟他斤斤計較。

眼珠子骨碌碌一轉，她便道：「也行。不過我身上沒帶這麼多銀子，您看我手裡剩下這二十兩，付給您做定金。剩下的那些，晚些時候您派個人來上清觀取，我就住在那兒，除夕的席面也在那邊做。」

掌櫃的頓時詫異看了她一眼。

城裡都傳開了，上清觀那邊出了大事，這些天來就看著官府的轎子在觀前出出入入。如今住在上清觀裡的，可絕不都是普通人啊。

他對姜雪寧一下就恭敬起來，連忙答應。

小寶看著，欲言又止。

出了酒樓，姜雪寧問他：「怎麼這臉色？」

小寶道：「太貴了，再說您哪兒有那麼多錢？」

要知道，姜雪寧現在身上的錢就是先前他給的一百兩，是先生交代給的，他身上也沒多的。剛才姜雪寧卻是一口就應下了那個價，簡直……

總之小寶覺得不靠譜。

姜雪寧聽了卻是挑眉笑笑，難得有些得色：「沒錢？本小姐可多的是錢！」

她把印章揣了，又把那些金銀錁子都放進了福袋裡，沉甸甸地放進袖子裡藏好，不讓別人瞧見，便腳步輕快地回了上清觀。

這些天來，謝危都沒叫她去學琴。

聽說是事情忙。

畢竟通州來拜會的官員太多，想必挪不開時間來訓她。而且前兩天開始，這位少師大人便聲稱自己病了，染了風寒，不見外客。

姜雪寧一琢磨就知道這是托詞。

一箭之力能穿過人的肩膀，豈能是個年年冬天都要生病的弱書生？

想來只是懶得應酬通州這幫官員。

她才一回到上清觀，便破天荒往謝危那院子走。

劍書剛端了撤掉的冷茶從裡面出來，看見她跟見了鬼似的：「二姑娘怎麼來了？」

姜雪寧咳了一聲，向他身後緊閉著的門扇望瞭望，壓低了聲音問道：「先生睡了嗎？」

這模樣有點鬼鬼祟祟。

劍書猶豫了一下，道：「睡下了，您要見嗎？」

「不不不不……」

開什麼玩笑，姜雪寧可不想主動找死！

她抬手把劍書拉到一旁來。

「我這話跟你說就行了。」

劍書看見她那白生生的手扯著自己袖子，眼皮跳了一下，心底冒上幾分寒氣兒，道：

「您說話，別動手。」

大男人這麼小氣！

姜雪寧也沒往深了想，放下手，擺出了十分良善的表情，道：「你跟著你們先生出來，身上一定帶了錢吧？隨便給我個千兒八百兩使使。」

隨便給個千兒八百兩使使……

劍書嘴角抽了抽：「您——」

姜雪寧及時道：「你知道的啊！」

劍書道：「我知道什麼？」

姜雪寧可知道劍書刀琴都是謝危心腹，謝危的事兒他倆都門兒清，便一叉腰：「你們先生可還欠我好幾萬的銀子沒還，我要個千八百兩不算過分吧？我想你們先生染了風寒，身子不好，也不好去打擾。你便給了我，回頭跟他說就是。」

「……」

劍書怕自己答應下來回頭被自家先生打死，可眼前這位主兒又實在有些特殊，還真不大敢不給，實在讓他躊躇起來。

姜雪寧催他：「不然我可就去打攪你們家先生了啊！」

看他們平時那架勢也不像是敢隨便打攪謝危的。

她覺著自己能順利拿到一筆屬於自己的錢。

卻沒想，劍書幽幽盯了她半天，竟然道：「那您去吧。」

姜雪寧：「……」

這還是我認識的劍書？好像有哪裡不對啊！

她愣住了。

劍書卻返身要去叩門，只道：「我這就為您通傳。」

姜雪寧一激靈，嚇了一跳，忙去拉他：「別呀你幹什麼！」

正自這時，方才還緊閉著的房門「吱呀」一聲開了。

謝危站在門後，輕袍緩帶，身形頎長，手還搭在門沿上，彷彿是才起身，鬆散的頭髮落了幾縷在雪白的衣襟，姿態間竟有那麼一點尋常難見的慵懶。

然而眉目間卻是點清透的冷意。

他的目光落在門前這兩人的身上，然後落到了姜雪寧那還拽著劍書胳膊的手上。

姜雪寧未覺得如何。

劍書被這眼一看，卻是背後寒毛都豎了起來，幾如在閻王殿前走了一遭，忙將自己手扯了回來，躬身道：「先生，寧二姑娘方才……」

謝危淡淡道：「我聽見了。」

姜雪寧後脖子登時一涼。

抬眸打量謝危，面色雖然有些白，卻實在不像是染了風寒病到沒法出來應酬的模樣，便忽然開了個小差，在心裡嘀咕一聲：果然是裝的。

謝危看向她：「要錢？」

姜雪寧本是想直接找劍書要，反正他們先生欠自己錢是事實，沒有不給的道理，讓他們回頭去跟謝危說，謝危也不好吝嗇找自己計較。

誰想到他竟然出來了……

她囁嚅道：「是要，聽說先生在睡，便沒敢打擾。」

聽說他在睡？

謝危知道這小騙子滿嘴沒一句實話，也懶得揭穿她給自己臉上貼金的這種小把戲，笑著問她：「妳可真是惦記著那點錢，說吧，做什麼用？」

姜雪寧張口欲言，可話未出口，面頰卻是微微一紅。

謝危原是笑著，看見她這副情態，眼底的溫度便漸漸消了下去，唇邊的笑弧雖依舊在，卻沒了方才叫人如沐春風的味道，竟是看穿了她：「為張遮？」

她喜歡張遮這事兒，在謝危這裡可不算是什麼祕密。

姜雪寧方才說不出口，只是難為情。

但既然都被謝危猜出來了，她也就坦然起來，想謝危反正知道，便抬起頭來眉開眼笑道：「還是瞞不過先生。我想張大人本想回家，可大雪封路走不成，要留在通州過年，便想好好籌畫一番，熱鬧熱鬧。否則大年晚上也不出門，一個人孤零零的……」

「……」

謝危看她俏生生立在屋簷下，眼角眉梢都似枝頭嬌花含苞般有種歡喜，往她身後一看，庭院裡未來得及打掃乾淨的那些積雪卻白得刺眼。

他心底是含了萬般冷笑的凜冽。

可話出口卻仍舊溫和：「妳倒想得周到。」

姜雪寧還當他是誇自己呢，喜滋滋道：「那您是同意了？」

謝危輕聲細語地笑：「是妳的錢，自要給妳的。」

第一三七章　擋雪

鐵公雞拔毛了！

姜雪寧差點一蹦三尺高，只是礙著還在謝危面前，多少還端著點端莊的架子，隱忍不發而已，可眼底的笑意和歡喜已經毫不隱藏。

溢美之詞更是毫不吝惜：「先生真是善解人意，體貼得不得了！」

謝危擺手讓劍書去拿銀票給她，卻問：「妳這般大張旗鼓，也不怕旁人看見多有非議？」

姜雪寧眼珠子骨碌碌一轉：「張大人救了我的命，我這是報恩啊！」

報、恩。

謝危心裡重重地念了一聲，悠悠地掠了她一眼道：「由頭倒是找得好，我還以為妳要趁此機會同他表明心意呢。」

姜雪寧陡地愣住。

「表明心意」這四個字就好像是幾顆珠子，忽然砸落在她心盤上，原以為也就振那麼一下，誰知它們忽然散滾開，骨碌碌響成一片，竟讓她一剎間心亂如麻。

「怎、這怎麼可能呢？」

她下意識地反駁了，畢竟的的確確沒有過這個想法。

謝危看她神情閃爍，倒像是被自己這句話嚇住了似的，心底便是一哂：有賊心沒賊膽罷了。

正好劍書已將銀票取了來。

姜雪寧連忙接過，稍稍定了定神，便躬身辭別了謝危，走出院落鬆了一口氣後，才發現自己面對著謝危時竟是一直緊繃著的。

劍書把銀票交了，就立在旁邊不敢說話。

謝危扶著門框看她那道影子消失在甬道拐角，便放開了手走回屋中坐下來，卻覺方才開了門被外頭雪照著，眼底猶似被一層光晃著。

他慢慢閉了眼，緩了一緩。

然後才道：「叫蕭定非來。」

❀

那酒樓的掌櫃的果然傍晚時分就派人過來了，姜雪寧一千兩銀票到手，倒是這些天來難得的闊氣，在小寶萬分驚訝的目光下，立刻就把帳付了。

酒樓這邊自有專人和她商量酒菜。

張遮的口味約偏向清淡，素來不是什麼嗜好山珍海味的人，所以也沒有必要格外鋪張，只要每道菜做得精緻出新意就好。至於酒麼，這人素來也是酒量很淺的，大夫說已經將養了幾日，稍稍喝點確實不礙。大冷的天，最適宜的當屬上品紹興花雕，在爐上熱一熱喝，最暖不過。

也就是以前在宮裡的時候當著皇后，頭兩年為了逞能，操辦過這類宴席瑣碎，後面幾年卻是撒手懶得管了，姜雪寧倒沒想到這本事重新被自己撿起來用，是在這種情境下。

宮裡的大宴都料理過，小小一桌不在話下。

沒花半個時辰便定了下來。

酒樓那邊的人大約看出她身分不俗，倒也不敢馬虎，先讓廚子來看了看上清觀這邊的廚房能不能用，還提前送了些明日除夕飯要用的一應器具，甚至還送了酒來。

本來蕭遠他們就要犒賞隨行未能歸京的兵士，這幫人來來往往也沒幾個人注意。

姜雪寧在廚房外頭看他們搬東西進屋，卻是看著看著就走神了。

『我還以為妳要趁此機會同他表明心意呢……』

早先謝危那話，見鬼似的又回蕩在腦海。

一顆心莫名跳動得快了些，她雖然知道自己原本的確是沒有這個想法，也不該往這個方向去想，可誰叫姓謝的說的這句話竟然是充滿了讓人著魔的惑誘呢？

姜雪寧發現，她根本無法擺脫這句話。

常言道，男追女隔層山，女追男隔層紗。

她就是喜歡張遮呀。

人去求自己想要的，去袒露自己的心意，有什麼可恥的，有什麼不能的？

所以，所以明晚……

「姜二姑娘！姜二姑娘！」

一隻手忽然拍在了她的肩膀上，姜雪寧差點嚇得魂飛天外，整個人都哆嗦了一下，方才腦袋裡的念頭頓時藏匿了個乾淨。

她回頭一看，竟是蕭定非。

這浪蕩子前些天被謝危一箭穿了肩膀，慘兮兮地作為天教的賊子給押了下去，又因為身分特殊被軟禁起來。

誰讓他就叫「定非」呢？

可以說在朝廷這邊的人初步審訊之後，大傢伙兒便注意到了他那同定國公蕭遠有幾分相似的臉龐，再一聯想到這個名字，頓時種種猜測都傳了開來。

聽聞定國公蕭遠去見過他一回。

進門前十分忐忑，出來後滿面鐵青。

人雖然是階下囚，可在這上清觀中竟無一人敢對他不恭敬，是以此人的日子反倒是過得比在天教的時候還瀟灑了。

傷在肩膀，也不影響他四處溜達。

昨兒還帶了兩個看守他的兵士一道去逛窯子，見著那些個窯姐兒妓子便說：「本公子這回發達了，知道本公子是誰嗎？是京城裡權柄滔天皇帝都得怕上三分的定國公的便宜兒子！」

這話傳回來，蕭遠氣得肺都炸了。

只是畢竟是謝危抓的人，縱然他有心要對蕭定非做些什麼，押回京城之前，卻是不能動上半分，唯恐做得露了形跡惹謝危生疑，只好把火往肚子裡憋。

嘖嘖，可別提多糟心！

反觀蕭定非，照舊綾羅綢緞地穿著，大冬天裡還拿把灑金扇在手裡裝風雅，也不知在她背後站了幾時了，只用一種古怪的眼神望著她：「想什麼呢，這麼認真？」

姜雪寧一見著他就頭疼。

當下只道：「定非公子有事？」

蕭定非笑呵呵地朝著廚房外頭看了一眼，面上流露出幾分垂涎之色來，竟是道：「聽說姑娘請了廚子來做年夜飯？」

姜雪寧渾身一僵，警惕起來：「沒有的事，你聽誰說的？」

蕭定非道：「這麼大動靜，上好的紹興花雕，光那酒罈子從我屋門外頭經過我就聞見了。嘿嘿，姑娘，咱們好歹也是患難的交情了吧？蹭頓飯？」

蹭頓飯！

姜雪寧若是隻貓，這會兒只怕渾身的毛都聳了起來，冷冷道：「你做夢！」

她知道這人是個死纏爛打性子，二話不說，甩了袖子就走，生怕這人摻和進來攪了自己的局。

偏生蕭定非這人是個自來熟。

他一副饞著那酒饞著那菜的模樣，長得還比姜雪寧高，一步頂她兩步，毫不費力地跟上了，鍥而不捨：「別介啊，除夕夜誒，團年飯，可不得人多些熱熱鬧鬧地一起嗎？姑娘苦心準備了這麼多，自己一個人又怎麼吃得完？還是說，姑娘請了別人？」

姜雪寧憋了一口氣，黑著臉繼續往前。

蕭定非卻忽然扇子一敲手心：「呀，妳請的該不是那姓謝的吧？聽說他是妳先生……」

姜雪寧回頭怒視：「你胡說八道什麼！」

蕭定非把手一攤：「那我蹭頓飯有什麼了不起的？誒，等等，妳這頓除夕飯連妳先生都不請啊，他知道嗎？」

姜雪寧簡直想找塊抹布把他這張破嘴給塞了：「我先生不來！」

蕭定非道：「請過了？」

姜雪寧是為張遮才折騰這一番，怎麼可能請個煞星過來妨礙自己，且還有些自己沒琢磨透的小心思，哪兒容外人在場？當下急於擺脫此人，沒好氣道：「先生自要去和你那便宜爹犒賞兵士的，不會有空的！」

蕭定非驚訝地笑：「連姑娘也知道我的身世啦？」

姜雪寧已走到自己房門前，冷笑。

蕭定非於是故意擺出一副風流的姿態來，朝她曖昧地眨眨眼：「等回了京城，本公子可就是國公爺世子了，姜二姑娘不考慮——」

「砰！」

回應他的只是姜雪寧面無表情關上自己房門的聲音。

還沒說完的話登時都給關在了外頭。

蕭定非頓覺無趣，朝著門裡嚷嚷：「京城裡的姑娘都像妳一樣冷面無情嗎？也太不把本公子放在眼底了吧？」

門內沒傳出半點聲息。

蕭定非站了半晌，終究是跺跺腳走了。

姜雪寧豎著耳朵，聽著那腳步聲遠去，才重新開了條小小的門縫，見庭院裡果然沒人了之後才鬆了口氣，想自己總算是把這塊牛皮糖甩掉了。

次日白天，蕭定非也沒出現。

姜雪寧心裡安定了不少。

到得傍晚，酒樓的廚子早早來把一桌席面都做好了，特意挑了上清觀觀後僻靜的一處道藏樓盤盤碗碗地給擺上。她這才先叫小寶去知會張遮一聲，然後換上那身水藍的衣裙，披了鶴氅出門，要順路去叫上張遮一塊兒。

可誰想到，才走到半道，一條人影便從斜刺裡跳了出來，笑道：「好呀，可算是給本公子趕上了，聽說席面已經擺上，現在就去？」

這一瞬間，姜雪寧臉都黑了。

她停住腳咬牙：「定非公子，我說過不請你！」

蕭定非狡猾得像頭狐狸，擺了擺手：「嗨呀，沒關係，我下午時候已經代妳先去請過張大人了，這時候正好大家一塊兒去，豈不正好？」

下午他先去請過張遮？

姜雪寧鼻子都氣歪了，抬了指著他的手指都在發抖：「我準備的席面你憑什麼去請？不對，你這人臉皮怎這樣厚呢！」

蕭定非聳聳肩，一副無奈表情：「張大人回說晚些時候同去，唉，若姜二姑娘實在不願，那我只好同張大人那邊告個罪，實話實說了……」

姜雪寧噎住：「你——」

這天底下總是不要臉的欺負要臉的，厚臉皮的欺負臉皮薄的，在這一點上姜雪寧與蕭定非還差著十萬八千里的距離，實在不能及得上，一個悶虧吃下來差點沒把自己給氣死。

她咬著牙，繃著臉，盯著對方，終於是慢慢把那股火氣給壓下去了，反而嫣然地笑了一笑，連道三聲：「好，好，好。」

今日又下了大雪。

整座上清觀沒清掃過的地方都似被雪埋了，一腳踩上去能留個印。她人站在雪裡，撐一把油傘，一襲水藍的裙裾被雪白的狐裘裹著，揚眉一笑實在驚心動魄。

蕭定非覺得自己半邊身子都酥了，

他對長得好看的從無抵抗力，差點就想說「那我不去了」，還好話到嘴邊時險險收了回來，訕訕一笑：「這不也是沒地兒吃飯嗎？見諒，見諒。」

這副模樣真是見了就叫人生氣。

姜雪寧往前走了兩步，脾氣上來，實在覺得心裡有點過不去，扔了傘彎了腰，乾脆兩手一捧從地裡團了個雪球，便朝蕭定非打去！

蕭定非哪裡料到橫遭慘禍？

他叫嚷起來：「哎妳這姑娘怎麼回事？說不過人就動手，妳還是君子嗎？我這可是這兩日剛買的衣裳，杏春樓的姑娘昨兒才誇過好看的！別，哎，別打啊！」

姜雪寧哪裡肯聽？

一句話不說，只一意團了雪球打他出氣。

蕭定非愛惜那衣裳，不由抱頭鼠竄，一路朝著張遮的住所去，一面跑還一面喊：「打死人啦，打死人啦！」

姜雪寧不疾不徐跟在他後頭，諒他不敢還手。

沒兩步便到張遮那邊，小寶正好在屋簷下站著，張遮也才從門裡出來。

遠遠見著張遮，姜雪寧收了手，跟什麼事兒也沒發生過似的，從外袍已經被雪打了個狼藉的蕭定非身邊經過，到屋簷下站著，又恢復了一副良善模樣，熟稔地打了招呼：「張大人氣色看著又好了些。」

張遮也從臺階走下來，看見外頭還灑著細面子雪，不覺蹙了蹙眉。

他道：「二姑娘出來沒打傘嗎？」

自然是打了的。

只不過剛才嘛……

姜雪寧剛開口想說自己是忘了，誰料想，這時站在她身後的蕭定非眼光一閃，竟是也不知哪裡來的包天的狗膽，抓起地上一團雪捏了就照她後腦杓丟去！

姜雪寧看不見背後動靜，自然察覺不到。

張遮卻是面向她而立，清清楚楚看個正著。

那原本蹙著的眉頭皺得更緊了幾分，只將還未來得及說話的姜雪寧往自己身前帶了一步，然後抬了寬大的袖袍，擋在她腦袋後面。

「嘩」地一下，那一抔雪全砸在了張遮衣袖上，散了一片，黏得一片狼藉。

姜雪寧差點撞到他胸膛上，直到那袖袍將她擋了，感覺到視線暗下來，又聽見背後的聲音，她才知道發生了什麼。

抬眸看著眼前這張刻板寡言的臉，但覺心跳如小鹿。

不由呆了片刻，她才陡地反應過來，從張遮護著她的袖袍下轉出身來，對後頭那笑嘻嘻的蕭定非橫眉怒目：「你找死啊！」

蕭定非似笑非笑地看著她，卻是仗著自己腿長，拔腿就跑。

姜雪寧卻是覺得自己面頰燒紅，只因今日來時心裡有些不可告人的念頭，便不是很敢去看張遮此時神態，見蕭定非跑了，便作勢追了他拿雪團打。

蕭定非這回不敢還手了，只道：「可真不留情啊！」

姜雪寧罵：「人都是吃人嘴短拿人手短，你倒好，蹭本姑娘的席面還敢還手！」

張遮看著她那頗有點落荒而逃架勢的身影，無言低垂了眼簾，輕輕抬手將袖袍上沾著的雪沫拂去了，方才抬步跟上。

他住的地方，距謝危住的地方也沒兩步。

若要去道藏樓，正好會經過。

轉過小半條甬路就是。

姜雪寧一團雪還擊在了蕭定非後腦杓上，出了口惡氣，然後一抬頭就看見這大夜的天，劍書竟然抱劍站在外頭。他身後那半間小院落裡的雪幾乎掃得乾乾淨淨，一眼看去漆黑的一團，屋裡屋外都沒點上半盞燈，好像根本沒住著人似的。

姜雪寧不由一怔：「你沒同先生一塊兒去？」

劍書遠遠就看見他們過來了，卻奇怪：「去哪兒？」

姜雪寧道：「除夕犒賞兵士啊。」

劍書冷冷地道：「先生沒去。」

謝危沒去？

姜雪寧微微一愣，下意識朝著劍書背後那漆黑的屋舍望了一眼：除夕夜不去犒軍，又聽聞他遠在金陵的雙親都已故去，倒也沒聽說他還有什麼別的家眷……

張口想說點什麼，可一念閃過又收了。

謝危可不是蕭定非這樣的。

她慢慢「哦」了一聲，忽略了心底那一點隱約異樣的感覺，笑笑道：「那就不叨擾了，我們先去了。」

在這誰也不敢大聲說話，原本一路追著打雪仗過來的姜雪寧和蕭定非都安安靜靜的，一行三人帶個小寶，便從甬路上走過去，踩著那咯吱咯吱作響的厚厚積雪，進到那道藏樓中。

小院前頭，劍書卻還立著沒動。

每到一年這時候，他們總也不敢離太遠，只好都陪著一起熬。

想起方才見到的場面，劍書默然半晌，道：「寧二姑娘是個沒長心的。」

身後院牆上的陰影裡，有道聲音竟反駁：「有的。」

劍書回頭看去。

刀琴的身影在那一團黑暗裡也看不清，倒清醒得很，補了一句：「只不在先生身上罷了。」

第一三八章　萬幸

上清觀是個道觀，道觀裡自然藏著道經。

道藏樓原來便是藏書之用。

只是荒廢已久也被天教佔據久了，沒誰去看那破敗的道經，大半都被人搶去燒在灶裡，如今正好辟出來給姜雪寧擺年夜的席面。

小小一棟樓，上下兩層。

上頭甚至有些破敗了。

席面便擺在樓下。

屋裡早已經生了爐火，煨了一壺花雕，中央一張圓桌上已經放了一桌上好的熱菜。既然已經多了個蕭定非來攪局，這一頓飯也就成了真正的年夜飯，姜雪寧乾脆叫小寶別走，留下來一道吃。

小寶詫異地看了她一眼，但想想並未拒絕。

蕭定非在天教裡就是同小寶見過的，此刻從鼻子裡哼了一聲，自己咕噥了幾個字。

姜雪寧沒聽清：「你說什麼？」

她正將外面披著的鶴氅解下來，擱到一旁的椅子上，張遮則在外頭收傘。

蕭定非朝她湊過來，聲音細如蚊蚋：「妳可得謝我啊。」

姜雪寧挑眉，看向他。

蕭定非只是要笑不笑地朝著剛要轉身走進來的張遮投去視線，那意思再明白不過。

姜雪寧下意識也朝張遮看過去。

方才在路上，原本沒朝她還手的蕭定非，到了張遮門前時卻一反常態團了把雪來扔她。她看不到，張遮卻看得到。

眸光微微一閃，她明白了。

蕭定非這意思是：他剛才是故意的。

蕭定非早發現這姑娘冰雪聰明一點就透了，得意地揚眉笑起來：「怎麼樣？」

姜雪寧一轉念，微笑道：「到京城我罩著你。」

蕭定非要的就是這句話，登時喜笑顏開，也不多言，在張遮進門的時候就退了開，結結實實地伸了一把懶腰，渾身沒骨頭似的癱在了圓桌旁的椅子上，竟是拿起筷子就開吃：「為了吃這頓飯，我中午可故意沒吃把肚皮空了出來，讓我先來嘗嘗這廚子做得怎麼樣！」

這架勢一看就沒什麼教養，在外頭囂張慣了，半點規矩和忌諱也沒有。

小寶頓時露出一言難盡的神情。

姜雪寧看了他這樣倒覺得真真的，上一世她最喜歡的莫過於同蕭定非坐在一起大快朵頤，什麼食不言寢不語統統都是狗屁。
沒成想，這一世竟還能碰著。
她實沒有太多的反感，只道一句：「我們也隨意些吧。」
本來就是人在通州，幾個交情或深或淺、身分又迥異非常的人坐在一起湊一桌年夜飯罷了，又不是京城那些世家大族，更不是規矩森嚴的皇宮，實在沒必要窮講究。
姜雪寧就坐在張遮旁邊。
那壺花雕早就煨熱，小寶提起來，她將其接過，便先給四個人都滿上了一盞，舉杯道：「大家都算得上是落難通州，風雪圍困，縱萍水相逢一場也算有緣，說不準往後便交成了知己。瑞雪兆豐年，我先敬上一杯！」
蕭定非格外捧場：「說得好！」
小寶默默遞他個白眼。
張遮抬目，恰對上姜雪寧在昏黃燈火映照下亮晶晶的一雙眼，端起面前那小小的一盞酒來，到底還是和她輕輕碰了一下，然後便見她面上都綻開笑來，同大家一道舉杯飲了。
花雕正當熱著喝，酒味濃郁，猶似一股醇厚的暖流在喉間化開，潤到肺腑，讓人覺著整個身子都跟著慢慢地暖起來，倒是消減了方才在外頭沾著的幾分寒氣。
張遮慣來寡言少語，也就不怎麼說話。
蕭定非這人卻是個自來熟，因為知道過不久就要去京城，若無什麼意外的話只怕就要成為定國公世子，是以對著眾人的態度前所未有地好，話裡話外都要問問京城那些個世家大族的格局，儼然是已經在為入京做準備了。

姜雪寧知道這麼個壞胚定是蕭氏一族的剋星，巴不得這人在京中混個如魚得水，要看看蕭氏那一幫人見了蕭定非之後是什麼臉色，當然是知無不言言無不盡，把京城一干世家大族的老底兒都給蕭定非扒得透透的。

誰叫她上輩子是皇后呢？

坐的位置高，能看到的東西就不少，雖然眼下自已用不著，但可以拿出來給別人用嘛。

蕭定非聽得連連點頭，一副已經把姜雪寧當成了兄弟的模樣。

有他在，這頓飯吃得倒不冷寂也不尷尬。

連小寶有時候聽多了他阿諛奉承的話都要忍不住插嘴刺他一句。

蕭定非也不介意。

誰叫他知道小寶是謝危的人呢？且旁人刺他一句又不少塊肉，權當耳旁風，吹過就過了。

張遮酒量不好，素日裡也不大喝酒。

那日圍剿天教的時候，因形勢所迫喝了三大碗，內裡便暈頭轉向，只不過沒叫人看出來罷了。後來被人一刀劈到肩上，痛起來，再醉的酒也醒了。

現下卻是陪著喝了好幾盞。

他飲酒易上臉。

那一張冷肅寡淡的面容上，已微微見了薄紅，倒是難得消減幾分平日的刻板，酒氣醺染清冷，燈火燭照之下，也是五官端正，面如冠玉。

姜雪寧夾菜吃時不意瞥上一眼，只覺心驚肉跳，卻是有些不敢再看，便連自己原要與他攀談的話都忘了。

她端了一盞酒站起身，道：「這杯酒我要敬張大人。」

桌面上頓時靜了一靜。

張遮同蕭定非完全兩樣，是個克己守禮的人，當下也執了酒盞站起身來。

在這小小一間屋子裡兩人相對而立。

蕭定非面上便掛了怪異的笑。

姜雪寧也不看旁人，只看向張遮，異常認真地道：「此番涉險輾轉來到通州，一路上多勞大人相助才能保得周全，今日座中僅有薄酒一盞，堪表謝意，還望大人不嫌。」

張遮道：「也該張某謝二姑娘的。」

前面固然是他護著姜雪寧，可後面那刀光劍影的亂局中，若無姜雪寧帶了府衙的兵來，只怕他也葬身於刀劍了。

只是這話不能明說。

畢竟中間還牽扯著那位也不知是無心還是有意的謝少師。

姜雪寧那日帶了人來救，卻被他厲聲質問為什麼回來，心中不免有幾分委屈。眼下卻不曾想到張遮會對著她說出這樣一句話。

他知道，他記得。

也不知是方才喝下去的幾盞花雕滾燙，還是此刻微有潮濕的眼眶更熱，她忙掩飾般地仰首將盞中酒飲盡。

張遮默然地看她，也舉盞飲盡。

蕭定非在旁邊揶揄：「哎呀看二位說得這恩深如海情真意切的，知道的說你們在吃年夜飯，不知道的怕還以為兩位是在拜堂呢！」

這人說話總沒個遮攔。

姜雪寧皺眉道：「你不說話沒人把你當啞巴。」

蕭定非道：「哈哈，快坐下快坐下吧！來來來，我給你們倒酒，光這麼吃著喝著也無聊，大家來行個酒令怎麼樣？」

話說著他還真給眾人斟酒。

張遮坐下後，卻有了幾分恍惚。

安靜的夜裡遠遠傳來放爆竹的聲響。

他向窗外看去。

道藏樓修在山間，外面是泥徑山影，古松堆雪，飄飄揚揚的雪從高處撒下來，格外有一種雪中圍爐夜話的深遠幽寂。

只是……

雪再好，終究要化的。

蕭定非已經不顧小寶的反對行起了酒令，一圈轉過後正該輪到張遮，卻沒想看向張遮時，卻見這位張大人靜坐在桌邊，靜默地望著窗外。

他喊了一聲，張遮才回轉目光。

蕭定非察言觀色上也是很厲害的，笑著道：「難得良辰佳節，可看張大人神思恍惚，好像有什麼事情記掛在心？」

姜雪寧也看向張遮。

張遮卻低垂了目光，慢慢道：「天雪夜寒，京中該也一般。家母獨居舊院，張某如今卻身陷通州，未能歸家侍奉，心有愧，且有些擔憂罷了。」

蕭定非頓時「啊」了一聲，有些沒想到。

張遮母親……

昏黃的燈光下，姜雪寧手搭著的杯盞裡，酒液忽然晃動起來，搖碎了一盞光影，她的面色彷彿也白了一些，少了幾分血色。

屋舍裡忽然很安靜。

後面蕭定非又笑起來打破了沉悶的氣氛，對著張遮說了好幾句吉祥話，舉杯遙遙祝願京城裡張母她老人家身體康健事事順心。

姜雪寧卻變得心不在焉。

連後面還說了什麼，行了什麼酒令，都忘了，腦海裡面浮現出的是前世一幕幕舊事。

夜裡宮廷，她拉了張遮的袖子，懇請他幫自己一把；坤寧宮中，乍聞事敗他被周寅之等人揑了罪名投入大獄；然後便是那初雪時節，張遮家中傳來的噩耗……

那位老婦人，姜雪寧從未見過。

可料想寒微之身，困窘之局，教養出來的兒子卻這般一身清正，該既是一位慈母，也是一位嚴母，是個可敬的好人。

她想，上一世張遮獄中得聞噩耗時，回想那一切的因由，會不會憎恨她呢？

那些日子，她都在惶恐與愧疚的折磨中度過。

末了一死倒算是解脫。

如今忽又從張遮口中聽他提起其母，姜雪寧上一世那些愧悔幾乎立刻像是被扎破了似的湧流出來，讓她覺出自己的卑劣。

萬幸。

一切得以重來。

她不由感念老天的恩賜，只是不論如何想強打笑容，這一通酒，一頓飯，到底吃得有些食不知味了。

宴盡臨別，要出門時，蕭定非也不知是不是看出點什麼端倪來，瞧了她片刻，低聲道：

「二姑娘怎麼也恍恍惚惚的？」

姜雪寧沒有回答。

蕭定非便覺得自己認識新新舊舊這一幫人怎麼都有點矯情，輕哼了一聲：「妳懶得說本公子還懶得聽呢！只告訴妳一聲，通州渡口子夜時有人放煙火呢，滿城老百姓都出去看。」

說完嘿地一笑，轉身就朝外頭走。

眾人一道來的，自然也一道回。

回去時路過謝危那座小院，劍書的身影看不到了，那屋舍裡仍舊黑漆漆一片。

蕭定非拉了小寶說有事問他，先從岔路走了。

姜雪寧知道這人又是在給自己製造機會，暗示她邀張遮一塊兒去渡口看煙火呢。只是她心裡壓著事，臨到這關頭，竟有萬般的猶豫和膽怯。

那一腔奔流的勇氣彷彿都被澆滅了。

直到與張遮話別，原本備的話也沒能說出口。

她一個人走回了自己的屋前。

臺階上已經蓋了厚厚一層雪。

姜雪寧走上去，抬手便要推門。

只是那門框也早已被凍得冰冷，一觸之下，竟涼得驚心，讓她原本混沌的腦袋一下子就清醒了過來——她在幹什麼？有什麼可猶豫的？

重活一世不就是去彌補上一世未盡的遺憾，避免走向那些覆轍嗎？

既然想要，那便去追，那便去求，忸忸怩怩豈是她的作風！

先前準備好卻未送出去的福袋荷包，原藏在她的袖中，裡頭沉甸甸的放著些好意頭地瓜果樣式的金銀錁子，姜雪寧將其取了出來，能清楚地摸到裡面裝著的薄薄一箋紙。

我意將心向明月。

她胸膛裡頓時滾燙起來，這一刻決心下定，竟是連門也不推了，徑直快步順著遠路返回，踩著甬路上還未被雪蓋上的行跡，往張遮的居所而去。

寒風刮面生疼。

她都渾無感覺。

只是到得張遮屋前時，裡面竟也漆黑的一片，沒有亮燈，也無什麼響動。

姜雪寧不由怔了一怔。

往返一回並未耽擱多久，張遮已經睡下了嗎？

她猶豫片刻，還是伸手輕輕叩了叩門：「張大人睡下了嗎？」

裡頭闃無人聲。

回應她的只是那漆黑的窗櫺，還有庭院裡吹拂過雪松的風聲。

過了片刻，姜雪寧再一次輕輕叩了叩門：「張大人在嗎？」

門內仍舊靜寂。

她便想，張遮有傷在身，酒量也不好，或許是睡下了吧？也或許是沒在屋中，被誰拉著去與眾人一道犒賞軍士了。

只是心裡忽然空落落的。

眉眼低垂下來，她看著自己掌心裡攥著的錦囊，只道自己慫包，先前猶猶豫豫，以致現在連當面表露心意的機會都沒有。

但決心已下，倒不反悔。

姜雪寧想了想，只輕輕將這只繡著福字的錦囊系在了左側那枚小小的銅制門環上，盼他明晨該能看到，然後才笑了一笑，強壓下滿懷的忐忑，在門外望了一會兒，轉身回去。

庭院的積雪裡延伸出三行腳印。

那雪在枝頭積得厚了，壓著枝條簌簌地落下。

墨藍的夜空裡忽然一聲尖嘯。

是城外另一邊的渡口方向，有璀璨漂亮的煙花升上了高空，砰地一聲炸開來，綻出明明閃爍的華光。

張遮背靠門扇，屈腿坐在冰冷的地上，聽著門外的腳步聲遠了，不見了。半開著的窗外，焰火的光照進來，鋪在他輪廓清冷的臉龐上，落到他沉黑的眼眸中，只映出一片燒完後殘留的灰燼。

第一三九章　斫琴堂主人

姜雪寧回了自己屋裡，洗漱睡覺。

本以為做了這麼件大事，晚間必定輾轉反側胡思亂想難以入眠，誰曾想，席面上本就喝了不少的酒，花雕不算很烈，但喝多了後勁也不小，她腦袋才一沾著枕頭，想了張遮的事兒一會兒，就沉沉地睡著了。

只是睡得不很好。

做了一夜的怪夢。

可早晨一醒來睜開眼就忘了個七七八八。

桌上還擱著她昨日放著的那一方青玉的小印。

印章買來還是白的，要什麼字得自己刻。

像這樣寸許的面，刻起來不花什麼時間，就是琢磨怎麼雕琢的時候頗費些腦筋。

姜雪寧看了一眼暫沒去動它，只是推開窗往外看了看：「雪停了啊。」

難怪早晨起來覺得有點冷。

她伸了個懶腰，打了幾個呵欠，沒一會兒就瞧見窗外的甬路上，小寶穿著一身厚厚的衣裳走過來，對她道：「二姑娘，剛來的消息，說是昨天後半夜裡雪停之後，那崩塌的山道清理了大半宿，今早已經通了路。看這天兒午間怕還要出太陽，定國公那邊和先生商量後說要趁著這時候走，怕再過幾天等雪化了又出點什麼岔子。所以來知會您一聲，若有什麼東西也好提前收拾，中午便走。」

通州與京城的路途本不遙遠，走得早些，騎馬乘車的話，晌午走晚上差不多也能到了。

姜雪寧點了點頭答應。

只是眼看著小寶轉身又要走，不由「哎」了一聲，把他叫住，問道：「對了，張大人呢？」

小寶以為她問張遮是不是也走，便道：「張大人也早知道消息了，自然同大家一塊兒走，只是原本隨同的兵士或許要等雪化了再走，畢竟並無那麼多馬匹。」

姜雪寧無言：「我是問他現在人在哪裡。」

小寶這才反應過來，想了想，好像也不很確定，猶豫了一下道：「方才看見了，因還有一批人要駐留通州，好像是定國公拉了先生同長大人一道去交代些事情，這會兒可能在府衙那邊吧。」

「哦……」

那就是不在了。

也不知他今晨起來有沒有看到自己昨晚留的東西。

想來張遮現在也忙得脫不開身，姜雪寧也不好前去叨擾，只能等回頭尋個合適的時機再說話了。

她自拾掇自己的東西。

上清觀裡其餘人等也都忙碌起來，準備馬車的準備馬車，收拾行李地收拾行李。

等到中午隨意用了些吃食，倒是正好出發。

通州城裡大小官員自然全都來了，排在門口相送，有的恭維謝危，有的卻向定國公蕭遠道賀，恭喜他找回了失蹤多年的嫡子。

蕭遠站在人前，笑容看著多少有些勉強。

謝危無言地側過目光，便將他這副實則壓著陰沉的神情收入眼底，等到眾人要登車起行時，他忽然道：「國公爺，定非公子的馬車不如走在謝某前面吧。他身分雖還有待確定，可撇開那一層也是回京後要重點審問的天教之人。通州動靜鬧得這樣大，難免天教那邊不想著殺人滅口。我身邊劍書武功雖然粗淺，卻還懂些刀劍，若出個什麼岔子，也好及時應付。」

馬車分了好幾駕。

定國公蕭遠的在最前面。

姜雪寧是意外捲入圍剿天教的事情，清清白白的姑娘家遇到這種事若傳出去難免壞了名聲，是以京中那邊一直都是對外稱病，說她在家裡養病閉門不出。這會兒要從通州走，自然不能大張旗鼓。

她的車是綴在末尾。

似蕭定非這樣身分特殊的，被當成是半個犯人，同樣排在後頭。

定國公蕭遠可沒想到謝危竟有這樣的提議，眼皮跳了跳，為難道：「這就不用了吧？天教亂黨在此次圍剿中已盡數伏誅，消息即便會傳出去，也傳不了那麼快，路途又不算長，該出不了什麼意外。」

「怎麼不會？」

謝危笑著提醒了一句：「國公爺忘了，我等核對過逃出天牢的囚犯名單，大部分的確與天教亂黨一併伏誅，但也有一部分老早就跑了出去。其中更有一個窮凶極惡的孟陽，圍剿的時候還在，圍剿後清點屍首卻不見了蹤影，只怕是裝死蒙混過關溜走了。此人若將消息透出，怕也未必安全。」

孟陽竟然跑掉了？

姜雪寧不由吃了一驚。

再回頭想想，這位孟義士那日雖然沒有答應她的請求，可與天教的人翻臉時卻也是幫著張遮的。如此，此人雖然跑了，可她也並不為一個窮凶極惡的歹徒跑了而感到義憤填膺。

倒是蕭遠被謝危這番話說得一愣，登時沒了拒絕的餘地，才醒悟過來似的道：「確實本公糊塗，差點就忘了。我也想這一路最好安生些，想把他挪到前面，只是礙著怕人閒話……」

這意思好像他是公正無私，不因為對方是自己的兒子而大開方便之門。

眾人一聽都明白過來。

蕭遠向謝危拱手：「謝先生既然言明，原是我考慮不周，便讓他的車駕在前頭些吧。」

這一來便調整了眾人車駕的位置。

大約是也相處過許久，比前世多了許多熟稔，姜雪寧向謝危看時，總覺得他面上那外人看著完美無缺的微笑虛得很，假假的。

甚至讓她覺著裡面藏著點嘲諷。

她不由出了片刻的神。

大約是這注視的目光有些明顯了，謝危察覺到了，竟回眸向她了一眼，瞳孔裡深靜冷寂的一片。

姜雪寧頓時嚇了一跳，連忙掛出了微笑。

謝危並未回應她什麼，看了她片刻，也收回了目光，轉身彎腰登了車駕。

車簾放下，也就同眾人隔開了。

張遮在後頭一些。

他像是掛著什麼心事，前面眾人說話的時候他便心不在焉，此刻也不過是登上了自己的車駕，倒沒向別處看一眼。

姜雪寧看見了，可當著這麼多人的面，自然不好上前打招呼。

看見他這般模樣，便想——

是我昨夜留的東西嚇著他，或叫他為難了？

心裡於是生出幾分緊張，又多幾許竊喜。

蕭定非卻是用手裡那柄香扇的扇柄蹭了蹭腦袋，看向自己那輛馬車時，眸底異光一閃，笑起來卻毫無破綻，只道：「本公子能活下來可不容易，哪兒能輕易便又被人害了性命去呢？」

當下扇子一收，只向姜雪寧道：「到了京城可記得妳說的話！」

姜雪寧看向他。

他瀟灑地跳上了車去，道一聲：「走了！」

姜雪寧想了一下，才記起自己昨晚說過到了京城罩著他，於是也跟著一笑，倒不看其他人了，扶了旁邊小寶搭過來的手也上了車。

包袱就小小一個。

裡頭裝著兩件衣裳，一遝沒花完的銀票，還有她那方印並一套刻刀。

路上無聊，正好拿來刻印。

這也是姜雪寧上輩子閑著無聊時跟沈玠學來的「愛好」之一，只是車在城裡走的時候還好，不大晃悠，一出了城上了外頭官道，手裡那柄細朱文小刀就有點發抖。

本來大半個時辰能刻完的東西，愣是摳了一路。

末了把印泥翻出來蘸了蓋上看了看效果，還不大好看。

「真是為難人，若是在京城，找些奇珍異寶就送了當新年束脩，哪兒用得著這樣麻煩？」姜雪寧看著蓋在紙面上的印記，撇了撇嘴，嘀咕了一句，又忍不住安慰起自己。

「禮輕情意重嘛，算了算了。」

正好這時候已經走了半路，定國公蕭遠提議大家停下來暫作休憩。

一匹快馬這時從前面官道上來。

眾人先是警惕了一下，接著才聽那匹馬上的人揮舞著手朝他們喊：「京中來的信函與最新的邸報，奉命呈交謝先生！」

原來是送信的。

謝危倒沒親自下去，只由劍書出面將信函接了，返回車內呈遞。

沒一會兒，他又出來，竟是一路走著到了姜雪寧車前，一彎身道：「二姑娘，先生那邊得了京中的信函，請您過去說話。」

姜雪寧有些驚訝。

她倒也正琢磨著藏書印什麼時候給謝危，沒想到謝危那邊先讓人來請她，於是道：「稍待片刻。」

匆匆把沾了印泥的印底一擦，便裝進一隻小巧的印囊裡，往袖中一收，這才從車裡鑽了出去。

劍書帶她到了謝危車前。
姜雪寧銜著車簾行禮：「學生拜見先生，謝先生有何吩咐？」
謝危淡靜的聲音從裡面傳出，只道：「進來。」
姜雪寧猶豫了一下，還是提了裙角，登上馬車。
劍書不敢去扶她，只替她拉開車簾。
姜雪寧彎身進去，便看見謝危坐在裡面，面前一張小小的四方几案，上頭散放著厚厚一遝信函，有的已經拆了，有的卻還沒動。
這駕馬車是謝危自己的，裡面竟都用柔軟的絨毯鋪了，几案邊上還有隻隨意擱著的手爐。兩邊車窗垂下的簾子壓實了也不透風。
唯獨他身後做了窗格用窗紙糊了，透進來一方亮光。
恰好將他籠罩，也照亮他面前那方几案。
姜雪寧一見之下有些猶豫。
謝危低垂著眉眼正看著一封京中送來的信，淡淡一指左手邊：「坐。」
姜雪寧道了謝，便規規矩矩坐了。
謝危將這封信遞了過去，道：「姜大人那邊來的信，你看看。」
姜伯游？
姜雪寧把信接了過來細看，卻發現這封信並不是姜伯游寫給自己的，而是寫給謝危的。

信中先謝過了謝危為此事一番周全的謀劃，又說府裡安排得甚是妥當，倒也沒有走漏消息，唯望謝危路途上再費心照應。

另一則卻又說，茲事體大，到底沒瞞過孟氏。

孟氏乃是他髮妻，又是姜雪寧生母，自來因舊事有些嫌隙，知道姜雪寧攪和進這些事裡之後大怒，甚至險些大病了一場。近來臨淄王殿下沈玠選妃的消息已經傳出，禮部奉旨擬定人選，已勾了姜雪寧姐姐姜雪蕙的名字上去。若此時家中鬧出醜事來，壞了家中姑娘的名聲，也壞了這樁好事，孟氏怕要遷怒於寧丫頭。

是以厚顏請謝危，勸姜雪寧幾分。

待回了家中，萬毋與母親爭吵，伏低做小一些忍點氣，怕鬧將起來一府上下不得安寧。

內宅中的事情，向來是不好對外人講的。

姜伯游倒在給謝危的信上講了，可見對他這位忘年交算得上是極為信任，中間當然也有一層謝危是姜雪寧先生的緣故，覺著姜雪寧入宮伴讀後學好了不少，當是謝危的功勞。

信中倒是頗為姜雪寧著想模樣。

然而她慢慢讀完之後，卻覺得心底原有的幾分溫度也都散了個乾淨，像是外頭雪原曠野，冷冰冰的。

謝危打量她神情：「要勸妳幾句嗎？」

姜雪寧笑：「先生怎麼勸？」

謝危想想，道：「父母親情，得之不易。若不想捨，倒也不必針鋒相對。有時候退一步天地闊，便能得己所欲得了。」

退一步，天地闊。

姜雪寧搭著眼簾，沒有接話，只是將這兩頁信箋放下。

謝危那張峨眉裝在琴匣裡，靠在角落。

她不意看見，於是想起舊事。

此情此景，竟與當年初見謝危有些像。

只是那時候沒有這樣大、布置得也這樣舒適的馬車，只是那樣簡陋樸素的一駕，後頭還跟著幾個聒噪的僕婦；那時候謝危也還不是什麼少師，不過是個白布衣青木簪、抱著琴的「遠方親戚」，生得一張好看的臉，看著卻是短命相，病懨懨模樣；那時候她當然還不是現在的姜雪寧，僅僅一個才目睹婉娘咽氣不久，懷著滿心不敢為人道的恐懼去往京城見親生父母的小姑娘，生於鄉野，把周身的尖刺都豎起來，用以藏匿那些倉皇難堪的自卑……

如今又同謝危坐在馬車裡。

還是去往京城的這條路。

有時候，姜雪寧覺著自己活得就像個笑話。

她想著也真的笑了起來。

只抬眸望向謝危，便看見對方也正注視著自己，於是挑眉道：「先生勸完了？」

謝危看出她現在似乎不大想搭理別人，便收回了目光，以免使自己顯得過分冒犯，只把桌上那封信撿了，順著原本的摺痕疊回信封裡，淡淡「嗯」了一聲道：「勸完了。」

姜雪寧便道：「那學生告辭了。」

謝危沒攔她。

姜雪寧作勢起身，只是待要掀了車簾出去時，才記起袖中之物，於是又停下來，將那裝了印的印囊取出，兩手捧了放在几案上，道：「昨夜途經時得聞先生休憩，未敢打擾相請。身無長物，只來得及刻了一方藏書印，聊表學生寸心，謝先生受業解惑之恩。只是，拙劣了些，難免見笑大方。」

謝危倒怔了一下。

只是姜雪寧情緒卻不如何高的模樣，說完便又頷首道了一禮，從車內退了出去。

那印囊就放在一遝信函上。

外頭看上去沒什麼格外別致之處。

謝危撿起來將其解開，裡頭果然有一枚長有兩寸半、寬僅寸許的小方印章，翻過底來一看，還沾著些許倉促間沒有擦得十分乾淨的紅色印泥，看上去很新。

外頭忽然傳來一聲驚急的冷喝：「小心，林中有人！」

是劍書的聲音。

謝危抬眸從車簾的縫隙裡看了一眼，便瞧見好像是幾條身著勁裝的黑影朝著蕭定非所在之處奔襲而去，一剎間車外俱是刀劍相交的聲音。

他都懶得去看。

收回目光來，只捏了這枚小印，往自己左手掌心裡一蓋，那沾在印底的印泥便在乾淨的掌心裡留下寸許淺淺的紅印。

研琴堂主人。

謝危凝視掌心這幾字片刻，陡地一笑，低低自語：「是醜了點……」

第一四〇章 刺殺

竟然真有刺客！

姜雪寧才回到自己的車裡，外頭就亂糟糟地砍殺起來，實在叫她驚詫不已。只是先前上清觀謝危圍剿天教這等不留情的大場面都見過了，眼下這一隊刺客來，她竟不很害怕。

更何況那些個刺客都向著前頭蕭定非去了。

誰能想到旁邊的樹林裡竟然有人呢？

一行人頗有些應對不及。

幸好劍書方才就守在附近的車外，及時發現了端倪，攔在了蕭定非車駕之前，長劍出鞘，揮舞起來竟是勢極凌厲，完全不像是謝危先才隨口說的什麼「武功粗淺，懂些刀劍」那般簡單！

「噹啷噹啷」，一片亂響！

場中不時有慘叫之聲。

樹林外頭的泥地上不多一會兒便灑滿了鮮血，陸續有人倒下。

這些刺客的功夫，竟是頂個地好，下手又極其狠辣，完全是不要命的打法。一發現劍書死守在蕭定非車駕旁不離寸步後，便有三五人上來齊齊向他舉刀，竟是將他團團圍住，使其脫身不得。

另有兩人卻從側翼抄過來。

黑巾蒙面，僅僅露出一雙眼睛，寒光閃爍，叫人一見心驚。

兩人提刀便向馬車內捅去！

「嘶啦！」

車簾頓時被劃開了一條巨大的口子。

蕭定非被困在車內，雖然是個草包，可身上也是帶著劍的，早在得知有刺客的時候便拔了握在手裡，此刻刺客的刀進來，他立時橫劍來擋了一擋！

緊接著就聽得「噗噗」兩聲。

兩支雕翎箭幾乎同時射到，準確無比地從兩名刺客眉心貫入，穿破了兩顆頭顱！

蕭定非朝外頭看去——

樹林邊上一棵老樹的樹影裡，穩穩立了個人，正是謝危身邊那並不總常看見的藍衣少年刀琴，持弓背箭，竟是不疾不徐，一箭一人！

沒一會兒地上已躺倒一片。

直到這時候才見謝危掀了車簾，從車內出來，站在了車轅上，舉目一掃這慘烈的戰況，淡淡吩咐了一句：「留個活口。」

刀琴暗地裡撇了撇嘴。

心裡雖有些不滿，可搭在弓弦上最後那支雕翎箭，到底還是略略往下移了移。

「嗖」，一聲破空響。

箭離弦化作一道疾電馳出，悍然穿過最後一名刺客的肩膀，力道之狠，竟硬生生將這人釘在了蕭定非馬車一側的厚木板上！

蕭定非人還在車內，但見一截箭矢從木板那頭透入，頭皮都嚇得炸了起來！

登時沒忍住罵了一身：「操了你姥姥！」

這到底是要誰的命啊！

這幫刺客來得快，死得也快。

隨行眾人這會兒才覺出自己已經出了一身的冷汗，完全不敢去想，若發現端倪晚上一些，以這幫刺客厲害的程度，還不知要死多少人。

再看向謝危身邊那劍書、刀琴兩人時，便帶了幾分敬畏。

姜雪寧遠遠看著，沒敢下車。

蕭遠的車駕在前面，此刻一副受驚的模樣從車上下來，向周遭掃看一眼卻是立刻黑沉了一張臉，滿布陰雲。「好啊，竟然真有刺客！」

謝危倒沒下車，只喚了劍書一聲。

劍書劍上的血都沒來得及擦，聽謝危這一聲已然會意，徑直向那被釘在馬車上的刺客走去，一把將對方蒙面的黑巾扯落。

三十來歲模樣，左頰一道疤。

一張臉早因為貫穿肩膀的傷痛得扭曲起來。

然後在蒙面的黑巾被扯落的瞬間，這人眼底竟閃過一片狠色，兩邊腮骨一突，像是要用力咬下什麼一樣。

他反應的確快，可面前這少年的手卻比其還要快上三分！

根本不等他咬實，眼前殘影忽地一晃。

這名刺客只覺得下顎一痛，緊接著便沒了知覺——竟是劍書在這電光石火之間，直接卸了他的下顎骨！

蕭定非在旁邊看見，只覺自己下巴都涼了一下。

那刺客眼底已露出幾分絕望。

劍書輕車熟路，半點也不費力地便從其牙下掏了那枚小小的毒囊出來，回頭向謝危稟道：「先生，死士。」

謝危方將那枚「斫琴堂主人」印放回了印囊裡，半點也不意外，笑笑道：「看來是問不出什麼了。」

蕭遠剛走過來，有些膽戰心驚。

謝危輕輕擺手：「殺了吧。」

那刺客著實沒想到，驚詫之色方湧上臉，劍書已直接一劍劃了他半邊脖頸，血淌了一地，然後乾淨俐落地拔了劍連著不瞑目的屍體一道扯了擲在旁邊地上。

眾人都不由打了個寒噤。

前頭張遮看見，只覺不合常理，眉心於是微不可察地擰了擰。

謝危卻是尋常模樣，回眸向一旁蕭遠看去，彷彿才想起來一般，有些抱歉模樣：「瞧我，都忘了。這刺客似乎是向著定非公子來，實在罪大惡極，謝某沒問過國公爺，就叫人給殺了。國公爺可不怪罪吧？」

天知道看見死士自盡不成時，蕭遠心裡有多怕？

可緊接著就見人死在面前。

他又驚又駭之餘，卻是顫巍巍地鬆了口氣，直到此刻都還有些恍惚，只道：「怪罪倒不怪罪。只是有些可惜了，雖是天教的死士，帶回去嚴刑拷打審問，也未必不能叫他吐露些情況……」

天教的死士？

蕭定非看了這滿地狼藉一眼，心底冷笑了一聲，一時有些齒冷，又有些憐憫。

他只重抬首，向謝危看去。

晌午時出了太陽，這時候已近黃昏，正是日薄西山。

殘陽餘暉，慘紅一片。

山林裡起了霧。

這位年輕的少師大人長身而立，原本一襲雪白的道袍，被夕日的光輝覆了，彷彿是在血裡浸過一般，又被經年的時光沖淡沖舊了，只汩汩地流淌著薄薄的紅。

謝危好像安了心，淡淡地笑起來：「國公爺不怪罪，便好。定非公子若是國公府昔年的定非世子，出了什麼差池，可誰也擔待不了。畢竟曾聽聞，世子當年捨身救主，是聖上常掛懷著的恩人呢……」

蕭遠臉色微變。

他抬眸看向謝危。

可謝危背向西方而立，那斜暉鍍在他身上，倒叫人看不清他臉龐，只向蕭遠略略拱手，便回了車內。

姜雪寧遠遠瞧著，慢慢放下車簾，若有所思，嘆一聲：「要回京城了啊。」

第一四一章　驚夢有時

一行人有驚無險回到京城時，已是夜裡。

姜府這邊早派了人在城門口接應。

竟是姜伯游親自來的。

自家女兒莫名其妙陷入了這樣一場爭端，還安然無恙地歸來，見到謝危時不免又將信中那些感念之言一再重複，這才叫府裡下人匆匆接了姜雪寧回去。

京城裡早過了年節，大年初一的好日子裡，晚上甚至有熱鬧的燈會。

繁華長街，鱗次櫛比。

一切都是熟悉的，可姜雪寧坐在馬車裡看著，倒覺得有些陌生起來，遠沒有在外頭看見的那些荒山野水來得真切。

那場短暫如夢一般的冒險，已經結束了。

姜府那高高的門牆鑲嵌在周遭豪門大宅之中，並不如何起眼，透出一種墨守成規的死板教條，門口還掛著喜慶的燈籠。若非自己是親歷者，光從外面看上去，完全不知道這家人在過去的這幾天裡走丟了親女兒。

姜雪寧才轉進後院就聽見了孟氏的哭聲。

姜雪蕙在一旁勸著。

「她眼底何曾把我當成過真正的母親？自從接回京城後，我也並非沒有想過與她修復關係。不然何必逼她學琴、讀書？可她呢？處處容不得人的性子，要作賤府裡的下人，還要作賤妳。手心手背都是肉，若妳兩個一樣的好，這一碗水我如何不想端平了？」

那哭聲裡儼然透著苦悶。

「可她就是婉娘那個賤人故意教成這樣來氣我，來膈應我，來報復我的！一門心思歪著，半點上不得大家閨秀的檯面。說我不帶她與京中淑女名媛交際，可她也不看看，這般不學好的鄉野丫頭帶出去豈不壞了我們府中的名聲？縱然是我臉皮再厚，也扛不住旁人的閒言碎語！」

這般的話姜雪蕙似乎也聽得多了，長長嘆息了一聲，向她道：「母親，妹妹自小便被、被婉娘養在膝下，十四歲多才接回府中，縱您看不慣，有些習慣要改過來難免也要花些時間啊。這才四年多過去呢。何況妹妹入宮後，我見著已經好上許多了。她今次在外頭一定受了不少的委屈，到底她是您肚子裡掉下來的親骨肉，血濃於水，您若再苛責她，可不又將妹妹往昔日的老路上推？」

孟氏道：「她哪裡像是我親生的？」

姜雪蕙沉默了片刻，嘆了口氣：「總歸新年佳節，又沒鬧大，想來妹妹這回回來必定也消停不少，您又何苦責斥她？若反讓妹妹著惱，她可不是尋常性子。」

孟氏聽後，有一會兒沒說話。

姜雪寧站在院外的牆下聽著，琢磨到底是姜雪蕙厲害，把孟氏給勸住了。

腳步一抬，便想入內請安。

誰想到，就在這時候，裡頭忽然傳來了不知是悲是喜的一聲笑：「有時我倒寧願永遠不知道她才是我親生女兒……」

長廊外頭，紫藤花架冬日裡只剩下些峭冷的輪廓。

幾片殘雪堆在上頭。

姜雪寧抬起頭來看了看，只覺耳邊上所有的聲音都遠了。姜雪蕙似乎又說了什麼，可她都沒有再聽清楚。

不一時，又腳步聲傳來。

是姜雪蕙想父親已經去接姜雪寧回來，怕要不了多久便會回府，料想她的性子該是不想在母親這裡看見自己的，是以找了個機會從孟氏這裡告辭出來。

可她沒想到，才出院落，竟就看見了站在牆下的姜雪寧。

面對著面的那個瞬間，姜雪蕙竟覺得那張半掩在黑暗中的俏麗臉龐，有一種說不出來的蒼白，好似皎月下一朵霜花。

然而事實是，姜雪寧竟衝她笑了一笑。

她看見她轉過身要走。

也不知為什麼竟覺一陣不安，不由出聲，訥訥地喚住了她：「妹妹。」

姜雪寧停步，回眸看她：「有事嗎？」

「不，也沒有什麼事……」

平日也算長袖善舞、八面玲瓏的姜雪蕙，這時竟也感覺到了詞窮，不知應該說些什麼，過了好久，才慢慢道：「殿下也很想念妳，問了我好幾回，年節時也賞下了不少東西，我讓人都放到了妳房中。」

姜雪寧眨了眨眼，想起了沈芷衣，無聲地一笑，淡淡回道：「知道了。」

❀

夜深人靜，整座京城都要漸漸沉入夢鄉。

然而隨著謝危一行人的歸來，卻有無數人從噩夢中驚醒。

消息很快傳進了宮中。

蕭太后年紀漸漸大了，覺也開始少起來，正同跪坐在旁邊為她抄寫經文的蕭姝說著長公主去和親的事：「芷衣哪裡知道什麼輕重？看這模樣分明是要與我起嫌隙，嘴上雖然不說，卻連一向親厚的皇兄都不搭理了。只是家國大事，又豈能容她一個小姑娘使性子？」

燕氏倒了，軍中不穩。

匈奴那一起子茹毛飲血的蠻夷自然虎視眈眈。

然而偌大一個大乾朝，除了燕氏之外，怎麼可能找不出半個能替代燕牧的將帥之才？只不過需要花些時間罷了。

先答應下他們和親之請，便是權宜之計。

待等燕氏的空缺為新的將帥之才填補上，自然便可重新將匈奴拒於雁門關外，使這幫蠻夷重新對大乾俯首稱臣。

蕭姝自來在大族之中，家國之事耳濡目染，也知道幾分輕重。

只是聽蕭太后如此說，不免心有戚戚。

她停下了抄寫經文的筆，遲疑了一下，才道：「可殿下到底也是您的親骨肉，此一去，大漠荒遠，蠻夷凶橫，卻不知何時能回來了。」

蕭太后竟笑了一聲，眼角也拉出了幾條笑紋，難得是副慈和的面容。

可越慈和，眼底的冷酷也越清晰。

她斜靠在那貴妃榻上，波瀾不驚地道：「有句話叫『天家無父子』，姝兒啊，妳將來也是要進天家的人，該記個清楚的。」

蕭姝心頭先是一凜，緊接著卻又聽出了蕭太后言下之意，難得也微微緊張了幾分。

只是轉念一想，卻不免覆上些許陰霾。

她道：「看臨淄王殿下的模樣，卻是更中意那姜雪蕙一些。」

蕭太后一擺手，胸有成竹得很，只道：「妳放心，有哀家在。」

有太后的保證，按理說萬無一失。

可蕭姝卻並非會提前高興的人，在事情沒有落定之前，發生什麼都有可能。是以她並未露出多少喜色，只是面帶笑意地謝過了姑母。

伺候的宮人眼看時辰不早，便欲扶太后去就寢。

可就在這時候，外頭忽然傳來一陣急促的腳步聲。

是太監總管滿臉喜色地朝著寢殿這邊跑來：「讓開讓開，有好消息，有天大的好消息啊！」

蕭太后不由停下，倒是有些詫異地挑了眉，朝著門口望去，問道：「什麼好消息？」

蕭姝也十分好奇。

那太監跑得額頭上都出了汗，往地上磕了個頭，一張臉都要笑出花來了：「啟稟太后娘娘，國公爺半個時辰前已經回了京城，安然無恙，大獲全勝！方才特著人遞話進來，給您報個天大的好消息！說是二十年前沒了音信的定非世子回來了！人還活著！好好兒的呢！」

定、非……

蕭太后整個人腦袋裡「嗡」地一聲炸響，人站在殿上，身子晃了幾晃，險些沒有立住，恍恍惚惚地問：「你說什麼？」

那太監還當她是太高興了，換了更大更清楚的聲音道：「回來了！國公爺嫡親的血脈，聖上昔年的救命恩人，定非世子啊，全頭全尾地回來了！哎喲，聽人說不僅和公爺年輕時長得很像，也很像當年的燕夫人呢！風流倜儻，一表人才，俊俏得很！」

蕭太后眼皮狂跳，竟覺得眼前開始發黑。

她腳底下發虛，往後退了有好幾步。

手抬起來，剛想要說點什麼，卻是面色慘白，「咚」地一聲，倒頭就栽了下去！

闔宮上下全都嚇住了，愣了一下，才大呼小叫地喊起來：「太后娘娘，太后娘娘！」

蕭姝心神也是大亂，幾乎是眼睜睜看著她身邊的蕭太后栽倒下去，卻不知怎麼忘了伸手去扶上一扶，眼看著眾人七手八腳模樣，她站在一旁，面上神情也是有點不敢置信地恍惚。

活著……

那身具蕭燕兩氏的孩子，怎麼可能還活著？

如果真的是，如果真的是……

蕭姝心裡打了個寒噤，在喧囂又恐慌的慈寧宮中，抬首向著外頭天幕看去，竟是看見一片黑暗，半顆星子也無，寒夜裡風吹來，讓人禁不住地發抖！

毗鄰著已經被官府封條封起來的昔日勇毅侯府，便是謝危的府邸。

斫琴堂內，燈火通明。

一襲文人長衫的呂顯背著手，在堂中踱來踱去，從左邊走到右邊，又從右邊走到左邊，不時朝著外頭望上一望，顯然是等得久了。

直到接近子夜，外頭才傳來聲音。

謝危終於回來了。

呂顯看見人影終於從抄手遊廊那邊過來，少見地有些按捺不住，往外走了一步，急急問：「事情怎麼樣？」

謝危看他一眼，輕輕蹙了眉：「差不多。」

自打知道張遮攪和進這件事，謝危還沒有立刻除掉這枚絆腳石的意思時，呂顯整個人就陷入了焦躁之中。這種焦躁並非針對事情本身，更多的是因為越來越不對勁的謝危。

一聽見「差不多」三個字，他險些炸了。

呂顯直接得很：「張遮殺了嗎？」

謝危道：「沒有。」

呂顯眼皮一跳：「為什麼？」

謝危進門來，拉開了靠牆書架上一隻暗格，從袖中取出那只印囊來，連著那一方小小的藏書印一併放了進去，平淡地回道：「眾目睽睽，恐授人以柄。」

「狗屁！」

呂顯一聽，當即沒忍住罵了一聲。

「你若下定決心要除掉此人，自有一千種一萬種妥當的法子不讓旁人知道！更何況這回與你同去的還有蕭遠那等的蠢貨，用來背黑鍋再適當不過！豈能錯過這樣的好機會？這還是你謝居安——」

話說到這裡時，他突然卡住了。

呂顯看著那重新被謝危合上的暗格，心裡忽然湧出了幾分不妙的預感：「那是什麼重要的東西？」

謝危道：「學生孝敬先生的小玩意兒罷了。」

呂顯盯著他：「姜雪寧？」

謝危「嗯」了一聲。

呂顯有很久沒有說話，他也這般看了謝危許久，隱隱察覺了一種前所未有的危險，於是意有所指地開了口：「你真知道你在做什——」

「知道。」

謝危少見地打斷了他，然後回眸注視著呂顯，並不回避他凝重而嚴肅的眼神，甚至十分平靜地向他重複了一遍，以使他知道他聽得懂他言下之意——

「呂照隱，我知道。」

第一四二章　隱情

宮裡來的賞賜，果然都整整齊齊地堆放在了她的屋裡。

有金銀綢緞，也有玉石瑪瑙。

無一不來自樂陽長公主沈芷衣。

姜雪寧從外頭回到屋內，棠兒蓮兒兩個小丫頭許久不曾見得自家姑娘模樣，眼看著她人回來瘦了一圈，面色也不大好，簡直形銷骨立模樣，不由都心疼得絮叨起來。

左一句問，右一句念。

姜雪寧一句也沒回答，由著她們伺候了洗漱之後，連京中的近況都沒有問上一句，使遣了她們出去，自己一個人呆坐在屋內。

一盞明燭點在案頭上。

姜雪寧瞅著那一點跳躍的火光看了好久，一滴燭淚包裹不住地順著蠟燭邊緣掉落下來，她便眨了眨眼。

萬籟俱寂。

她起身走到了妝台前，菱花鏡裡映照出她燭火下不施粉黛的臉龐。

「啪」地一聲輕響。

是她打開了那緊扣已久的妝奩，拉開最底下的那一格，裡面用粉白的絹帕包裹著一隻上好的和田青玉手鐲。

「寧寧，姨娘求妳件事，妳若回府，看到大姑娘，幫我把這個交給她吧……」

婉娘臨終時那張哀哀戚戚的臉，又回閃到她眼前來。

她用力地攥著她的手，一雙塵世裡打過滾的眼睜得大大的，好像生怕她不答應，又好像滿懷著愧疚和痛苦。

可那是給誰的呢？

姜雪寧回憶起來，竟始終無法肯定。

她多希望那裡也有一星半點兒屬於自己。

可直到婉娘沒了氣兒，京城裡來的僕婦們用力掰開她猶攥著自己不放的手，她也沒有等到自己想要的答案。

「便沒有東西是留給我的嗎……」

她將那只手鐲從妝奩裡取了出來，背對著案頭上照來的燭火，看了許久，眼底終究是滾下了一行淚，唇邊卻便溢出了一抹諷笑。

手指慢慢將那手鐲攥得緊了。

有那麼一剎她想把這東西摔了。

就當它從沒有存在過。

可抬手舉起來的那一刻，又覺出了自己不堪和卑劣，還有那兩相映照之下襯托出的越發可笑的悲哀……

「嗤。」

於是當真笑了一聲出來。

姜雪寧終究還是將這隻手鐲往案上一擲，慢慢躺回了床上去，可睜著眼卻是怎麼也睡不著了。

新年裡的京城，正是熱鬧時候。

燈會連開三日，走親戚的走親戚，逛街市的逛街市。

天氣雖是驟冷，可難得走到哪裡都是人。

茶樓酒肆，多的是平日裡當街遛鳥鬥蟋蟀遊手好閒的老爺們兒，一坐下來難免一頓胡吹亂侃。

其實說來說去也不過是雞毛蒜皮。

可今年卻來了一樁不一般的。

呂顯昨夜在謝危那邊吃了癟，一晚上沒睡好覺，乾脆起了個大早，準備去蜀香客棧看看那任氏鹽場的銀股漲得怎麼樣了。

只是來得太早，銀股的消息還沒到。

他便要了一碗茶，往樓上一坐，正好嗑一把瓜子，聽樓下的人熱熱鬧鬧的講。

「聽說了吧？」

「聽說了。」

「我也聽說了。」

「哈哈這可不就是吉人自有天相，好人終究有好報啊！」

「哎呦大早上的幾位爺這是打什麼啞謎呢？」

「您還不知道呢？」

「您這話可叫我一頭霧水了，是我孤陋寡聞了，近來京城裡還出了大事？是剿滅天教那一件？」

「有點關係吧，可不是這件。」

「到底什麼？」

「哈哈哈周老爺是七八年前才到的京城吧，不知道是正常的，您幾位可好好心，別拿他尋開心了。倒是這位定非世子，實在叫人不敢相信，竟還能活著回來。也不知這麼些年，在外頭吃了多少苦，遭了多少孽啊！」

「可憐白塔寺碑林那三百義童塚啊……」

下頭坐著的那位周老爺，真是越聽越糊塗，不由追問起事情的原委來。

這才有年紀大的帶著幾分炫耀地同他解釋了一番。

於是當年平南王謀反前後才被講了出來。

呂顯聽著，無非那麼回事兒。

平南王打進京城了，打進宮裡了，沒抓著當時的太子，於是想出個殘忍的法子，把京城裡上上下下所有年紀適當的孩童全都抓了來辨認，發現全都不是之後，便以這些孩子的性命脅迫藏匿在京中的皇后和太子現身。

一共三百號人呢，當爹娘的哪兒能見孩子這樣？

城裡頭一片哭天喊地的哀聲。

「那可是大冬天，真真可憐，老百姓們都跪在長街上，求著逆黨高抬貴手，抓他們都好，別抓孩子。哎喲我當年可也是聽著的，真真兒揪心。你說但凡是個人，誰聽了能不動點惻隱之心？可見平南王那老王八孫子就是個畜生！」

「太子殿下天潢貴胄，怎能受人挾制？」

「他若要落入逆黨手裡，逆黨奸計不就得逞了，咱們大乾朝不就完了嗎？這種關鍵時刻，還是忠臣良將靠得住啊。」

那周老爺一怔：「莫不就是你們說的那位『定非世子』？」

「可不就是。」

「那時候小世子才七歲呢，父親是如今定國公府蕭氏的新國公，母親是昔日勇毅侯府老侯爺的掌上明珠，這可真的是含金銜玉生到世上來的，打小一股機靈勁兒，聽說除了學琴慢些之外，別的都稱得上是過目不忘的神童了。先皇在時，國公爺老早就為他請封了世子，將來就是板上釘釘要繼承國公府的。勇毅侯府沒出事之前，你們聽著那燕小侯爺厲害吧？

「可要我說，還差當年的定非世子八丈遠呢！」

聽者不由一陣聳動。

呂顯在樓上聽得樂呵。

這人講起來繪聲繪色，倒好像自己當年親眼見過似的。話倒是基本沒錯兒，只是那人的琴麼……

眉頭輕輕一蹙，他心裡不由罵了一聲：人比人可真他娘氣死人。

樓下卻是所有人都把耳朵豎了起來。

連掌櫃的都忘記了打算盤，抬眼去看。

說話的那人喝了口茶潤潤嗓子，才續道：「當年定非世子很受宮裡皇后娘娘的喜歡，出事時正和燕夫人在宮裡，自然護著殿下和娘娘一道藏了起來。要不然怎麼說蕭燕兩氏忠肝義膽，鞠躬盡瘁呢？當時一面是三百個無辜孩童的性命，一面是身在危困的太子殿下，那會兒才七歲的定非世子啊，竟然主動站了出來，同太子殿下換了衣袍！」

場中頓時有不少人驚訝得「啊」了一聲，顯然都是猜到了幾分。

那人便道：「不錯，這竟是個李代桃僵的法子！定非世子自小在宮內行走，太監們都認得他，也熟知宮內禮儀，且自己七歲，與八歲的太子殿下年紀相仿，身量相差不遠，且性極機敏。若由他假扮太子，主動出現在平南王逆黨面前，讓平南王依諾放了那些孩子，便是一樁造化。」

周老爺想起了點什麼：「可白塔寺那些碑林……」

有人接話：「平南王那等窮凶極惡之徒，一旦以為自己拿著了太子，哪裡還會留別人的活口？自然都殺了個乾乾淨淨。待等援兵入城時，拿定非世子做要脅不成，大約才發現手裡是個假的，一怒之下自然也一殺了之！只可憐了七歲的小孩子，芝蘭玉樹尚未長成，倒橫遭這一樁變故夭折！蕭燕兩氏的人在宮門口那一堆凍成冰的屍山裡挖找了好久，才尋著他身上假扮太子時戴的龍佩和那一身衣裳，餘下的都是些殘肢斷骨，可都不知是誰家的了……」

「造孽啊！」

「聽說那幾個月京城裡一到半夜都是小孩兒哭聲，可瘆人了。直到朝廷把這些可憐的孩子的屍骨都收殮去了白塔寺，埋在潮音亭旁邊，立了碑林，刻了名姓，請寺裡的高僧日夜誦經七七四十九個月，才把這冤死的戾氣給去了，把這些個孩子的亡魂超度了……」

「可如今定非世子是活了？」

那人顯然也覺得這是一樁奇事，不由咂摸咂摸嘴道：「這可不！今天一大早起來京城裡就傳遍了，簡直不敢相信世上有這種死而復生的事情！但想想也合理啊，畢竟當年燕夫人說沒找著人。有衣裳有玉佩，那雪化時，人一碰也早就血肉模糊了，哪裡還認得出個人樣，誰家孩子都長得差不多。聽說慘得很，好像是落入了天教手中，多虧當朝少師謝大人，這回才把人救出來。可見蒼天有眼，這等忠君良臣，到底福大命大啊！」

市井裡信的就是「福報」二字。

聽得那人如此說，無不點頭表示慶幸，倒有些為這位定非世子高興。

唯獨樓上坐著的呂顯不冷不熱地笑了一聲，忽然插了句口：「樓下的兄台知道得倒像是很多，怎麼跟自己親眼見似的？難不成當年是在宮裡面當差？」

那人可沒料到會有人來挑刺。

抬起頭來一看，竟是幽篁館的呂老闆，不由得一正面色，忙起身來拱拱手，涎著臉笑道：「嗐，敝人這不也是道聽塗說，給大家說話湊個樂子嗎？不過您這話還真沒猜錯，敝人這消息可是當年聽一個在宮裡當過差的太監被放出來時說的。不過他身子不好，好不容易帶著錢從宮裡出來沒多久，一病竟然死了。說來慚愧，敝人如今能發家，還多賴了他當年留下來的錢財呢。」

這人在京城商人裡不算什麼大人物，畢竟天子腳底下，厲害的人多了去。

只是誰也沒想到中間還有這一層淵源，都不由驚訝了幾分。

但也有幾人同他認識，倒知道他說的話不作假。

呂顯雖是個商人，可一則當年是翰林院裡當過差的進士及第，二則暗地裡還為謝危做點狗屁倒灶的事兒，心裡彎彎繞繞一重接著一重，實在不像下頭這人那般簡單。

那人雖只是隨便一說，他卻聽出了端倪。

宮裡當過差知道這件事還放出來的太監，可不死得快嗎？

他又嗑了顆瓜子，饒有興趣地挑眉。「話要照你這麼講，那當年這定非世子是和其母燕夫人在一塊兒的，按理世子主動捨身救主的這件事，燕夫人該知道也同意。可我怎麼聽說京城之圍解了後不久，燕夫人便與蕭國公鬧翻了，直接回了侯府，蕭燕兩家再沒有過什麼往來？」

下頭那人登時一怔。

其他人也不由得震了一震：先前光聽人說得熱鬧，怎麼被這一問，還真覺得這事兒有點古怪呢？

有人試探著道：「呂老闆看著知道點隱情？」

呂顯把白眼一翻：「我要知道還問你們做什麼！」

這模樣真得不能再真，眾人於是釋懷了，轉而又想：天家的事情，哪兒是他們尋常老百姓能知道呢？唯一能可憐的，也不過是那實打實的三百個埋骨雪中的無辜孩童。

大清早，冷冰冰的日光從東面升了起來，斜照在皇極殿前那連成一線的漢白玉欄杆上。群臣已至，垂首肅立。

皇帝沈琅穿著一身玄黑的五爪金龍袍，頭戴著十二旒冠冕，高坐在御案後的龍椅上，一張臉在金鑾殿裡竟有些晦暗難明。

謝危在左下首文臣列中，難得一身規整威嚴的朝服，比之尋常穿的道袍，少了些許的隱逸曠遠，可也依舊不損他淵渟岳峙之氣，倒顯得多了一點鋒芒。

卻仍舊不過分寸，剛剛好。

他面上浮著三分笑意，只抬眸注視著沈琅，嗓音淺淡地提醒：「聖上，定非世子在殿外候召已久了。」

第一四三章　前事一窺

沈琅經他一提，彷彿才想起來這是在朝堂上。

於是宣蕭定非拜見。

群臣的目光立刻齊刷刷投向了大殿門口——

這可是傳說中的定非世子！

救過皇帝的命。

且還身具蕭燕兩氏的血脈，就算如今燕氏已倒，光憑他蕭氏嫡長子的身分，都能在京城掀起一番風浪來。此次竟然如此陰差陽錯地在剿滅天教的過程中回來，實在是太讓人好奇了。

「罪臣蕭定非覲見，吾皇萬歲！」

一道響亮的嗓音，悲慟裡強壓著一分激動。

眾人心頭皆是一震。

定睛一看，走進來的是位身形頎長、五官出挑的男子，穿著一身石青錦緞壓金線的長袍，眉宇之間同立在前方的定國公蕭遠果真有些相似之處，只不過那唇邊眼角多幾分風流不羈的氣性，竟也有些讓人不可小覷的貴氣。

打他從外面一進來，沈琅的目光便釘在了他的身上。

幾乎將他從頭看到了腳。

一剎之間，心中已是翻江倒海！

只是他已坐在皇位之上四年有餘，更莫說前朝奪嫡時早歷經過朝中種種傾軋，喜怒已不輕易形於色，反倒是「哈哈」兩聲笑了起來，顯得龍顏大悅，連那張原本因掛了幾分病氣而顯得有些陰翳的臉都透出幾分紅潤來，道：「二十年了，二十年了，朕可萬萬沒料到還能見到你！快快平身，快快平身。」

這皇帝真他媽能裝。

蕭定非跪在地上只覺得膝蓋疼，想在天教的時候都沒人敢叫他跪，到了這狗屁朝廷來還一堆規矩。只是眼下這情況，一個演不好連腦袋都要掉，他也只敢腹誹兩句，面上卻是一片感動地起了身。

眼淚更是說來就來。

十幾年前當乞丐在街上要飯時的賣慘本事，可謂是一點也沒丟下，人在大殿上就泣不成聲：「二十年一去，遠別京城，身陷天教，不能解救聖上於危難、不能效忠於朝廷，罪臣、罪臣……」

定國公蕭遠就在旁邊站著，可以說是一路看著蕭定非回來的，只覺跟他像個陌生人似的，也沒什麼接觸。

哪裡料到他上殿一拜竟然如此？

一時間他整個人都驚呆了。

沈琅還鎮定些，目光微微閃爍，一副十分疑惑模樣：「好端端的，怎麼自稱起『罪臣』來？」

蕭定非早把詞兒背了個滾瓜爛熟，張口便道：「當年平南王攻入京城時，罪臣與聖上皆是年幼，豈敢令聖上涉險？忠君愛國，臣子本分。一去赴死，不曾想過能活下來。平南王那狗賊見到我時，便立刻派人拉了宮中的太監來辨認。臣自幼為聖上伴讀，宮中太監也大都認得。只是一如當時皇后娘娘，不，現在該稱太后娘娘了，不出太后娘娘所料，那起子閹人雖然認出我來，卻也知道天潢貴胄誰是正統。臣依據皇后娘娘的交代，還不待那閹人開口，便厲聲自稱為『孤』，責斥了對方。那閹人果然不敢戳破我的身分，平南王便以為我才是太子。」

朝野上下知道當年事情的也不多。

無他，二十年前平南王大軍入京時，先將滿朝文武殺了個乾淨，壓根兒都沒活下幾個人來。之後提拔上來的官員，年紀自然也比原來輕了不少。若非如此，似文臣中如謝危者，縱功勞再大，區區不到而立的年紀，是斷斷不能坐到朝廷三孤之一的「太子少師」之位的。

此刻聽蕭定非敘來，不由驚心。

這才明白，原來當年的事情還多虧了太后娘娘坐鎮，出了奇謀，敢用李代桃僵之計，才保住了聖上性命！

蕭定非心裡嘲諷，面上卻是真真切切地抹了一把眼淚，續道：「平南王亂臣賊子，恨先皇至極，當即便叫人把我綁了起來，要用以要脅先皇。我便要求他們兌現承諾，將那三百餘男童放了。平南王當時就笑了起來，說大丈夫一言既出駟馬難追，然後，然後……」

說到這裡時，竟有些說不下去。

十二旒冠冕垂下來的細細珠串在沈琅的臉上覆蓋了淡淡的陰影，也讓旁人難以窺探他的面色，只聽得他問了一聲：「怎樣？」

蕭定非便驟然跪回了地上，竟然慟哭：「然後便把所有人都殺了！三百個小孩子，屍身全都從門樓上扔下去，堆在宮門外……」

金鑾殿上登時一片悄然。

誰也無法想像，那是怎樣一副令人不忍目睹的慘狀。

蕭遠的面色也陰沉下來。

謝危靜靜佇立在前方，眼簾低垂，眼睫也搭了下來，擋住了眼底的變幻。

沈琅則嘆道：「此乃朕的過失，朝廷的過失！」

此言一出，滿朝文武都戰戰兢兢，卻是誰也不敢接話。

唯有蕭定非的聲音一直傳來。

他也不起身，仍舊跪著道：「罪臣一見之下也有心想要搶出去阻止，奈何人為刀俎我為魚肉，實在沒有反抗之力。平南王見我不老實，便使人將我囚禁。不久後通州豐台兩處大營的援兵來了，反攻京城救駕。平南王欲以我為要脅，將我綁到兩軍陣前，豈料援軍早知聖上當時已安然無恙，照打不誤。平南王這才知道中計，盛怒之下，舉刀便要殺我。那天教的萬休子打了我兩個耳光，厲聲問我，到底是誰。罪臣生在公侯之家，既知賊子大勢已去，當凜然赴死，便說我叫蕭定非。平南王與萬休子這才知道罪臣身分。罪臣本以為必死無疑，不曾想這二人賊心不死，狗急跳牆之下竟綁了臣到城門樓上，那時率軍而來的，正是國公爺。」

「國公爺」三字一出，所有人都是心頭一跳！

天下豈有兒子不叫老子，反而如此生疏地喚作「國公爺」的道理？

便連沈琅一向不動聲色，也不由微微眯了眯眼。

蕭遠卻沒注意，也不知是不是因為蕭定非的話想到了當年的場面，面容上隱隱然一片鐵青，難堪極了。

謝危仍舊巋然不動。

同在文臣那一列的顧春芳擰了擰眉頭，接了一句：「那平南王與萬休子既知道了世子的身分，想必又起賊心，要以世子來要脅國公爺了。」

蕭定非便朝他看了一眼。

見是個糟老頭兒，其實沒在意，但看站的位置比謝危還前一點，便知道多半是頭老狐狸，於是也算恭敬地道：「大人您猜得不錯，那兩個賊子打的正是這個主意。罪臣當時年紀雖幼，卻也知道輕重，萬不敢讓來援的大軍陷入兩難之中。那平南王叫陣之時，對罪臣鞭打責罵，臣咬緊了牙關，未敢哭上半聲。」

那才是個不滿七歲的孩子啊！

錦衣玉食，天之驕子。

兩軍陣前受人鞭打折辱，竟能緊咬了牙關半聲不吭，又當是何等的心志和毅力？

朝野百官也都算是有見識了，聽得蕭定非此言，想像一下當時的場面，不由都有幾分唏噓憐憫。

沈琅的目光卻投向了蕭遠。

事情已經過去二十年了。

蕭遠不禁回想起來，澀聲道：「當年出事時，臣不在宮中，待率軍馳援京城時，的確曾與平南王逆黨兩軍對壘於城牆下。對方的確遠遠抓了個小孩兒稱是臣的嫡子，可遠遠地看不清楚。一則那小孩兒並未發出半點聲音，不哭也不鬧，二來為人臣者鞠躬盡瘁死而後已，便那真是臣的孩子，當時也顧不得。是以猶豫片刻，未做理會，徑直打入了城中，本想要生擒兩名賊首，不想那兩人腳底抹油溜得太快，終究讓他們給跑了……」

如此說來，當年的事情，前後一應細節竟都是對得上的。

只是沈琅仍有些不確定……

當年與他同窗伴讀的那個孩子臨走時回望的一眼，如同水面下降時露出的廢墟一般，緩緩浮現在了他已經很是模糊的記憶裡，與此刻下方蕭定非的那一雙眼重疊起來，又逐漸清晰。

難道竟是他誤會了？

蕭定非確是忠君之臣，當年替他去時，並無半分怨氣，而母后當時防他一手留了燕夫人在宮中做人質，實是杞人憂天？

沈琅手搭在那純金鑄成的二龍戲珠扶手上，慢慢道：「可後來城破時，卻未找著你人。彼時國公爺也十分擔心你，可在宮門前那凍成山的屍堆裡，只找到了你當時的衣裳與玉佩。是他們並未殺你？」

蕭定非道：「這便是臣的罪處！」

他又朝地上磕了個頭：「臣咬緊牙關不出聲時，那平南王已經怒極，要取臣性命。天教那賊首萬休子卻說，留臣一命有大用。臣當時便欲了卻性命，可那萬休子見機太快，將臣攔住後竟綁了一路帶出京城去，逃至江南，囚禁起來。臣求死不成，便想知道他們到底是何打算，熬了一陣之後便假意順從。過了好些年博取對方信任後，才偶然偷聽到，原來萬休子這老賊留臣一命，要收服臣心，乃是為了將來有朝一日找機會使臣重回京城，恢復身分，便可名正言順地掌豐台通州兩處大營的兵力，當他們的傀儡。且臣之死必將在蕭燕兩氏之間帶來嫌隙，燕夫人乃是臣之生母，燕牧乃是臣的舅舅，若以臣還活著的消息誘之，未必不能拉攏侯府。」

滿朝文武皆是心中一凜，聽到這裡時無一不想到了先前勇毅侯府暗通反賊一案！當時便風傳有搜出其與平南王、天教等逆黨往來的信函。

其中一封信函說，當年的定非世子還活著。

所有人在南書房議事時都認為這是天教故意用來引誘勇毅侯府的餌，沒想到竟然是真的！再回想侯府一案，忽然之間前前後後的不合理，都變得通透起來。

頓時有人長嘆了一聲：「唉，亂臣賊子實在是可惡，所算之深，所謀之厚，實在令人髮指！只是往昔勇毅侯府也實在太糊塗，無論如何也不該同這些人有往來啊！便是定非世子當年沒了，也是盡忠而歿。侯府這般作為，難道還敢對聖上有所怨懟嗎！」

謝危垂在身側的手指悄然緊握。

一股邪戾之氣在他胸膛裡激蕩奔闖，卻被關得死死的，找不到一處宣洩的出口，反將他這一身皮囊撞得滿是流血的創痕！

蕭定非跪在地上，視線所及處只能看見謝危垂下的袖袍與衣角。可縱然瞧不見他神情，聽見有大臣說出這話時，也不由得心寒發顫，向這人看了一眼，心裡直接在這人腦袋上畫了個叉，全當他是個死人了。

沈琅又問：「那此次你竟在通州……」

蕭定非便道：「天教中聽聞公儀丞被朝廷抓了之後，生恐他受不住刑說出天教諸多祕密來，遂派了重兵前去劫獄。且若將公儀丞救出來，便可使他籌謀將臣送回京城的事情，是以派了臣一道前去。這才陰差陽錯，機緣巧合，被這位謝先生所救，得以從天教脫困，活著來面見聖上，陳明原委。」

眾人聽著，都沒覺得有什麼問題。

沈琅也嘆了一聲：「原來如此。」

只唯獨下首立著的張遮，眼簾一掀，冷不丁問了一句：「倘若真如定非世子所言，世子在通州時知悉劫獄而歸的人中混有朝廷之人，心裡該十分高興才是。緣何危急之時，竟反向天教亂黨拆穿張某乃是朝廷所伏之人？」

第一四四章　狂言

眼下可是聖上同昔年好友相認的時候，聽著過去那些事，朝野上下站著的這些官員裡，誰人不感唏嘘？

結果張遮忽然說出這麼句話來——

也忒不識相了些。

煞風景啊。

眾人齊刷刷看向他時，莫不如此想到。

蕭定非一場戲演得連自己都要相信是真的了，彷彿自己便是二十年前那位大難不死的定非世子，眼瞧著再賣一把力就要收場了，誰能想到斜刺裡殺出個張遮來？

嘿。

這死人臉長得濃眉大眼，沒想到也不是什麼好玩意兒啊，敢情是在這裡等著他！

是了。

當時在通州上清觀，自己的確是關鍵時刻反水，坑過張遮一把的，險些累得此人沒了性命。只不過要論其中的原因嘛……

他不動聲色地朝著旁邊謝危瞟了一眼。

張遮乃是顧春芳舉薦的人，向來是眼底不揉沙子的直臣，人品很是信得過。

沈琅有時雖覺此人讓人頭疼，可眼下卻不由得挑了一下眉。

他將目光遞向蕭定非：「定非，怎麼回事？」

蕭定非從來市井裡打滾，謊話張嘴就來的人，腦筋活泛，只一眨眼，便做出不大好意思的模樣，摸了摸自己的鼻子，訕訕道：「誤會，這都是誤會……」

顧春芳老神在在地立在旁邊，瞥他一眼：「誤會？」

蕭定非心裡面直接將這接話的陌生老頭兒罵進了棺材裡，嘴上卻道：「當時這位張大人自稱乃是度鈞山人的門客，想必諸位大人對天教也有所瞭解，這度鈞山人在教中與公儀丞那狗賊齊名，向來是無惡不作，壞得透頂，且比之公儀丞，還更神龍見首不見尾一些。我心裡自然害怕。實不相瞞，從京城破廟一路到通州，我看著那個叫小寶的孩子，總覺得他古裡古怪的，途中略加試探了幾回，且對方對我名為『定非』這件事似乎頗為在意。所以，當天教那些匪首說教中有朝廷派來的眼線時，我自以為此人乃是小寶，而非自稱度鈞山人門客的張大人。當時的情況下，打的是讓天教內鬥，鷸蚌相爭的主意。誰想到，誰想到……」

他越說，神情越發慚愧。

當下竟有模有樣躬身向張遮一揖：「誰想到竟是誤傷了張大人，還差點害了大人性命，在下惶恐，還望張大人見諒！」

張遮站得不近也不遠，身形筆直，一雙清冷得有些不近人情的眼注視著向自己一揖到底的蕭定非，似乎並未打消心中的疑慮，並未言語。

金鑾殿上，氣氛竟有些安靜。

這種時候謝危卻出列，向沈琅道：「那叫小寶的乃是臣一名屬下的同鄉，偶然得知他在天教，便充作了眼線，因張大人偽裝身分潛入天教，事有險處，本為暗中照應。不曾想竟會遇到定非世子，才招致如此誤會，弄巧成拙，險些害了張大人，請聖上恕罪。」

張遮看向他，到底是沒說什麼了。

眾人早知計策是謝危出的，他暗中有所準備，實在不是什麼稀奇事，倒不起疑。

沈琅也有自己的打算。

他笑起來，竟當了個和事佬：「所幸張大人深入虎穴，有勇有謀，安然歸來，此番更救回了定非世子，當加官進爵，重重有賞！」

當下竟向顧春芳問道：「若要加官，顧老大人可有合適的位置？」

顧春芳道：「張大人長於斷案，刑部署司郎中一職正好缺出。」

沈琅便道：「那即日起便擢張遮為刑部郎中，掌管署司，專司詳復平反之事。」

話音落時，頓時一片歌功頌德。

張遮就這麼升了官。

接下來論功行賞，謝危算了頭功，正好工部侍郎的位置缺出，由他頂上。一般侍郎乃是三品，但謝危身為「太子少師」，有銜加身，便算從二品。想來若宮中那位溫昭儀一舉得男，誕下龍子，只怕「太子太師」的位置是少不了他的了。

至於定國公蕭遠，就有點倒楣了。

本是他最早得了消息去剿滅天教，誰想中了天教的計謀，不僅未能剿滅亂黨，還帶著好些軍士幾乎在對方的埋伏下全軍覆沒！

此乃貪功冒進，不僅無功反而有過。

沈琅頗為不悅，竟直接罰了他半年的俸祿。

這點錢對偌大的蕭氏來說自然九牛一毛，可要緊的是面上無光，讓他整個人都抬不起頭來。

最風光的一個當屬蕭定非。

賞金千兩，銀萬兩，絲綢布匹，珍玩古董，香車寶馬，甚至還直接封作了「典軍校尉」。這算是西園八校尉之一，官比四品，手底下能管一些兵。

別人辛辛苦苦也爬不到這位置。

他倒好，一回來就有。

實在是羨煞旁人。

只是等論功行賞完，沈琅又通過蕭定非敘話一陣說了些年幼時在宮中的往事後，忽然問了一句：「方才定非提起舊事時，言必稱『國公爺』或『定國公』，卻不稱其為『父親』，不知是何緣故？」

朝中都是心細如髮的精明人。

這一點不少人打從蕭定非說蕭遠率領援兵到京城護駕時就發現了，只是一直不敢提出。聽得皇帝一問，目光不由得都在這一對「父子」之間逡巡起來。

蕭定非本來就是故意的，天知道他要敢叫這狗屁蕭遠一句「父親」，回去得不得被謝危剁了腦袋？

金銀方才到手，他可捨不得死。

當下一張俊臉上竟露出三分嘲諷，七分冷笑，涼涼道：「流亡二十年，臣未悔為聖上盡忠，但只一樁憾事，長銘在心，日夜熬煎，奈何不可補。燕夫人乃是不孝子生母，因憂思故，去不到一年，國公爺已續弦。便是有皇命在先，臣也耿耿於懷。」

嚇！

明明白白責斥定國公蕭遠對不起結髮妻子啊！

殿上忽然有倒吸涼氣的聲音。

便是連沈琅都沒想到，愣了一下。

謝危垂眸靜看著自己投落在地上的影子。

蕭遠一張臉則是瞬間漲成了豬肝色，勃然大怒：「孽障，你胡說八道些什麼！」

蕭定非皮笑肉不笑，反唇相譏：「能生出個孽障來，你也不是什麼好玩意兒！」

蕭遠氣結：「你！」

蕭定非乃是市井裡打滾長大的，嘴皮子利索可不是好相與之輩，早看這老王八蛋不順眼，罵起來也就格外順溜：「公侯之家，名門高戶，娶個續弦進門懷胎七月產女竟也沒落下不足之症，活蹦亂跳！國公爺可真是太對得起家母了！」

滿朝文武，目瞪口呆！

精采！

刺激！

定國公蕭遠當年匆匆娶了現在的夫人盧氏入門本就受人詬病，只是偌大一個國公府也的確需要女主人來打理，為髮妻守個把月便續弦也無可厚非。可娶進門來，生下長女，恰恰好早產，就有那麼點耐人尋味了。

眾人原以為這位定非世子回到京城，回到蕭氏，與昔日父親見了面，當時父子情深，催人淚下。哪裡料到，這是個惹不起的主兒！

當著皇帝的面兒啊！

幾句話簡直啪啪幾巴掌，狠狠往自己老子的臉上甩！

同朝為官，誰能見誰好了？

何況還是勢大壓人的蕭氏。

此時此刻所有人面上看著正經，心裡早就搬了板凳，握緊拳頭，就差吶喊高呼：打起來，打起來！

蕭遠更是不敢相信自己聽見了什麼，一口氣差點沒喘上來，抬了手來指著蕭定非，整個人直打哆嗦：「你竟敢對你嫡母不敬，真是反了天了……」

蕭定非不耐煩：「你這玩意兒老子都不想認，那臭婆娘算個鳥！」

金鑾殿上頓時一片譁然！

第一四五章　狼與狽

市井之上汙言穢語，許多人不是沒聽過，可這是在朝堂之上！

站在沈琅旁邊的太監都嚇懵了！

直到這時候，所有人才意識到：這個定非世子，實在不是他們想像中的模樣。畢竟是進了天教那等的賊窩，光聽聽這說的話，只怕有得蕭氏受了！

禮部的官員向來講究一個「禮」字，若是往常遇到這種只怕早站出來責斥了，可眼下瞅瞅蕭定非，瞅瞅皇帝，琢磨著這可是皇帝的救命恩人。

不敢說，不敢說。

個個都把腦袋埋了下去，當起了縮頭烏龜。

蕭遠憤然道：「聖上！」

沈琅乍然如此粗言，面上也一陣起伏，眉頭皺起來卻有些為難。

蕭定非卻是早準備好了話，同樣向著他道：「百善孝為先。為人子者，報不得慈母之恩，已是不孝。臣乃情非得已，心結難解，聖上若要強逼，不如以天教亂黨為名將臣綁了投入大獄，臣一了百了，死個乾淨！」

沈琅立刻道：「這如何使得！」

他看了蕭遠一眼，嘆了一聲：「清官難斷家務事，朕也斷不得。你救駕有功，當著天下人的面，豈能恩將仇報，不是陷朕於不義之地嗎？你既回了京城，自有時間與蕭國公解開心結，倒不急於一時，且先將養著，改日入宮也拜見拜見太后。餘事，容後再議吧，退朝。」

話音落地，竟是怕這些事纏上身似的，一甩袖便從金鑾殿上走了。

太監們跟著喊退朝。

蕭遠縱然是有天大的怒氣，也被憋了回去，胸口生疼，不得已跟著眾臣一道俯身拜下，高呼「恭送」。待得起身時，黑著一張陰沉沉的臉便要揪了蕭定非發作，可抬眼一看，殿內哪裡還有人？

蕭定非早已經一骨碌從地上爬了起來，到了殿外向垂手侍立的太監打聽：「哥們兒，京城裡最好的青樓在哪兒？聖上說賜下來的金銀，什麼時候能送到我那兒？」

外頭守的不過是些小太監，哪裡見過這陣仗？

頓時被他嚇了個面無人色。

蕭氏固然勢大，可多年來囂張跋扈，自然得罪了不少朝中同僚。

有那一起子心壞的已經看出了端倪。

才剛下了朝，就有三五官員圍了上去，口稱恭喜，同蕭定非湊近乎說話，沒一會兒便勾肩搭背地走了，竟是看都沒看蕭遠一眼！

幾乎可以想見，堂堂定國公，不日便將淪為笑柄！

謝危遠遠看著蕭遠那氣急敗壞模樣，面上平平淡淡地，甚至還走上前去寬慰了幾句，笑道：「國公爺何必介懷？想來令公子多年不在京城，對您多有誤會。您立身既正，時日一長，定非世子必知是誤會一樁，向您道歉的。」

不說還好，一說簡直火上澆油！

可蕭遠敢對著蕭定非發作，卻是斷斷不敢對著謝危發作，只好咬牙切齒地道：「勞謝少師寬慰。」

同是通州剿滅天教，蕭遠挨了一頓罵，謝危卻掌了工部實權，算是官升一級，可稱得上春風得意，面上掛笑時只讓人覺著是仙人從九天的雲氣上踏了下來。

眾人也圍上來向他道賀。

如此越襯得蕭遠灰頭土臉，狼狽至極。

謝危一陣應付完，正要走時，一名小太監匆匆地來請他去南書房。

想也知道是沈琅宣他。

謝危去到南書房，入內一看，沈琅竟正同人下棋。坐在他對面的，是個模樣並不十分慈和的和尚，甚至帶了幾分凶橫。一見著謝危來，他便十分自然地起了身，合十一禮，微微笑著道：「阿彌陀佛，謝大人，有禮了。」

謝危一欠身，也笑：「許久沒見過圓機大師了，如今看著越見平和，看來是佛法又有進益。」

圓機謙遜得很：「在您面前，不敢講佛法。」

這兩人一個是當朝國師，一個是皇帝的帝師。

當年沈琅能順利登基，便有賴這二人鼎力相助，因而他二人間也很是熟悉。

沈琅都不需多說什麼。

他將手裡一枚棋子投回棋盒之中，只道：「方才朕正與大師講天教那萬休子的事，此獠昔年與大師論法輸了，賊心不死，如今為禍世間，實在是朕心腹大患。今次回來的定非世子，先生怎麼看？」

謝危反問道：「聖上怎麼看？」

沈琅道：「朕與定非實在是二十年沒見面了，又豈能全然記得他模樣？且二十年時光匆匆過，幼時模樣做不得數，人會長變。只是朕在殿上同他提起幼年事時也曾有過試探，有些趣事他還記得。朕故意編了些沒有的事，他便沒印象，或者也不敢確認是不是有，這反倒真了幾分。只是朕實不敢信，昔年的定非，竟成了如此模樣……」

他眸光閃爍，竟是有些難測。

謝危道：「若定非世子殿上所言是真，天教養他乃是想要作為傀儡，必不可能授之以文韜武略。便是昔日仲永之才，後天不學而廢亦是尋常。比起此人身分是否是真，聖上恐怕更擔心這是天教所設的計謀吧？」

沈琅便嘆：「知朕者先生也！」

他站了起來，負手在南書房中踱步：「若天教真想將他作為傀儡，焉知他如今到京城就不是天教的計謀呢？萬休子詭計多端，不可小覷。只是……」

謝危接著道：「只是此人畢竟是聖上昔日救命恩人，又有天下萬民悠悠眾口，聖上很是難辦。」

沈琅道：「棘手之處便在於此。」

謝危一聽卻是笑了起來：「聖上何必煩憂？」

沈琅同圓機和尚都看向了他。

謝危道：「聖上既然念著舊情，又有天下悠悠眾口，加倍對定非世子施以恩德乃是尋常之理。金鑾殿上容他胡言亂語，足可見恩德之厚。若此事乃是天教計謀，遲早會露出端倪。與其放了定非世子，不如留他在眼皮底下看著。若他確與天教再無瓜葛，聖上自然無須兩難。若他還與天教糾纏，聖上先已待他甚厚，屆時殺他也是他咎由自取，天下誰能指摘？」

沈琅沉吟良久，道：「如此，也算朕仁至義盡了。對了，聽聞你等回京途中曾遇刺殺？」

謝危點頭：「一行刺客皆是死士，似乎是向著定非世子來的。」

沈琅問：「可留下了活口？」

謝危平淡地道：「最後倒是留下一個，只是臣看其乃是死士，自知問不出話來，便命人將其殺了。」

「啊，這般……」沈琅似乎是有些沒有想到，低下眼來思索了片刻，彷彿覺得有些遺憾。「那實在是有些可惜了。」

只是他也沒有半點追究的意思。

謝危道：「是臣太草率了。」

沈琅連忙擺手，道：「無妨，不過是個死士罷了，想來是天教那邊賊心不死，要殺定非世子滅口。想他在天教日久，必定知道不少天教的內情。如今他才剛回京城不大合適，往後卻可叫他多說上一些，可要偏勞謝先生費心了。」

謝危躬身道：「臣自當將功折罪。」

沈琅笑起來：「謝先生這話可是言重了。」

如此才算是把正事說完，又請謝危坐下手談一局，這才命了身邊伺候的內侍太監親自送謝危出宮。

待等謝危一離南書房，圓機和尚看著棋盤上殺得難分難解的黑白二子，目中有些思索之色，道：「死士抓了活口，若帶回京城未必沒有撬開他嘴的時候，畢竟誰人能不怕死呢？尤其是閻王殿前走過一遭的，謝居安抓了竟直接殺掉，著實與他沉穩審慎的性情不符。」

沈琅卻是長長地吐出了一口氣。

抬手輕輕一掀，方才棋盤上的棋子竟都被振落在地。

他冷笑道：「謝先生若不殺這死士，焉知真抓回了京城，審出來的幕後主使會是天教還是別人？若不攔著刺客，死的或許是朕的『救命恩人』；若抓了刺客回來，審出來的或恐是定國公蕭遠。兩難之間取其重，不如將這死士殺了妥當。畢竟天教若真有這麼厲害的死士，早幹什麼不用？大小官員一殺乾淨。要麼一擊必殺，要麼就別出手，蕭遠雖是朕的舅舅，可實在壞事，做事不乾淨還要謝先生來替他料理！若今次不是遇到先生，他背後所作所為被人抖落出來，豈不是要令天下人懷疑當年出過什麼事嗎！」

言語間，已是一片肅殺。

圓機和尚於是知道，皇帝已動了對蕭氏的殺心，蕭定非或恐真能成為一步好棋。

只是……

他卻更好奇另一點：比如，謝危手底下刀琴劍書兩個人，未免也太厲害了些，定國公派了一隊死士去，竟都不能從中討著好。

蕭定非只覺得往常的人生就沒有過得這麼風光的時候，狐朋狗友，酒肉之交，滿座都是朝廷官員，世家子弟，端起杯盞來都稱兄道弟。

甭管這幫人是什麼用心，一起喝酒一起吃飯那都是哥們兒！

他完全把自己多年養出來的紈褲架勢給演繹了個淋漓盡致，種種葷話趣言張嘴就來，時不時贏得滿堂喝采。

一頓酒喝完，往雅間暖閣裡一躺，竟是一覺睡到黃昏。

國公府派來接他的管家在樓下早氣得半死。

他卻是不慌不忙，睡醒了，才慵慵懶懶、一腳深一腳淺地踩著樓梯從樓上下來，見了下頭候著的那幫人，竟是睬都不睬一眼，自己個兒跳上了外頭候著的馬車，卻忽然想起什麼似的，站在車轅上不動了。

管家難免咬牙切齒地催促他。

沒料想他竟然道：「先去一趟姜侍郎府上，聽說姜二姑娘長得格外好看，比起那什麼狗屁蕭姝都好，人到京城先拜地頭，我得親自去拜一趟。」

管家登時目瞪口呆。

定國公府有意要接蕭定非回去看個深淺，一家子上上下下可幾乎等了他整天了，這當口上他竟然說要去姜府？

管家本是如今定國公夫人盧氏的心腹，聽說半路殺出個「定非世子」時自然知道不好。

世子之位可只有一個。

原本蕭燁公子乃是十拿九穩的。可多了個蕭定非，還是皇帝的救命恩人，天知道國公府裡要起怎樣一番爭鬥。

管家跟著盧氏，也忠於蕭燁，看蕭定非自然哪裡都不順眼。

當下便想拒絕。

可轉念一想，他如此不懂規矩，豈不正好？這樣的名聲傳出去，再想要搶國公府世子之位可就是癡人說夢了！

於是管家眼珠子骨碌碌一轉，竟沒有反對，真吩咐了車夫駕著馬車送他去到姜府，遞上帖子，直言想拜會姜二姑娘。

這一來可讓姜伯游嚇著了。

緊接著卻是怒意。

早上金鑾殿朝議時他可看得清清楚楚，豈能不知道這位剛回京的定非世子是個怎樣荒唐的渾人？來姜府也就罷了，可卻連他這個一家之主都不拜會，直接說要見他女兒！

豈有此理！

姜伯游人在書房，氣得直接一拍茶案就站了起來，大聲道：「荒謬！成何體統！速速讓人把人攆出去！我女兒的名聲豈能讓他壞了！」

屋裡伺候的常卓戰戰兢兢，頭上冷汗都冒了出來。

可他立在原地，就像是腳底下生了根似的。

姜伯游見他站著半天沒動，不由怒道：「怎麼還不去？」

常卓苦笑：「二、二姑娘方才路過聽見，已經去見了。」

「……」

姜伯游整個人都驚呆了。

（待續）

國家圖書館出版品預行編目資料

坤寧 / 時鏡作 . -- 初版 . -- 臺北市 : 臺灣角川股份有限公司 , 2023.06-
冊 ; 公分

ISBN 978-626-352-625-9（第 5 冊 : 平裝）

857.7　　　　112005539

坤寧 五

2023 年 6 月 28 日 初版第 1 刷發行

作者　時鏡

發行人　岩崎剛人
總監　呂慧君
編輯　陳育婷
設計主編　許景舜
印務　李明修（主任）、張加恩（主任）、張凱棋

台灣角川

發行所　台灣角川股份有限公司
地址　104 台北市中山區松江路 223 號 3 樓
電話　（02）2515-3000
傳 真　（02）2515-0033
網址　http://www.kadokawa.com.tw
劃撥帳戶　台灣角川股份有限公司
劃撥帳號　19487412
法律顧問　有澤法律事務所
製版　尚騰印刷事業有限公司
ISBN　978-626-352-625-9

原著書名：《坤寧》由北京晉江原創網絡科技有限公司授權出版。